KB267985

임진운 판타지 장편 소설

대공학자

대공학자 5

임진운 판타지 장편 소설

초판 1쇄 찍은 날 § 2002년 7월 15일
초판 1쇄 펴낸 날 § 2002년 7월 25일

지은이 § 임진운
펴낸이 § 서경석

편집장 § 문혜영
편집 § 장상수 · 박영주 · 김희정 · 권민정 · 이종민
마케팅 § 정필 · 강양원 · 김규진 · 안진원

펴낸곳 § 도서출판 청어람
등록번호 § 제1081-1-89호
등록일자 § 1999. 5. 31
어람번호 § 제1-0260호

주소 § 경기도 부천시 원미구 심곡1동 350-1 남성B/D 3F (우) 420-011
전화 § 032-656-4452 팩스 § 032-656-4453
http://www.chungeoram.com
E-mail § eoram99@chollian.net

ⓒ 임진운, 2002

값 7,500원

ISBN 89-5505-332-0 (SET)
ISBN 89-5505-415-7 04810

임진운 판타지 장편 소설

대공학자

암운 5

도서출판 청어람

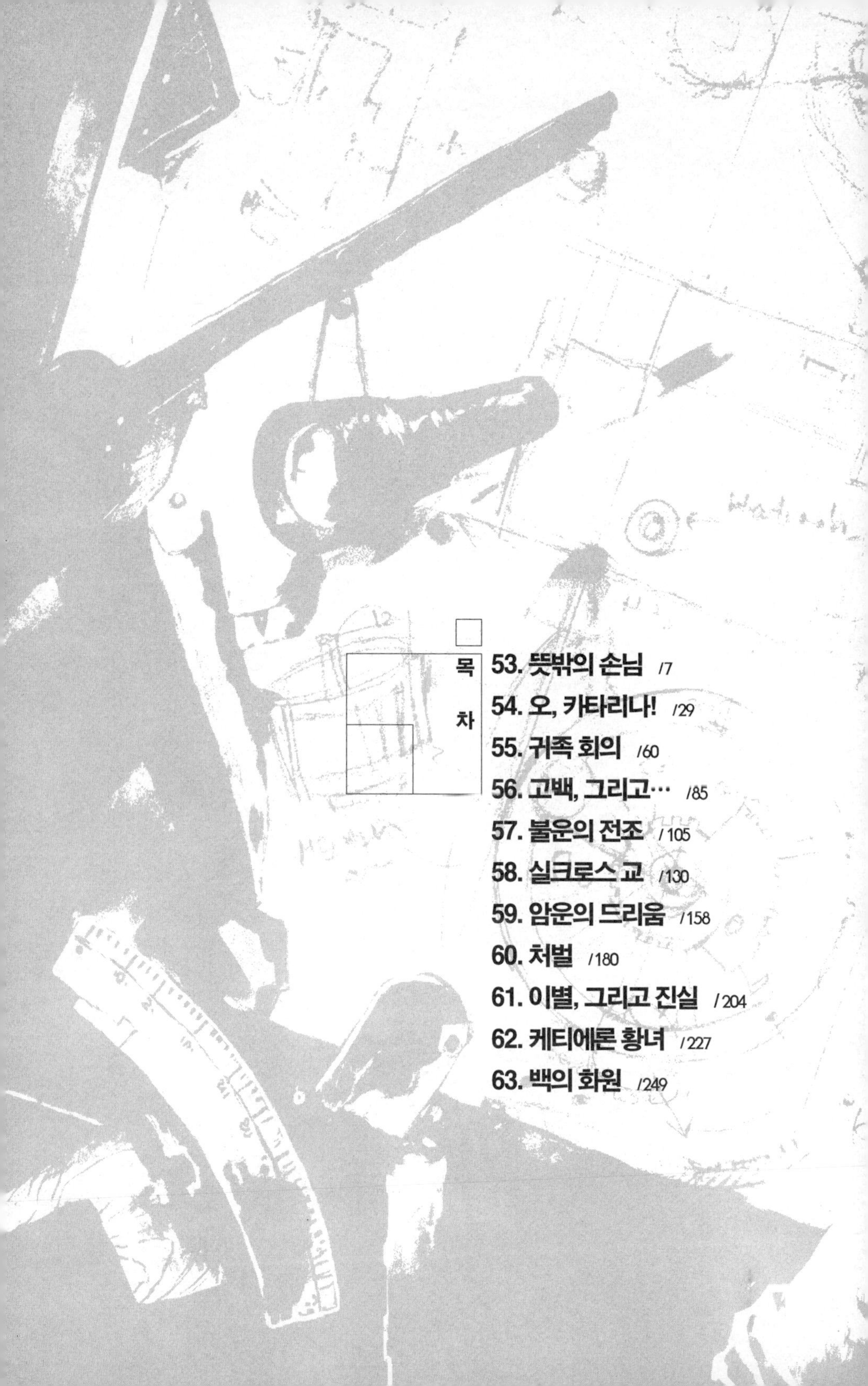

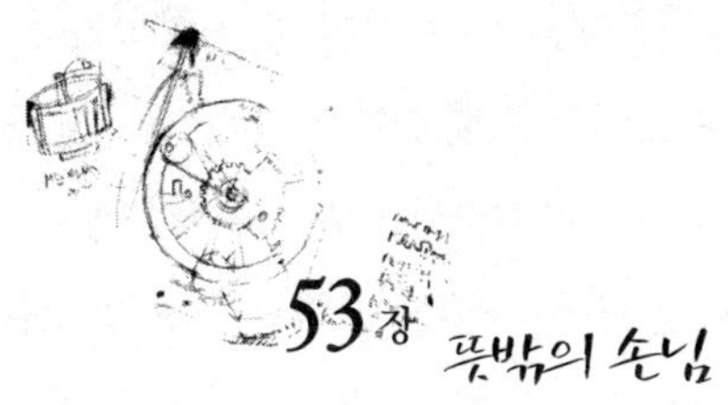

53장 뜻밖의 손님

　대관식이 끝난 지 하루가 지나자 황궁 전체는 가테스 공작의 음모가 밝혀지며 엄청난 소요가 일어났다. 황위를 이어받은 카로이트 4세는 엄청난 피로에도 불구하고 대관식 당일부터 반황실적인 음모에 가담한 인물들을 색출하는 데 온 힘을 쏟기 시작했다. 그 일은 냉철한 성격과 좋은 수완을 가진 가비르 재상의 도움을 받아 순조롭게 이루어지고 있었다.

　이번 음모를 계획하고 실행한 인물들 중 가장 중심에 위치했던 가테스 공작은 반역죄가 성립되었음에도 불구하고 그동안 제국을 위해 일한 가문의 공로가 인정되어 목숨만은 부지했다. 하지만 공작 작위의 박탈과 재산 몰수, 추가로 그가 다스리고 있던 쥬론 공국의 황실 흡수로 이번 음모에 대한 죗값을 치르게 되었다. 또한, 그에 가담한 루피스 외 이십여 명의 고위 귀족들은 자신들의 사병을 이끌고 급히 황궁 밖으로의 탈출을 기도했으나 불과 몇 시간 만에 황실 근위대의 출동으로 대부분을 사로잡히게 되었고, 그중 몇 명은 무력 시위 중 처형되었다.

대부분의 귀족들은 시작부터 피로 얼룩진 황조의 시작에 그다지 좋지 않은 시선을 보내고 있었지만 이런 시기에 카이로스 4세의 행동에 이의를 제기한다면 가테스 공작의 음모에 가담한 반역자로 보일 것을 내심 걱정했기에 불만을 겉으로 드러내지 못했고, 그들끼리 모인 자리에서만 조심스럽게 꺼낼 뿐이었다.

칠흑같이 어두운 공간, 뮤스는 눈을 떴다. 답답한 마음에 커튼이라도 걷어볼까 마음먹었지만 손과 발은 마음대로 따라주질 않았다. 등 뒤로 축축이 젖어오는 물기가 꿉꿉하게 느껴졌다. 이마로 흐르는 땀을 닦아내고 싶다고 생각할 때쯤 그의 귓가로 엄청난 굉음이 들려오며 몸으로 진동이 느껴지기 시작했다.

쿠구구구궁! 쿠쿠쿵!

귀청을 찢을 듯한 소리가 들리자 그것만으로도 그는 몸이 떨릴 정도로 두렵다는 느낌을 받았다. 게다가 눈으로 볼 수 있는 것은 아무것도 없었기에 어둠에 대한 두려움 역시 크게 다가오고 있었다. 그리고 잠시 후엔 어디론가 빨려드는 느낌마저 들었다. 그곳에서 헤어 나오기 위해 무엇인가를 해보려 할수록 아무것도 할 수 있는 것이 없었다. 그렇게… 그는 나락으로 빠져들고 있었다.

"아아악! 안 돼! 살려줘!"

화락!

이불을 들치며 정신을 차린 뮤스가 몸을 일으켜 주변을 둘러보니 눈에 익숙한 자신의 방이었다. 지금까지 작업해 오던 책상도 그대로였고 자기 전에 침대 머리맡에 올려둔 물잔도 어제 그대로였다. 이마로 흐르는 땀을 그제야 속 시원히 닦아낼 수 있었던 뮤스는 나직한 한숨을 터뜨렸다.

"후우… 가위에 눌린 건가? 그래서 그런지 잠을 잤는데도 몸은 더 뻐근한걸?"

인상을 찌푸리며 몸을 이리저리 움직여 뭉친 근육을 푼 뮤스는 침대에서 몸을 일으켰다.

"그나저나 태자 전하… 아니지, 이제 황제 폐하라고 불러야 하는군. 폐하께서는 가테스 공작의 일을 잘 처리하셨나 모르겠군."

나직한 혼잣말을 한 뮤스는 방 안에 설치된 세면대로 다가가 세수를 하기 위해 물을 받았다. 처음에야 이곳의 수도 시설이 꽤나 과학적으로 발달되어 있다고 감탄을 했지만, 그저 수위를 이용한 단순한 방법임을 알게 된 지금에 와서는 별다른 감흥을 느끼지 못하고 있었다.

눈의 위치에 걸려 있는 거울을 보며 눈을 매만지던 뮤스는 물이 세면대에 거의 다 받아졌음을 느끼며 허리를 굽혔다. 하지만 잠을 자는 동안 뻣뻣하게 굳어 있던 몸이었기에 허리는 마음같이 굽혀지지 않았다. 며칠간 피곤이 쌓여 그다지 좋지 않은 몸 상태였지만 오늘은 더욱 심한 듯했다.

"으아… 아직 20살도 안 되었는데 허리가 이렇게 결리다니……."

고통이 엄습하는 허리 부위를 두들기며 비명 같지도 않은 비명을 지르고 있을 때였다.

똑똑.

방문으로부터 경쾌한 노크 소리가 들려오자 피곤한 표정으로 문을 한번 바라본 뮤스는 정상적인 세수는 포기하기로 하고 손에 물을 묻혀 대충 얼굴을 닦아냈다.

"잠시만 기다리세요!"

말을 하며 손의 물기를 몇 번 털어낸 뮤스는 세면대의 옆에 미리 준비된 수건으로 손과 얼굴을 닦아내며 문을 열었다.

끼릭…….

문 앞에는 분홍색 드레스를 걸쳐 입은 여인이 서 있었는데, 시선이 그녀의 얼굴에 닿은 뮤스는 손에 들고 있던 수건을 떨어뜨리며 비명을 질렀다.

"카타리나!!"

뮤스의 경악에 찬 외침과 같이 지금 그의 눈앞에 서 있는 여인은 다름 아닌 카타리나였다. 너무나 놀라 잠시 얼이 빠져 있던 뮤스는 자신이 아직 잠옷 바람이라는 것을 인지 못한 채 이상한 표정을 짓고 있었다. 그런 뮤스를 보며 손으로 입을 가린 카타리나는 웃음을 참기 힘들어 보였다.

"푸후훗! 오랜만에 친구를 봤으면 인사를 해야 할 것 아니니? 이름만 부르고 가만히 있다니. 하긴… 그런 멍청한 표정을 지어야 뮤스답지."

그녀의 농담조가 섞인 목소리에 겨우 정신을 수습한 뮤스는 더듬거리는 목소리로 물었다.

"여, 여긴 어쩐 일이야? 갑작스럽게 이런 곳에 나타나니까 안 놀라게 생겼냐?"

"호홋! 명색이 우리 아버지도 후작이라는 직위를 가지고 계신데 대관식에 참여 안 한다는 것이 더 이상하지 않을까?"

잠시 카타리나의 말에 대해서 생각해 보던 뮤스는 그것도 일리가 있다고 생각했기에 고개를 끄덕였다.

"하긴 그렇구나. 내가 잠시 동안 다른 곳에 있어서 너를 보지 못한 것이군."

뮤스의 말에 가볍게 미소 지은 카타리나는 방 안쪽을 훔쳐보며 말했다.

"어머, 들어오란 말도 안 하네. 너무한 것 아니니? 기왕 황궁에 왔으면 걸맞는 예의를 좀 배워라."

"하핫. 미안하군요, 레이디 카타리나. 어서 들어오시죠."

뮤스를 지나쳐 그의 방으로 들어온 카타리나는 방 안을 둘러봤다. 그리고 아직 정돈이 되지 않은 침대며 작업을 끝내고 치우지 않은 책상 위를 봤을 때는 고개를 내저었다. 게다가 뮤스를 아래위로 훑어보던 그녀는 마지막으로 비수를 꽂았다.

"쯔쯧, 아무튼 넌 볼 때마다 거의 잠옷 바람이구나? 난 여자로 보이지도 않는 건가."

카타리나의 말에 화들짝 놀란 뮤스는 자신의 옷차림새를 내려다보곤 금세 얼굴이 빨개지며 급히 탈의실로 향했다.

"헉! 잠깐만 기다려, 카타리나. 금방 갈아입고 나올게."

허겁지겁 탈의실로 사라지는 뮤스의 뒷모습을 보던 카타리나는 재미있다는 듯 어깨를 으쓱거리며 웃을 뿐이었다.

길게 이어진 황실의 창문마다 몇 사람씩 매달려 청소를 하고 있었다. 이것은 새해가 되기 전에 황궁 전체의 유리창을 닦아놓음으로써 카로이트 4세가 새로이 이끌어 나갈 황실을 축복해 줄 성스러운 새해의 빛을 받기 위한 작업인 것이었는데, 제국이 형성된 해부터 시작된 전통 중의 하나였다.

분주하게 움직이는 하인들 사이로 방에서 나온 뮤스와 카타리나가 걸으며 이야기를 나누고 있었다. 지금 뮤스의 얼굴은 라이델베르크를 떠나온 이후로 가장 밝아 보였는데, 카타리나와 함께하는 시간이 그만큼 즐거웠기 때문이었다. 물이 잔뜩 묻어 미끄러워진 대리석 위를 조심스럽게 걷고 있던 카타리나가 웃으며 이야기를 꺼냈다.

“아참, 혹시 벌쿤 이야기 못 들었지?”

고양이 걸음을 걸으며 대화를 하던 뮤스는 카타리나의 입에서 벌쿤의 이름이 거론되자 반가운 표정을 지으며 되물었다.

“맞아! 벌쿤 그 녀석은 요즘 어떻게 지내고 있어? 잘 지내는 거야?”

“그렇지 않아도 이야기하려고 했어. 벌쿤이 편지를 전해달라고 하던걸?”

말을 마친 카타리나는 걸음을 멈추며 팔에 끼고 있던 손가방을 열었다.

“자, 여기 있어. 아마 편지 내용을 보면 크게 놀랄걸?”

손가방에서 편지를 꺼내 그에게 건네준 카타리나는 앞으로 변할 뮤스의 표정을 관찰이라도 하려는 듯 유심히 바라보고 있었다.

“응? 벌쿤 그 녀석이 편지를? 이름을 제외하면 글도 잘 모를 텐데……”

아직도 카타리나의 말이 미심쩍은 듯 그녀의 얼굴을 한번 바라본 뮤스는 곧 손에 든 편지 봉투의 모서리를 찢었고 내용물을 꺼내 차근차근 읽어 내려가기 시작했다.

친애하는 뮤스 형에게.

안녕? 나 벌쿤이야. 설마 그동안 나를 잊은 것은 아니겠지? 드워프 아저씨들은 벌써 나를 잊었을지도 모르겠군. 아무튼 이렇게 편지를 쓰게 된 이유는 다른 것이 아니라 세이즈와의 진전된 관계를 형에게 한시라도 빨리 알리고 싶어서야. 그래서 마침 황궁에 간다는 세이즈에게 부탁해서 이렇게 편지를 쓰게 되었어. 나도 빨리 글을 배워야겠다는 생각이 요즘 들어 간절해지는군. 자세한 것은 카타리나 누나에게 듣고 우리 세이즈가 힘들 것 같으니 이만 줄일게. 그럼 큰누님께 안부 전해주고 잘 지내.

형을 사랑하는 동생 벌쿤이.

편지치고는 상당히 짧은 내용이었지만 뮤스를 충분히 놀래키고도 남을 내용이었다. 힘없이 편지를 들고 있던 손을 축 늘어뜨린 뮤스는 의아한 표정으로 카타리나에게 물었다.

"이게 무슨 말이야? '세이즈와의 진전된 관계' 라는 것이?"

그의 표정과 행동을 미리 예상하고 있었던 카타리나가 웃으면서 그의 궁금증을 풀어주었다.

"호홋, 거기 적힌 그대로야. 세이즈와 벌쿤이 사귀기로 했다는 거지 뭐."

카타리나의 입에서 나온 충격적인 이야기를 듣자 뮤스는 자신도 모르게 비명부터 흘러나오고 있었다.

"으엑! 카타리나, 제발 농담이라고 해줘! 그런 큰 실수를 하고 떠나왔는데 왜 이렇게 쉽게 사귀게 된 거냐고!"

그가 외친 대로 식당에서 벌쿤이 그런 엄청난 실수를 했는데도 세이즈가 그에게 정이 떨어지지 않았다는 점이 불가사의했다.

"응? 실수라니? 무슨 말이야?"

카타리나가 되물었지만 부끄러움에 차마 있는 그대로 말할 수 없었던 뮤스는 은근슬쩍 대답을 회피하며 말을 이었다.

"자세하게 이야기 좀 해줘, 내가 떠난 뒤로 어떤 일이 있었는지."

뮤스의 부탁에 고개를 끄덕인 카타리나는 자신이 알고 있던 내용을 머리 속으로 정리하며 하나씩 이야기를 꺼내기 시작했다.

"나도 자세하게는 알지 못하니까 알고 있는 정도만 말해 줄게. 네가 이곳에 오기 전에 세이즈한테서 책을 빌려갔다면서?"

"그랬었지. 드베인 숲에 있을 때 수업에 들어가질 않아서 필기 좀 하려고."

"아마 네가 떠난 다음에 세이즈가 그 책을 찾으러 공학원에 들렀던 모양이야. 하지만 이미 너는 벨링으로 떠나고 없었으니 어쩔 수 없이 세이즈는 벌쿤에게 부탁을 한 거지. 자기 책 좀 찾아서 돌려달라고 말이야."

그녀의 말을 듣던 뮤스는 고개를 끄덕였다.

"흠, 여기서부터가 문제의 발단이겠군."

"아무튼 책을 찾기 위해 집 안으로 들어간 벌쿤이 무슨 일인지 1시간이 넘도록 나오지를 않았다는 거야. 그래서 궁금하기도 하고 걱정이 되기도 해서 들어가 봤더니, 벌쿤이 서재의 모든 책을 뒤적이면서 그 책을 찾고 있었는데, 알고 봤더니 벌쿤이 글을 몰랐기 때문에 책을 못 찾고 있었다고 하더라고."

"그럼 설마 세이즈 특유의 모성애가 발휘된 거야?"

"풋! 아마 네 예상이 맞을걸? 세이즈 성격이 좀 특이하긴 하지만 사람들한테 정을 많이 주는 걸 너도 알잖아. 그래서 그날부터 당장 벌쿤에게 글을 가르치기 시작한 거야. 뭐, 그러다가 서로 정이 쌓이기 시작했던 거지."

머리를 신경질적으로 벅벅 긁은 뮤스는 깊은 한숨을 내쉬며 말했다.

"녀석, 아무튼 잘되긴 했군. 그렇게 잠도 못 자고 좋아하더니만."

뮤스의 반응을 살피던 카타리나는 재미있다는 듯이 웃으며 은근한 말투로 물었다.

"혹시 너, 부러워서 그러는 거니?"

그녀의 정곡을 찌르는 말에 화들짝 놀란 뮤스는 손을 내저으며 당황해했다.

"부, 부럽긴 누가 부러워한다는 거야! 내가 부러워할 이유가 뭐가 있겠어?"

"푸훗! 없을 이유도 없지 뭐. 가이엔 · 바르키엘 커플, 세이즈 · 벌쿤 커플, 폴린 · 히안 커플. 주변 사람들이 다 커플들인데 부럽지 않을 수가 없지."

카타리나가 하나씩 따지고 들어오자 말이 막힌 뮤스는 아무 생각 없이 역공에 들어갔다.

"흥! 뭐 나만 혼잔가? 카타리나, 너도 혼자잖아. 그럼 너도 걔들이 부러운 거야?"

"……."

별다른 의도 없이 던진 말에 예상 밖으로 카타리나가 아무런 반응이 없자 뮤스는 의아한 표정으로 바라보았다.

"설마… 걔들이 부러웠던 거야?"

"뭐, 솔직히 조금 부러운 건 사실이야."

"어… 그래?"

서로 솔직한 감정을 털어놓으며 연출된 머쓱한 분위기에 적응하지 못한 뮤스가 어찌할 줄 모르며 시선을 다른 곳으로 이리저리 돌리고 있을 때, 뮤스의 등 뒤로 귀에 익은 목소리가 들려왔다.

"하하! 뮤스 군, 잘 주무셨습니까?"

마침 적절한 상황에 나타난 새로운 황제 카로이트 4세의 목소리가 평소보다 더욱 반갑게 느껴진 뮤스는 과장되게 웃으며 그를 맞아주었다.

"하핫! 오랜만입니다, 폐하!"

아무런 생각 없이 인사를 하고 보니 신경이 온통 카타리나에게 쏠린 까닭에 헛소리가 튀어나왔다는 것을 깨달았는데, 어제까지만 해도 함께 동고동락을 하던 황제에게 이런 인사를 해버린 것이다. 하지만 황제는 농담으로 치부했는지 웃으면서 받아주는 것이었다.

"그렇군요. 무려 9시간 만이니까요."

그럭저럭 실수를 잘 모면한 뮤스는 정신을 바로잡으며 말했다.

"황제 폐하께서도 즉위하신 첫날을 잘 보내셨습니까? 어제부터 황궁 내가 상당히 시끄럽던데요?"

뮤스와 카타리나 앞에 다다른 젊은 황제는 빙그레 웃고만 있었다. 그는 하루 만에 전혀 다른 사람을 보듯 위엄이 더해져 있었고, 전에는 찾아볼 수 없던 미묘한 분위기가 전신으로 흐르는 듯했다.

"이런, 뮤스 군께 황제 폐하라는 칭호를 들으니 정말 어색하기 짝이 없군요."

"그래도 이제 황위에 오르셨는데 익숙해지셔야죠."

"그렇지 않아도 어제는 피곤하던 차에 가테스 공작의 일을 처리하느라 바빴습니다. 다행스럽게 가비르 재상께서 도와주어서 쉽게 해결되었지만요. 그런데 옆에 계신 레이디께서는?"

카타리나에게 시선을 고정시키며 은근한 표정으로 묻고 있는 황제였다. 그의 물음에 잠시 쑥스러운 표정을 지어 보인 뮤스는 머리를 긁적이며 말했다.

"이쪽은 라이델베르크에서 온 카타리나라고 합니다. 저와는 학교 친구 사이죠."

뮤스의 소개에 뭔가를 위해 자신의 머리를 두들기던 황제는 생각나는 것이 있는지 탄성을 질렀다.

"아! 혹시 그때 말씀하셨던 그분이십니까?"

아무래도 연회 때 뮤스가 꺼낸 말을 기억해 낸 듯했는데, 순간 흠칫한 뮤스는 당황한 표정을 지으며 손을 내저었다.

"아, 아닙니다, 폐하!"

본인이 아니라고 하니 별달리 할 말은 없었지만 황제 역시 둘 사이에 흐르는 미묘한 분위기를 느꼈기에 어느 정도는 눈치 챈 모습이었다.

"하핫, 그분이 아니셨군요. 상당히 아름다운 분이라 그분인 줄 알았습니다."

황제와 뮤스의 대화를 듣고 있던 카타리나는 대관식에서 그의 모습을 봤었고 두 사람 간의 대화를 듣기도 했기 때문에 눈앞에 서 있는 젊은이의 정체를 한눈에 알 수 있었다. 가볍게 고개를 숙인 카타리나는 밝은 목소리로 인사를 건넸다.

"이렇게 만나뵙게 되어 영광입니다, 폐하. 저는 라이델베르크에서 온 카타리나 슈베어라고 합니다."

그녀의 소개를 듣던 황제는 반가운 표정으로 인사를 받았다.

"저도 반갑습니다, 카타리나 양. 혹시 하버만 슈베어 후작의 따님 되시나요?"

"네, 맞습니다. 그분께서 저의 아버님 되시죠."

황제는 성을 듣고서 그녀의 신분을 알 수 있었는데, 후작 이상의 지위를 가진 인물이 많아봐야 20명 안팎이었기에 충분히 외울 수 있는 숫자였던 것이다. 이렇게 소개 인사가 끝나자 황제는 뮤스에게 전할 말이라도 있었는지 앞서 이야기를 꺼냈다.

"아참, 뮤스 군은 오늘 저녁에 식사 약속이 있으십니까?"

그의 물음에 잠시 생각을 해보던 뮤스는 고개를 저으며 대답했다.

"뭐, 평소같이 저희 일행들과 함께 식사를 하지만 다른 특별한 약속은 아직 없습니다. 무슨 일이라도 있습니까?"

"마침 잘되었군요. 오늘 저녁에 귀족 분들과 식사 약속이 있는데, 꼭 뮤스 군을 초대하고 싶습니다. 발표할 일도 있고 해서요."

"저는 아무런 상관이 없습니다. 그렇게 하도록 하시지요."

뮤스가 흔쾌히 초청에 응하자 기쁜 표정을 짓던 황제는 이번에는 카타리나를 보며 말했다.

"괜찮으시다면 카타리나 양께서도 뮤스 군과 함께 동행하도록 하시죠. 친구 분이라면 못 보신 지 오래되셨을 텐데 같이 저녁 식사라도……."

황제의 권유에 뮤스와는 다르게 고심하는 카타리나의 모습이었다. 사실 그녀는 부담스러운 자리를 그리 좋아하지 않는 성격이었는데, 제국 내에서 최고 지위를 가진 인물들이 모두 참석한 자리에 선뜻 참여한다는 것이 걸렸기 때문이다. 그녀의 고심하는 모습을 본 뮤스가 그녀의 등을 두들기며 말했다.

"카타리나, 같이 가자. 그렇지 않아도 같이 저녁 식사나 하려고 했는데 잘됐네."

뮤스의 부추김까지 받자 카타리나는 어쩔 수 없이 고개를 끄덕였다.

"네, 그렇게 하지요, 폐하."

이제 흡족한 표정을 만면에 띤 황제는 주머니에서 마나 시계를 꺼내 확인한 후 안타까운 얼굴로 말했다.

"이런… 저는 다시 오후 회의가 있어서 이만 가봐야겠습니다. 이거 황위에 오르자마자 정신이 없군요. 그럼 카타리나 양도 저녁에 뵙도록 하겠습니다."

황제의 작별 인사에 가볍게 답한 뮤스와 카타리나는 이내 멀어져 가는 그를 응시했다. 일이야 어찌 되었든 당황스러운 상황을 자연스럽게 넘어갈 수 있었음에 만족한 뮤스는 걸음을 옮기며 입을 열었다.

"그리고 뭐 다른 충격적인 사건들은 없어?"

라이델베르크를 떠난 지 그리 오랜 시간이 흐른 것은 아니었지만 뮤스가 실제로 느끼는 시간은 그보다 훨씬 오래된 듯했기에 계속해서 질문을 하는 것이었다. 잠시 생각을 하던 카타리나가 말했다.

"아참, 그리고 세이즈의 언니가 언제쯤 돌아오냐고 하던걸? 모든 준비를 다 마쳤다고 말이야."

"아로인 누나 말이구나. 글쎄, 일이 좀 길어져서 돌아가려면 시간이 좀 걸릴 듯한데……."

"그것 말고 큰일은 없었어. 폴린과 히안은 예나 지금이나 닭살스럽고 바르키엘은 이제 정말 정신 차렸는지 자기 일 잘하고… 뭐 그렇지. 그런데 지금 어디 가는 거니?"

그녀의 물음에 아무 생각 없이 걷고만 있던 뮤스는 머리를 긁적였다.

"글쎄? 그냥 무작정 나온 건데… 음, 그럼 여기까지 왔는데 누님과 아저씨들 만나볼래? 쿠쿡, 드워프 아저씨들은 감옥에서 나오셨는지 모르겠군."

뮤스가 꺼낸 말에 카타리나는 마침 대관식 때의 일이 생각났기에 의아한 듯 물었다.

"아참, 그런데 어제 대관식 때는 어떻게 된 거야? 켈트 아저씨와 형제 분들이 모두 끌려가던데?"

"푸하핫! 그건 말이지……."

생각만 해도 재미있는지 배를 잡고 한참이나 웃어대던 뮤스는 대관식 전의 상황에 대해 그녀에게 설명을 해주기 시작했고, 카타리나 역시 그의 이야기를 호기심 어린 눈으로 듣고 있었다. 물론 황혈 인증의 내막을 비밀로 하는 것도 잊지 않았다.

낮임에도 불구하고 어두운 실내, 고작 촛불 몇 개의 밝기로 유지하고 있었다. 그 불빛이 닿는 곳에는 켈트와 그의 형제들이 앉아 있었는데, 하나같이 진중한 표정으로 무엇인가를 만지고 있었다. 켈트가 손에 들고 있던 금속 상자를 이리저리 돌려보며 입을 열었다.

"이것이 바로 황혈 인증을 가능하게 했던 물건이라고 하더군. 자세한 것은 뮤스가 잠들어 버리는 바람에 듣지 못했지만."

켈트의 말을 듣던 레딘은 그의 손에서 금속 상자를 빼앗아 들며 말했다.

"일단 뜯어봅시다. 이 안에 뭐가 들어 있길래 그 황혈의 상자인가 뭔가에 들어 있는 물건을 맞춘단 말이오? 혹시 우리 몰래 크라이츠님이 같은 종류의 페어링 마법을 걸어주신 것이 아닐까?"

레딘의 추론에 브라이덴이 안타깝다는 듯 혀를 차며 말했다.

"쯔쯧, 머리 하고는……. 말을 생각해 봐, 괜히 페어링인지! 두 개가 짝을 이루니 페어링 아니겠어? 그런데 여기에 같은 마법을 걸어봤자 홀수가 되지 않겠나?"

그의 그럴싸한 말에 모든 드워프들이 고개를 끄덕이고 있었다. 잠시 침묵이 흐르자 잠자코 있던 블뤼안이 말했다.

"열어봤자 괜히 고장만 내지 않겠수? 결국은 뮤스가 깨어날 때까지 기다려야 한다는 말인데……."

똑! 똑!

블뤼안이 말을 마치기가 무섭게 방문 두들기는 소리가 들려오기 시작했다. 결국 이것이 어떻게 쓰이는 물건인지 알아내지 못해 답답함을 표하던 블뤼안은 신경질적인 억양으로 외쳤다.

"누구요!"

"아저씨들, 들어가도 돼요?"

"뮤스 군인가? 어서 들어오게! 빨리!"

문밖에서 들려오는 뮤스의 목소리에 반가운 표정을 만면에 띤 블뤼안은 서둘러 답했고 다른 드워프 형제들 역시 기대에 찬 표정으로 방문 쪽을 바라보았다.

철컥.

방문이 열리는 소리와 함께 어두운 실내로 환한 빛이 쏟아져 들어왔다. 대낮부터 검은 커튼을 치고 방 안에 들어앉아 있던 드워프들을 향해 뮤스는 의아한 목소리로 물었다.

"에? 지금 뭐 하는 중이셨어요? 이렇게 방을 어둡게 하고서 촛불만 켜놓다니."

뮤스의 물음에 가볍게 웃은 켈트가 그의 의문점을 털어주었다.

"허헛, 드워프들은 원래 고민이 있으면 이런 곳에서 하지. 아무래도 어두운 동굴에서 살던 습성이 있어서 그런지 주변이 어두워야지만 집중이 잘된다고나 할까?"

켈트의 설명에 어깨를 으쓱거린 뮤스는 자신의 뒤를 가리켰다.

"아저씨, 라이델베르크에서 카타리나가 왔어요. 카타리나는 아직까지 기억하고 계시죠?"

"카타리나? 어디 보자… 아하! 벌쿤이 따라다닌다는 그 아가씨 말이냐?"

설마 했지만 역시 기억하지 못하는 켈트를 향해 외쳤다.

"아니에요! 아무튼 못 말린다니까. 걔는 세이즈고 얘는 카타리나예요."

뮤스가 가리킨 곳을 바라본 켈트는 그제야 생각이 났는지 자신의 머리를 두들겼다.

"아! 이제 생각이 난다! 전뇌거 발표회 때 너랑 눈 맞은 아가씨였구나!"

"무, 무슨 눈이 맞았다고 그러세요!"

가볍게 던진 켈트의 말이었지만 크게 당황한 뮤스의 목소리는 자연스럽게 높아졌다. 그런 그를 바라보던 켈트는 더욱 미심쩍은 눈초리를 보냈는데…

"흠, 아니면 아니지 왜 그렇게 흥분하고 그러냐? 정말 카타리나 양을 좋아하는가 본데?"

"아니에요! 우린 그냥 친구란 말이에요!"

필사적으로 부인하고 있는 뮤스의 모습을 보며 카타리나는 조금 섭

섭한 표정을 짓고 있었다. 그때 뮤스와 켈트의 말은 블뤼안의 목소리에 의해 끊어졌다. 둘 사이를 바라보다 참지 못한 그가 외쳤던 것이다.

"형님, 그만 좀 하시구려! 우리한테 중요한 것은 뮤스가 누굴 좋아하느냐가 아니지 않수? 난 이 상자가 궁금해 미치겠단 말이우!"

블뤼안의 말을 듣던 켈트는 잠시 깜빡하고 있던 금속 상자를 떠올렸다.

"아참, 그렇지! 뮤스, 이쪽으로 와서 이것 좀 설명해 줘. 이것 때문에 감옥에서 나온 이후로 잠도 못 자고 이러고 있단 말이야."

하지만 뮤스는 단단히 토라졌는지 그의 말에 대답을 하지 않고 있었다. 더욱 답답해진 블뤼안은 켈트를 다그치기 시작했다.

"형님 때문에 뮤스 군이 삐친 모양인데 이를 어떻게 할 거요? 빨리 책임지슈!"

"내가 뭐 틀린 말했나? 음……."

자신의 고집을 꺾기 싫은 켈트였지만 황혈 인증에 대한 설명을 못 들어봤자 드워프들만 손해였기에 은근히 뮤스의 얼굴을 살폈다.

"흠흠… 내가 한 말은 어디까지나 농담이었다. 그러니 그렇게 삐칠 필요 없잖아? 그러니까 빨리 이거나 좀 설명해 줘."

비록 사과를 하는 태도 같지는 않았지만, 더 이상 켈트에게 바랄 수도 없었기에 뮤스는 표정을 풀며 드워프들에게 다가갔다.

"뭐, 그렇게까지 사과하시는데 더 이상 화를 낼 수는 없죠."

뮤스는 드워프들이 둘러앉아 있는 원탁 주위에 놓여 있는 의자에 앉으며 카타리나에게 손짓을 했고, 그것을 본 그녀 역시 뮤스의 옆에 따라 앉았다. 이어 가방에 손을 넣어 가로세로 20셀리 정도의 판을 꺼낸 뮤스는 탁자 위에 놓인 금속 상자를 보며 설명을 시작했다.

“사실 이 금속 상자의 내부는 상당히 단순해요. 잠시 열어보도록 하죠.”

말을 잠시 멈춘 뮤스는 가방에서 돌림쇠를 꺼내 들고 금속 상자의 판을 고정시키고 있는 나선형 못을 돌려 빼내었다. 그렇게 함으로써 본체를 분해할 수 있었는데, 내부는 상당히 간결한 구조로 되어 있었다. 일단 가장 먼저 볼 수 있는 것은 투명한 유리구였다. 그 안으로는 두 개의 금속 심지가 마주 보고 있었는데, 그것의 반대 편 끝은 서로 이어져 전뇌력을 공급하는 마나구가 연결되어 있었다. 유리구를 손가락 끝으로 두들겨 본 뮤스는 그것을 바라보고 있던 드워프들을 향해 말을 이었다.

“이것이 ‘투시기’ 의 가장 중심 부분이에요. 일단 이 유리구는 진공 상태를 이루고 있고, 이 진공의 유리 안쪽으로는 두 개의 극이 있는데, 전뇌가 흐르는 음극과 양극의 전극을 봉입한 것이죠. 전극에는 고전압의 마나구를 연결해 전력을 공급받게 돼요. 지금부터 잘 들으셔야 할 거예요.”

그의 설명을 듣고 있던 드워프들은 그 내용을 충분히 이해할 수 있었는데, 지금까지 뮤스와 함께했었던 시간 동안 웬만한 공학의 기초 지식들은 충분히 갖출 수 있었기 때문이다. 뮤스는 손가락으로 진공 유리구의 왼쪽 편에 붙은 음극을 가리키며 이야기를 계속하였다.

“일단 마나구에서 전뇌력이 흘러나오기 시작하면 음극에서부터 양극을 향해 고속의 전자가 튀어나오게 되죠. 그것이 양극 끝에 달린 금속 표적에 닿게 된다면 그곳에서 눈에 보이지 않는 파장이 일어나거든요. 그 파장은 수 멜리의 거리까지 도달하게 되는데, 물질을 잘 투과하는 성질이 있죠. 하지만 밀도가 높은 물질일수록 이 파장은 잘 통과하지 못하는 성질을 동시에 가지고 있기도 해요."

여기까지 설명을 마친 뮤스는 능숙한 솜씨로 다시 금속 상자를 조립하며 탁자 위에 꺼내놓은 판을 자신의 맞은편에 앉아 있는 켈트를 향해 내밀었다.

"이제 어려운 설명은 이쯤에서 하고, 직접 보여드리도록 할게요. 켈트 아저씨, 이 형광판 위에 손을 올려놓아 줘요."

뮤스의 설명을 이해하기 힘든지 머리를 긁적이고 있던 켈트는 그의 부탁대로 판 위에 손을 올렸다.

"이렇게 하면 되는 거냐?"

"그렇게 하고 조금만 기다려 보세요."

말을 마친 뮤스는 금속 상자를 켈트의 손 위로 올리고서 가만히 있었는데, 시간이 지나면서 평범하던 나무판이 은은한 빛을 뿜어내기 시작하는 것이었다. 이에 놀란 켈트는 자신의 몸에 무슨 일이 생기는가 싶었는지 급히 손을 치우며 소리쳤다.

"이, 이게 뭐냐!"

하지만 손을 치운 켈트는 눈을 더 부릅떠야만 했다.

"이건 내 손자국 아니냐? 그런데 그 안에 있는 줄기는 뭐지? 혹시 내 뼈?!"

켈트의 말대로 뿌연 빛을 내뿜고 있는 판의 중심 부위에는 그의 손이 가리고 있던 부위의 크기만큼 조금 어두운 빛을 뿌리고 있었다. 또 그 안으로는 거의 빛이 나지 않는 부위가 있었는데, 켈트와 그의 형제들 역시 잘 알고 있는 손의 뼈 모양이었던 것이다. 드워프들과 카타리나가 놀라고 있는 모습을 본 뮤스는 입가에 미소를 걸며 여린 빛을 뿜고 있는 판을 들어 올렸다.

"네. 생각보다 상당히 굵지만 이것이 아저씨 손의 뼈예요. 지금 빛을 내고 있는 이 판은 형광판이라는 것인데, 아까 설명드린 그 파장의 특성 중 하나가 바로 이것이죠. 형광 물질을 반응하게 한다는 것! 즉, 투시기에서 흘러나오는 특유의 파장은 켈트 아저씨의 손을 투과해서 반대 편에 있는 형광판까지 닿게 되었지만, 상대적으로 밀도가 높은 뼈에서는 극히 적은 양의 파장만이 통과했고, 그보다 상대적으로 밀도가 낮은 살과 근육은 그보다는 많은 양의 파장이 통과한 것이에요. 그러니 파장을 아무 여과 없이 받은 형광판은 가장 밝게 빛나고, 살을 통과한 부위는 조금 흐리게, 뼈를 통과한 부위는 거의 빛나지 않는 것이죠."

이제야 대충이나마 투시기의 원리를 이해할 수 있었던 켈트는 크게 고개를 끄덕였다.

"그렇다면 이것으로 황혈의……."

여기까지 말을 하던 켈트는 갑자기 하던 말을 멈추며 카타리나의 얼굴을 살폈지만 다행스럽게도 그녀는 형광판에 시선을 뺏기고 있었기에 켈트가 하는 말에 별 신경을 쓰지 않고 있었다. 형제들과 뮤스의 눈치를 한눈에 받은 켈트는 헛기침을 몇 번 하며 그들을 살폈다.

"흠! 흠! 어쨌든 이거 상당히 재미있는 물건인걸? 이 형광판이라는 건 계속 쓸 수 있는 거야?"

"형광 물질이 안정되면 더 이상 빛을 발하지 않으니까 그때 다시 사용하시면 돼요. 그런데 크라이츠 누님은 어디 계시죠?"

뮤스의 물음에 잠시 형광판에서 시선을 거둔 켈트는 머리를 긁적이며 대답했다.

"오전에 가비르 재상이 급한 일로 만나자고 했으니 지금쯤 점심을 같이 하고 계시지 않을까?"

크라이츠가 있는 곳을 알아낸 뮤스는 자리에서 몸을 일으켰고, 카타리나 역시 그를 따라 자리에서 일어났다.

"그럼 저희는 누님을 좀 만나러 갈게요. 그럼 다른 아저씨들도 나중에 봐요."

"그럼 저도 나중에 뵐게요."

인사를 마친 후 뮤스와 카타리나가 방을 빠져나가자 자리에 남은 드워프들은 동시에 손을 뻗어 탁자 위에 올려진 투시기를 잡았다. 각자 조금씩 힘을 줘봤지만 움직일 생각을 하지 않자 가장 연장자인 켈트가 나직하게 입을 열었다.

"이봐, 아우들. 이 형님께 양보하는 것이 어때? 맥주도 위아래가 있는 거야."

이렇게 말을 했음에도 불구하고 상황은 아무런 변화가 없는 듯했다. 오히려 그의 말에 미소를 지은 블뤼안이 은근한 말투로 입을 열었다.

"흘흘… 그러는 형님은 언제 맥주를 윗사람에게 양보한 적 있수? 80년 전에 형님께서 백부님의 맥주에 먼저 손을 댔다가 크게 혼난 기억이 새록새록 나는구먼."

블뤼안의 말을 듣던 다른 형제들도 그의 말을 거들고 나섰다.

"허헛, 나도 그 기억이 난다! 그때 아마 백부님이 맥주통에 형님을 가둬놓고 굴렸었지 아마?"

"크큭! 그 드워프가 켈트 형님이었나? 그런 기억이 있긴 있었는데, 누군지 모르고 있었는데!"

아우들이 아픈 과거의 기억을 꺼내자 켈트는 버럭 소리를 질렀다.

"이건 맥주 이야기가 아니잖아! 괜히 말을 다른 데로 돌리지 마!"

하지만 그의 역정에 겁먹을 만큼 호락호락한 아우들도 아니었다.

"흠흠, 먼저 이야기 꺼내놓고 찔리니까 화를 내는군."

"술 못 마시는 드워프가 밥 적게 먹는 드워프 나무란다더니."

"형님도 철 좀 드슈. 나이가 들었으면 아우들에게 양보하는 미덕이라도 있어야 할 텐데……."

그들의 말을 듣던 켈트는 더 이상 아무 말 하지 못하고서 불만이 가득 쌓인 표정으로 투시기에서 손을 떼어냈고, 형제들은 흐뭇한 표정을 지으며 다시 각자를 견제하기 시작했다. 하지만 개개인의 입심은 거의 비슷했기 때문에 쉽사리 결정이 나지 않았는데, 결국은 다음날이 되어서야 협의 하에 함께 사용해 보기로 결정을 내렸다.

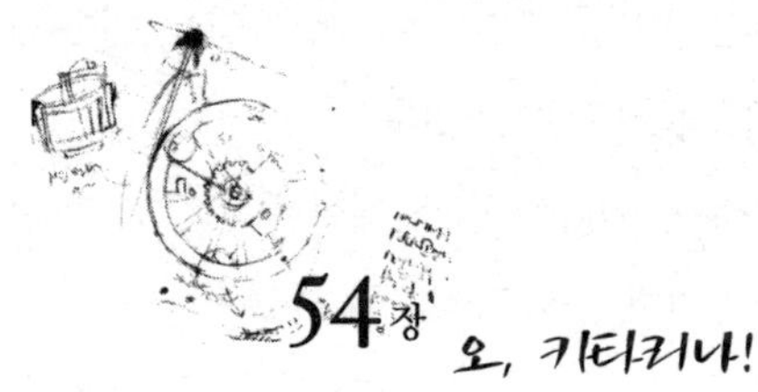

54장 오, 카타리나!

　가비르 재상의 집무실에는 유난히 많은 종이 다발들이 널려 있었다. 새로운 황제에 따른 국가 사업을 시작해야 하는 시기였기에 처리해야 할 일이 한두 가지가 아니었는데, 황제가 정식 업무를 시작하기 전부터 그 모든 준비가 가비르 재상의 손을 거쳐야 했기 때문이었다.

　집무실 한쪽에 마련된 소파에는 크라이츠가 편안한 자세로 앉아 있었고 맞은편에 앉은 가비르는 찻잔에 차를 따르고 있었다.

　"공학원 덕분에 대관식을 무사히 마칠 수 있게 되었습니다. 뮤스 군과 드워프 분들께 어떻게 보답해야 할지……."

　가비르 재상의 말에 밝게 웃은 크라이츠는 찻잔을 들며 말했다.

　"호홋, 그렇게 말한다면 기억해 두도록 하죠. 나중에 도움받을 일이 있을 때 말해 주도록 하겠어요."

　"네?"

예의상 건넨 말에 직접적으로 응하자 당황한 목소리로 되묻는 가비르 재상이었다. 하지만 이런 태도 역시 크라이츠의 성격임을 너무나 잘 아는 그였기에 금세 평상심을 되찾을 수 있었다.

"흐음… 그런 일이 있을 경우에는 제국의 법적 제한에 위반되지 않는 한도 내에서 황제 폐하와 협의 하에 도와드리도록 하겠습니다."

가비르 재상의 답에 만족한 크라이츠는 고개를 끄덕였다. 문득 가비르 재상은 안색을 조금 딱딱히 하며 말을 이었다.

"그리고… 오늘은 말씀드릴 것이 있어서 이렇게 크라이츠님을 청한 것입니다."

"말할 것이라는 것이 뭐죠? 사적인 이야기는 하지 않으셨으면 하는데요. 저는 지금의 관계에 만족하고 있거든요?"

크라이츠의 말에 고개를 내저은 가비르 재상은 쓴웃음을 지으며 말했다.

"후훗, 저 역시 과거의 일에 집착할 만큼 어리석지는 않습니다. 이미 늙어 예전의 열정은 찾기도 힘든걸요? 제가 말씀드릴 것은 뮤스 군에 관한 이야기입니다."

"뮤스에 관한 이야기라니요?"

그녀의 되물음에 가비르 재상은 어제 있었던 일을 꺼내기 시작했다.

"대관식 후 가테스 공작에 대한 처벌을 의논하기 위해 폐하와 함께 대화를 나누게 되었습니다. 그런데 폐하께서 엉뚱한 생각을 가지고 계시더군요."

여전히 의아한 표정을 짓고 있는 크라이츠의 얼굴을 살피며 말을 이었다.

"제국에는 총 3개의 공작 가문이 있습니다. 그중 가테스 공작의 가문은 이미 그 자격을 박탈당했기 때문에 이제 2개의 가문만이 남게 된 것이죠. 한데… 폐하께서 뮤스 군에게 공작의 작위를 내리고 싶으신 모양입니다.”

“네? 뮤스에게 공작의 지위라고요?!”

크라이츠는 가비르 재상의 말에 경악에 찬 목소리로 외쳤는데, 공작의 작위라는 것이 그리 쉽게 내려지고 받을 수 있을 만큼 간단한 성질의 것이 아니라는 것을 잘 알고 있는 크라이츠였기에 그 놀라움은 더욱 큰 것이었다.

“그렇습니다. 원래 공작이라는 작위가 국가 1등 공신에게만 내려지는 작위이기 때문에 폐하께서 언급하신 내용을 따진다면 충분히 뮤스 군을 공작으로 임명할 수 있는 일입니다. 하지만 그렇게 된다면 제국의 귀족들이 엄청난 소요를 일으키게 된다는 것을 크라이츠님이 더 잘 알 것입니다.”

“당연히 엄청난 소요를 일으키게 되겠죠. 생전 보도 못한 자에게 그런 엄청난 권력이 옮겨간다는 것은 자신의 권력을 직접적으로 위협하게 되는 것일 수도 있으니.”

그녀의 말에 고개를 끄덕이던 가비르 재상은 더욱 걱정스러운 목소리로 입을 열었다.

“공작의 작위만이라면 귀족들의 소요가 일어난다고 해도 그들을 설득시키는 것이 아주 불가능한 것은 아닐 것입니다. 하지만 더욱 문제가 되는 것은 쥬론 공국이죠.”

“쥬론 공국이라면 가테스 공작이 다스리던 곳이 아닌가요?”

“네, 맞습니다. 이번 공작 작위가 뮤스 군에게 내려진다면 가테스 전 공작의 지위를 물려받게 되는 것이므로 쥬론 공국의 영지까지 뮤스 군에게 넘어가게 됩니다. 쥬론 공국은 그 크기는 대단한 것이 아니지만, 전체가 기름진 땅으로 이루어져 있고 제국의 가장 큰 금광산 중 세 곳을 가지고 있는 땅입니다. 거의 경제력으로는 하나의 독립된 국가라고 봐도 무방할 정도죠. 그러니 뮤스 군이 공작의 작위를 받게 된다면 귀족들은 자신의 모든 힘을 동원해서라도 이 일을 저지하려 들 것입니다."

여기까지의 이야기를 듣던 크라이츠는 단호한 목소리로 잘라 말했다.

"그것은 절대 안 돼요! 아직 어린 황제가 권력 다툼에 대해 전혀 모르고 있는 듯한데, 뮤스를 사지로 이끌려 하다니… 어리석은."

"저도 말리려 애썼지만 너무나 완고하셔서… 그래서 크라이츠님께 말씀드리는 것입니다."

근심 어린 말과 함께 가비르 재상은 한숨이 깊어만 갔다.

둘의 사이에서 진지한 이야기들이 한동안 오고 가고 있을 때 노크 소리가 들려왔다. 그 소리에 잠시 하던 이야기를 멈춘 가비르 재상은 문 쪽을 바라보며 말했다.

"누구시죠?"

"저 뮤스예요, 가비르 재상님."

밖에서 들려오는 소리에 크라이츠의 얼굴을 한번 살핀 가비르 재상은 이내 입을 열었다.

"네, 들어오세요."

그러자 방문이 열리며 뮤스가 얼굴을 들이밀었다. 그리곤 방 안을 살피며 입을 열었다.

"저… 가비르 재상님, 저희 누님과 함께 계시나요?"

　물음과 동시에 가비르 재상의 맞은편에 앉아 있는 크라이츠를 발견한 뮤스는 그럼 그렇지 하는 표정을 지은 채 집무실로 들어왔다.

　"누님, 여기 계셨군요. 얼마나 찾아다녔다고요."

　뮤스의 목소리에 몸을 돌린 크라이츠는 자신의 골치를 아프게 만들고 있는 당사자가 나타나자 떨떠름한 표정을 지었다.

　"에휴… 생각보다 일찍 일어났구나? 마침 잘 왔다. 이쪽으로 들어와서 앉아보렴."

　"그것보다 카타리나가 여기에 왔어요. 그래서 인사드린다고 이렇게 찾아다녔다고요."

　말을 마친 뮤스는 자신의 뒤에 서 있는 카타리나를 잡아끌었는데, 그에게 이끌려 집무실로 들어선 카타리나는 가볍게 웃으며 크라이츠에게 인사를 했다.

　"안녕하세요. 아버님을 따라왔다가 인사라도 할 겸 해서 왔어요."

　그녀의 인사를 받은 크라이츠 역시 반갑게 인사를 받아주었다.

　"어머! 카타리나, 정말 오래간만이구나! 그동안 더 예뻐진 것 같은걸?"

　"별말씀을요. 저보다 오히려 언니께서 더 아름다워지신 것 같은걸요?"

　카타리나의 칭찬에 뮤스의 일을 잠시 잊어버린 크라이츠는 입을 가리며 크게 웃었다.

　"호호호홋! 어머나, 그렇게 생각했니? 나도 요즘 피부가 좋아진 것을 조금 느끼고 있었는데, 그게 정말이었나 보네? 요즘 쓰는 화장품을 바꿨거든. 어렵게 구한 것이라서 그런지……."

　카타리나의 말을 있는 그대로 받아들이는 크라이츠를 보며 뮤스는 할 말을 잃었고, 카타리나 역시 조금 당황한 모습이었다. 하지만 가비르 재상만은 그녀의 말을 인정하는 듯 고개를 끄덕이고 있었다.

잠시 후 크라이츠가 안정을 취하자 가비르 재상은 뮤스와 카타리나를 바라보며 자리를 권했다.

"두 분 다 이쪽으로 와서 함께 차라도 드시죠? 그렇지 않아도 중요한 일 때문에 뮤스 군을 부를 참이었는데 잘되었군요."

그의 말에 카타리나와 눈으로 의사를 교환한 뮤스는 빈 소파로 다가와 앉았고, 카타리나 역시 뮤스의 옆 자리에 자리했다. 마침 집무실에는 빈 잔이 두 개 더 있었기에 그것에 차를 따른 가비르는 카타리나의 앞으로 잔을 놓으며 가볍게 인사를 건넸다.

"하버만 후작님의 둘째 따님이시죠? 저는 가비르라고 합니다."

가비르 재상이 건넨 찻잔을 황송한 듯 받은 카타리나는 그의 깍듯한 접대에 어쩔 줄 몰라 하고 있었다. 자신의 아버지보다 높은 위치에 있는 사람에게 이와 같은 대접을 받으니 아무렇지도 않을 수는 없었던 것이었다.

"저… 말씀은 많이 들었습니다, 가비르 재상님. 하지만 저는 나이도 어리고 하니 말씀을 낮추시는 것이……."

카타리나의 말에 뮤스는 가비르 재상이 높임말을 쓰는 이유에 대해 떠올리며 자신도 모르게 실소를 터뜨렸는데, 표정이 굳은 가비르 재상의 얼굴을 보고서야 힘들게 자제할 수 있었다.

"아, 아닙니다, 카타리나 양. 제 행동에는 큰 신경을 쓰지 않아주셨으면 고맙겠습니다."

"네… 가비르 재상님. 그렇게 하도록 하겠습니다."

가비르 재상의 존대에 얽힌 아픔을 모르는 카타리나로서는 크게 불편한 것이 사실이었지만, 이렇게 부탁까지 하니 더 이상 그에 대해 말을 할 수가 없었다. 마지막 남은 찻잔을 뮤스의 앞에 내려놓던 가비르 재상은 본래의 신색을 되찾으며 이야기를 꺼내기 시작했다.

"뮤스 군은 작위를 받는 것에 대해 어떻게 생각하죠?"

그가 건네준 찻잔을 들어 향기를 맡던 뮤스는 갑작스러운 그의 말에 의아한 표정을 지으며 바라보았다.

"작위? 귀족의 작위 말씀이십니까?"

"네, 그렇습니다. 그중에서 공작의 작위에 대해 어떻게 생각하는지 묻고 싶습니다."

비록 가비르 재상이 꺼낸 이야기의 진의를 알진 못했지만 잠시 생각을 해보던 뮤스는 머리를 긁적이며 대답했다.

"글쎄요. 공작의 작위 정도면 엄청 높은 위치라는 것 정도만 알고 있습니다. 하지만 아주 골치 아픈 위치가 아닐까요? 사람들을 다스려야 하고 그에 따른 일도 있을 것이고……."

"그렇게 생각하신다면 정말 다행입니다. 사실 이런 이야기를 꺼낸 것은 황제 폐하께서……."

뮤스의 간단한 대답을 들은 가비르 재상은 크게 안도하는 모습으로 크라이츠에게 해주었던 이야기를 뮤스에게 들려주기 시작했는데, 그 이야기를 아무런 생각 없이 듣고 있던 뮤스와 카타리나는 눈을 동그랗게 뜨며 놀라는 중이었다.

"네?! 제게 공작의 작위라고요? 그건 말도 안 돼요! 만난 지 일주일도 안 된 사람에게 공작의 작위를 쉽게 내리려 하다니 정말 큰일 날 일이군요!"

뮤스의 반응에 고개를 내저은 가비르 재상은 찻잔에 남은 차를 비우며 말했다.

"사실 뮤스 군은 공작의 작위를 받을 정도의 공을 세웠습니다. 하지만 현실은 그렇게 만만한 것이 아닙니다. 황궁 또는 제국 전역의 귀족들이 뮤스 군이 갖게 될 권력을 두려워하여 크게 반발하게 될 것입니다. 심할 경우에는 그들이 어떤 일을 저지를지도 모르는 일이죠. 그러니 뮤스 군 자신과 제국의 평안을 위해 공작의 작위를 거부해 주셨으면 합니다."

크라이츠 역시 같은 의견을 보이고 있었다.

"내 생각도 가비르 재상과 같구나. 네가 공작의 작위를 받는다면 제국의 귀족들을 모두 적으로 돌리게 되는 것이란다. 그것은 공학원에도 엄청난 타격으로 돌아오게 되는 것은 불 보듯 뻔한 거야."

뮤스도 공작이라는 위치에 별 관심이 없는 데다가 가비르 재상과 크라이츠까지 반대하고 나서자 더 이상 생각할 필요도 없는 일이라 생각했다.

"재상님과 누님께서 그렇게 말씀하시지 않더라도 제가 아마 거절했을 거예요. 그러니 그런 걱정은 하지 않으셔도 될 거예요."

서슴없는 뮤스의 말에 안도의 한숨을 내쉰 가비르 재상은 웃으며 말했다.

"휘유… 그렇게 생각하신다면 정말 다행입니다."

마침 황제와의 대화가 생각난 뮤스는 가비르 재상에게 물었다.

"아참, 그런데 오늘 저녁 말씀하실 것이 있다고 하시며 저녁 식사에 초대를 하셨는데… 무슨 일인지 잘 모르겠습니다."

"흐음, 아무래도 공작 작위에 관한 이야기를 귀족들 앞에서 발표할 듯하군요. 근시일 내에 발표할 것이라는 것은 알고 있었지만, 이렇게 서두르시다니…….”

“그렇지만 제가 거절을 한다면 괜찮지 않을까요?”

뮤스의 물음에 쓴웃음을 지은 가비르 재상은 가라앉은 목소리로 말했다.

“뮤스 군의 말대로 간단하게 해결된다면 좋겠지만 상황이 좋지 않은 쪽으로 흐른다면… 글쎄요.”

“네? 제가 거부를 하더라도 해결되지 않는다는 건가요?”

“흠, 예를 들어서 내 집의 정원에 독사가 한 마리 있다고 가정을 해 보죠. 하지만 나는 아직까지 독사에게 물린 적이 없습니다. 그렇다면 뮤스 군은 언제 나를 물지 모를 독사를 그냥 정원에 놔둘 수 있겠습니까?”

가비르 재상이 하려는 말이 무엇인지 깨달을 수 있었던 뮤스는 자신이 생각한 만큼 일이 간단한 것이 아니라는 것을 알게 되었다.

“그렇다면 귀족들이 저의 존재 자체에 위협을 느끼고서 견제할 수도 있다는 것이군요.”

“흠… 확실치는 않지만 그런 일이 없으리라는 법도 없습니다.”

그들의 대화를 듣던 카타리나는 기분이 언짢아지고 있었는데, 어찌 본다면 뮤스와 가비르 재상이 말하는 귀족 중에는 자신의 아버지인 하버만 후작까지 포함되어 있었기에 그녀가 느끼는 불쾌감은 당연한 것이었다. 잠시 대화가 끊어지자 뮤스는 잠시 잊고 있던 카타리나를 의식했다.

“아차! 미안해, 카타리나. 오랜만에 만났는데 이런 이야기나 들려주게 되다니…….”

하지만 카타리나는 다른 생각을 하고 있었는지 뮤스의 말을 듣지 못

한 듯했다. 조금 이상한 그녀의 태도에 뮤스는 고개를 갸웃거리며 그
녀의 어깨를 두들겼다.

"카타리나, 왜 그래? 무슨 생각을 하고 있는 거야?"

그제야 뮤스가 부르는 소리를 들을 수 있었던 카타리나는 고개를 저
으며 대답했다.

"아, 아무것도 아니야. 그냥 다른 생각 좀 하느라."

"너무 심심했나 보네… 어쩌지?"

고민을 하기 시작하는 뮤스를 바라본 가비르가 가볍게 웃으며 말했
다.

"후훗! 지금은 고민해 봤자 나아질 것이 없으니 카타리나 양과 함께
바람이라도 쐬고 오시는 것이 어떻겠습니까? 그동안 황궁에만 계시느
라 답답하셨을 텐데."

"하지만 제가 이곳의 지리를 잘 알지도 못하고 어디가 좋은지도 잘
모르는걸요? 게다가 걸어다닐 수는 없는 일인데……."

"그러시다면 제가 한곳을 추천해 드리죠. 황궁에서 전뇌거로 20분
쯤 나가면 젠타카 강이 있습니다. 비록 춥기는 하지만 겨울이기에 더
욱 멋있는 곳이죠. 그곳에 가면 요른 마을이라는 곳이 있는데, 맛 좋은
음식점들이 많죠. 저녁 시간까지는 아직 시간이 많이 남았으니 식사
전이라면 그곳에 가보시는 것도 좋겠군요. 또 그곳은 실크로스 교가
세워질 곳이니 미리 가서 시찰해 보시는 것도 좋을 것입니다."

뮤스가 교통수단에 대해 말을 하려 하자 그의 생각을 알기라도 하는
지 크라이츠가 입을 열었다.

"전뇌거라면 황궁 마차고에 있을 거야. 괜찮다면 내 것을 쓰도록 하
렴. 카타리나처럼 어여쁜 아가씨를 모시려면 그 정도는 되어야겠지.

이번에야말로 카타리나를 잘 꼬셔보라고. 호호홋!"

　그녀의 말에 얼굴을 붉힌 뮤스는 무슨 말이라도 하고 싶었지만 그래 봐야 크라이츠를 이길 확률도 없었고, 더욱 의심을 살 만한 노릇이었기에 아무런 말도 하지 않았다. 애써 당황한 기색을 숨긴 뮤스는 카타리나에게 말했다.

　"농담도 원… 카타리나, 괜찮겠어? 마침 나도 답답하던 참인데 잘됐네."

　"응? 나야 상관없어. 아버지께 말씀드리고 왔으니까."

　카타리나가 승낙하자 조금이라도 빨리 이 자리에서 벗어나고 싶었던 뮤스는 자리에서 몸을 일으켰다.

　"좋아. 그럼… 누님, 다녀올게요. 그리고 가비르 재상님도 나중에 뵙겠습니다."

　"호홋! 뮤스, 응원해 주마!"

　크라이츠가 주책을 떨자 아예 외면한 뮤스는 카타리나를 이끌며 서둘러 자리를 떠났고, 크라이츠는 그들의 뒷모습을 보며 미소 지었다.

　"상당히 잘 어울리는 한 쌍이죠? 뮤스 녀석이 조금만 더 숫기가 있었으면 좋았을 텐네… 내가 직접 나설 수도 없고."

　뮤스의 속내를 모두 다 알고 있는 듯한 크라이츠의 말투였다. 그녀의 질문을 듣고 있던 가비르 재상 역시 부러운 눈빛으로 나직이 말했다.

　"정말 잘 어울리는군요. 부러울 정도로… 허헛! 젊었을 적이 그립군요."

　"호홋, 열정은 사라졌어도 아쉬움은 남는가 보군요. 우리도 오래간만에 데이트나 할까요?"

그녀의 제의에 빙그레 웃은 가비르 재상은 고개를 끄덕였다.

"저를 위해 시간을 내주신다면 영광이죠. 후훗."

왠지 예전보다 편안한 모습으로 자신을 대하는 가비르 재상을 보며 어깨를 으쓱거린 크라이츠는 앞으로 손을 내밀며 말했다.

"대신 제가 만족할 만한 곳으로 가서야 할 거예요."

그녀가 내민 손을 가볍게 잡으며 몸을 일으킨 가비르 재상은 고개를 살짝 숙였다.

"여부가 있겠습니까, 레이디 크라이츠. 멋진 곳으로 안내해 드리겠습니다."

"호호호훗! 좋아요. 기대해 보겠어요."

눈앞에 서 있는 예의 바른 신사의 태도에 기분 좋게 몸을 일으키는 크라이츠였다.

벨링이라는 도시는 도이첸 제국의 수도로서 유명하기도 했지만 북부 지방 특유의 개성을 가진 도시로도 유명했다. 특히 구(舊)시가의 건축 양식과 도시 형태는 다른 도시들과 전혀 판이했는데, 바람이 많은 북부 지방의 도시인만큼 건물들 사이의 틈이 거의 없었고, 난방의 이점을 위해 창이 작고 천장이 낮은 모습이었다. 게다가 외관보다는 실용성을 중시했기에 물받이나 연통 또는 지붕의 모양이 단순하기 그지없었다.

줄지어 늘어서 있는 건물들 사이로 나 있는 도로를 타고 마차들 사이에 섞여 달리고 있는 황금빛의 전뇌거가 있었다. 지나다니던 사람들은 전뇌거의 존재를 이미 알고 있었기에 전뇌거에 대해 크게 놀라지는 않았지만, 황금의 전뇌거에 대해서는 들어본 적이 없었기에 신기한 눈빛으로 바라보고 있었다.

전뇌거의 안에는 한 쌍의 남녀가 앉아 있었는데, 바로 뮤스와 카타리나였다.

도로는 반듯한 석판들이 맞물리며 포장되어 있었기에 전뇌거로 전해지는 진동도 없었다. 가벼운 마음으로 운전을 하며 벨링의 시내를 구경하던 뮤스가 들뜬 목소리로 물었다.

"이야! 라이델베르크와는 또 다른 모습이군. 카타리나, 너는 여기에 와본 적 있어?"

그의 물음에 가볍게 웃은 카타리나는 창밖을 보며 대답했다.

"당연하지. 어렸을 때 여러 번 와봤는걸? 그리고 벨링이라는 도시는 도이첸 제국이 성립되기 이전의 도시 형태를 지녔기 때문에 그 이후에 형성된 다른 도시들과는 다르고, 북부 지방 특유의 기후 환경 때문에 건물들의 모습이 조금 특이하지. 공부 좀 해야겠는걸, 뮤스 군?"

카타리나의 장난스러운 말에 뮤스는 그저 웃어넘길 수밖에 없었다. 카타리나의 말이 계속되었다.

"그런데 우리가 지금 제대로 가긴 가는 거야? 나도 젠타카 강은 가 보질 않아서 모르는데……."

그녀의 걱정스러운 말에 뮤스는 자신있는 표정을 지었다.

"걱정하지 마시죠, 레이디. 관리하는 분께 물어보고 왔으니까."

"글쎄… 모르지 뭐. 혹시 네가 방향치일지도 모르니까 말이야."

순간 가슴 한구석이 뜨끔했던 뮤스는 황궁에서 길을 잃었던 기억을 떠올리며 스스로를 다시 한 번 의심해 보았다. 그러던 중 카타리나의 안도의 한숨 소리가 들려왔다.

"휴우! 그래도 잘 찾아오긴 왔구나. 저쪽을 봐."

그녀가 가리킨 곳으로 시선을 돌린 뮤스는 길옆에 세워져 있는 표지판을 볼 수 있었다.

젠타카 강 방향.

이제야 극단적인 방향치는 아니라는 것이 증명되었기에 한시름 놓은 뮤스는 허기가 짐을 느끼며 속도를 조금 더 내어 전뇌거를 몰기 시작했다.

끼익!

잠시 후 그들은 젠타카 강변에 도착할 수 있었다. 강변으로 띄엄띄엄 늘어서 있는 음식점들이 저마다 개성있는 모습을 하고 있었고, 각 음식점들의 앞쪽으로는 상당히 많은 수의 마차와 전뇌거들이 세워져 있었다. 그중 어느 곳을 택해야 할지 생각하던 뮤스는 스스로 결정을 내리지 못하고 카타리나에게 물었다.

"어디가 좋을까? 경치는 거의 비슷비슷해 보이는데?"

역시 뮤스와 주변 음식점들을 살펴보던 카타리나는 바로 눈앞에 보이는 음식점을 가리켰다.

"저기가 어떨까? 어차피 이렇게 음식점들이 모인 곳에 가계를 마련했을 정도면 음식 솜씨는 비슷할 거고, 건물 모양은 저기가 마음에 드는걸?"

그녀가 가리킨 곳에 서 있는 음식점은 2층으로 이루어진 비교적 작은 규모였다. 하지만 주로 갈색을 이루는 다른 음식점들 사이에서 유달리 흰색 판자로 외벽을 하여 눈에 띄는 모습을 하고 있고, 지붕에 걸려 있는 덜 녹은 눈들과 어울려 운치가 있어 보였기에 뮤스도 쉽게 고개를 끄덕였다.

음식점 앞에 전뇌거를 세워놓은 뮤스와 카타리나는 유리를 통해 안이 들여다보이는 문을 열고 안으로 들어섰다. 실내 역시 온통 흰색을 띠고 있었고 식탁, 의자 할 것 없이 모두 흰색이었다. 강 쪽으로 커다란 창이 나 있어 채광이 용이했기에 하얀 실내는 더욱 밝아 보였다. 문 앞쪽에 서 있던 점원은 뮤스와 카타리나가 입고 있는 고급스러운 옷과 창 너머로 그들이 타고 온 전뇌거를 봤는지 더없이 상냥한 목소리로 물었다.

"어서 오십시오. 두 분이십니까?"

잠시 실내를 둘러보던 뮤스는 고개를 끄덕였다. 점원은 밝은 미소를 띠며 재차 물었다.

"식사를 하시겠습니까, 아니면 차를 하시겠습니까?"

그의 물음에 뮤스는 서슴없이 대답했다.

"식사를 좀 했으면 해요? 지금 상당히 허기가 진 상태거든요."

"그럼 2층으로 안내해 드리겠습니다. 외투는 제게 맡겨주시겠습니까?"

점원에게 외투를 맡긴 뮤스와 카타리나는 안내를 받으며 2층으로 올라갔다. 그곳에는 그들 말고도 여러 명의 남녀가 식사를 하고 있었다. 하지만 그들은 자신들의 애정 행위에만 전념할 뿐 새로운 손님에게는 아무런 관심이 없는 듯했다. 잠시 걸음을 멈춘 뮤스가 부러운 눈으로 그들을 바라보고 있을 때 먼저 자리를 잡고 앉은 카타리나가 불렀다.

"뮤스, 왜 앉지 않고 그러고 있는 거야? 이 자리가 마음에 들지 않아?"

"응? 아, 아니야."

　황급히 대답하며 자신의 맞은편에 앉는 뮤스를 보며 카타리나는 이 상하다는 듯 고개를 갸웃거렸다.

“흠… 저쪽에 마음에 드는 아가씨라도 있는 거니?”

“말도 안 돼! 배고프니까 어서 주문이나 하자.”

　카타리나의 주의를 돌린 뮤스는 서둘러 식탁 위에 놓인 메뉴판을 뒤적이기 시작했다.

“하하핫! 정말 당신을 만나길 잘한 것 같아. 언제 봐도 이렇게 사랑 스럽다니.”

“호홋, 정말요? 저를 얼마만큼 사랑하나요?”

“당신을 위해서라면 저 젠타카 강 강물만큼의 눈물이라도 흘릴 수 있어.”

“어머나~ 행복해라!”

　뮤스의 신경을 자극하는 소리들이 사방에서 심심치 않게 들려오고 있었다. 그리고 그는 오늘따라 유별나게 질긴 스테이크에 신경질적인 나이프질을 해대며 투덜거렸다.

“흥! 폴린, 히안 커플이 이상한 게 아니었군. 다들 제정신이 아니야.”

　맞은편에서 뮤스의 불만 섞인 목소리를 들은 카타리나는 그와 대조 적으로 손쉽게 스테이크를 잘라내며 말했다.

“원래 사랑은 유치한 거라고 하잖니. 우리한테는 유치하기 짝이 없는 소리라도 저 사람들한테는 천사들의 노랫소리보다 더 달콤하게 들릴걸?”

“어쨌든 마음에 들지 않는 것은 사실이야. 입맛이 싹 달아났어.”

뮤스의 말에 미소를 지은 카타리나는 은근한 목소리로 물었다.

"너, 벌쿤이 세이즈와 사귀게 되니까 배 아파서 그러는 거 아니니?"

"배가 아프긴 누가 배가 아프다는 거야? 벌쿤 녀석이 세이즈와 사귀게 된 건 아무 상관 없어!"

정곡을 찌른 카타리나의 말에 언성을 높이는 뮤스였는데, 불리한 상황에서 소리부터 지르고 보는 남자의 본성이 자신도 모르는 사이 드러나고 있었다.

"아니면 아니지 왜 화를 내고 그러니?"

인상을 찌푸리며 흘리는 카타리나의 말에 이성을 되찾은 뮤스는 더듬거리는 목소리로 말했다.

"미, 미안. 화를 내려는 것은 아니었는데……."

뮤스의 사과를 시작으로 둘 사이에는 무거운 정적이 흐르기 시작했고, 점점 시간이 갈수록 둘 중 누구도 먼저 이야기를 꺼내기 힘들게 되어버렸다. 뮤스의 외침에 달콤한 시간을 방해받은 커플들은 뮤스와 카타리나가 있는 쪽을 바라보며 자기들끼리 귓속말을 나누고 있었다. 차 한 잔 마실 정도의 시간 동안 카타리나의 눈을 피한 채 식탁 위를 내려다보던 뮤스가 이윽고 입을 열었다.

"카타리나… 화난 거야?"

하지만 그녀는 계속해서 식탁 위로 시선을 고정하고 있을 뿐 아무런 대답도 하지 않았다.

"화가 났다면 미안해. 나도 모르는 사이에 소리를 지르고 말았어."

한동안 뮤스의 말을 듣고 있던 카타리나는 흰색의 식탁보를 꼭 쥐며 조금 격앙된 듯한 목소리로 물었다.

"아무래도 네 행동이 너무 이상해."

"응? 내가 뭘 어쨌다고?"

"오전부터 이상했잖아. 물어보지 않으려 했는데… 황제 폐하께서 물어보시던 '그분' 이 누구니?"

뮤스가 오전에 있었던 일을 하나씩 떠올려 보다가 금세 황제와의 대화 중에 당황하던 자신의 모습을 떠올릴 수 있었다.

"그, 그건 네가 몰라도 되는 이야기야."

명확치 않은 그의 대답에 서운한 표정을 지으며 목소리를 낮추는 카타리나였다.

"하긴… 네가 사모하는 사람을 내가 꼭 알아야 하는 것도 아니지. 하지만 친구 사이에 그 정도는 말해 줄 수 있다고 생각했는데……."

"그런 게 아니야!"

"아니긴 뭐가 아니니?"

상대의 속도 모르고 답답한 말을 하고 있는 카타리나를 보며 뮤스는 강렬한 갈증을 느끼는 동시에 알지 못할 분노를 느꼈다. 학교 입학 축하 파티에서 한번 느껴본 적 있던 무아의 느낌이 되풀이된 것이었다. 그리곤 마음의 한구석에 숨어 있던 욕망이 그의 머리를 지배하며 저절로 입술이 움직이고 있었다.

"제길! 내가 좋아하는 사람은 너란 말이야! 왜 지금까지 남의 속도 모르냐! 그래, 네 말대로 벌쿤 녀석이 부러워 죽겠어! 나는 몇 달이나 혼자 속을 태우고도 이 모양인데, 그 녀석은 불과 몇 주 만에 좋아하는 사람이랑 붙어서 히히덕거리는 걸 생각하니까 배 아파 죽겠다고!"

외침과 동시에 뮤스의 눈에는 카타리나를 제외한 사람들이 하얀색의 일색이던 배경 사이로 사라졌으며, 유일하게 그의 시선 속에 남은 존재인 카타리나는 떨리는 눈으로 뮤스의 얼굴을 응시하고 있었다. 심장 뛰는 소리가 그의 고막을 두들겼고, 마른침을 삼키는 소리가 그녀에게 들릴까 두려웠다.

과연 카타리나의 입에서 어떠한 대답이 나올지 초조하게 기다리는 뮤스였다. 하지만 그것도 잠시, 사랑의 여신은 끝내 그를 외면하는지 전신으로 엄청난 진동을 느끼며 눈 밖으로 사라졌던 모든 것들이 정상으로 돌아와 버렸다.

쿠구구궁! 구구구구궁!

귓전에서 들리던 심장 박동 소리도 굉음에 파묻혀 버렸고, 사방에서 들려오는 비명 소리가 그 자리를 대신할 뿐이었다.

쨍그랑! 챙!

"까아악! 지진이다!"

"다들 식탁 밑으로 몸을 숨기세요!"

푸드득.

천장으로부터 떨어지는 먼지 부스러기가 머리 위로 떨어지고 나서야 정신을 차린 뮤스는 급히 카타리나를 바라보았다. 그녀는 겁에 질린 얼굴로 식탁의 양쪽 모서리를 잡고서 몸을 고정시키려 애쓰고 있었는데, 마음대로 되지 않는 듯했다.

그녀의 옆으로 몸을 움직인 뮤스는 그녀의 팔을 잡아당기며 식탁 밑으로 기어 들어갔고, 땅으로 떨어지며 튀기는 식기의 파편으로부터 그녀를 보호하기 위해 어깨를 감싸 안았다. 파르르 떨리는 어깨를 진정시킨 뮤스는 냉정하게 사방을 둘러보았다. 다른 사람들 역시 모두 식탁 아래로 몸을 피한 상태였는데, 이런 일이 처음이 아닌 듯 크게 당황한 표정들은 아니었다.

곧 진동이 잦아들자 조금 안도한 뮤스는 점원의 행동을 잘 살폈다.

처음 와본 곳인 이상 이곳에서 생활을 하는 점원의 판단이 가장 정확하다고 판단했기 때문인데, 그 역시 이제 지진이 멎었다고 판단했는지 식탁 밑에서 빠져나오며 몸을 일으키고 있었다. 그리곤 자신을 따라 몸을 일으키기 시작하는 손님들을 향해 말했다.

"여진이 있을지도 모르니 안전을 위해 밖으로 나가주십시오. 오늘은 영업을 중단하도록 하겠습니다!"

그의 말에 각자의 짐을 챙긴 사람들은 연인의 품에 몸을 기댄 채 계단을 통해 아래층으로 자리를 옮기기 시작했다. 그때까지도 카타리나의 어깨를 감싸 안고 있던 뮤스는 그녀의 어깨 위로 올라간 손을 황급히 치우며 얼굴을 붉혔다.

"우, 우리도 이만 나가자. 여진 때문에 건물이 무너질지도 모르니까."

그의 말에 뮤스만큼이나 붉어진 얼굴을 손으로 감싸 쥔 카타리나는 고개를 끄덕였다.

"으, 응……."

카타리나를 이끌고 식탁의 밑에서 빠져나온 뮤스는 아무도 없는 실내를 둘러보았다. 음식물들이 여기저기에 널려 있었고 식기들이 깨져 바닥을 어지럽히고 있었다. 기울어진 액자를 마지막으로 시선을 멈춘 뮤스는 앞장서 계단 쪽으로 걸음을 옮겼는데, 뒤를 따르던 카타리나는 뮤스의 소매를 살며시 잡고 있었다.

뮤스와 카타리나가 밖으로 나와보니 사람들은 자신들의 마차에 오르며 돌아갈 준비를 하고 있었다. 대부분이 보통 이상의 부유층인 듯 마부를 따로 두고 있었고, 몇 명은 손수 전뇌거를 몰고 있었다.

밖에는 음식점 건물을 걱정스러운 눈빛으로 보고 있는 이들이 있었는데, 바로 음식점에서 일을 하는 점원들과 요리사들, 그리고 호리호리한 키에 마른 몸을 가진 중년인이었다. 그 중년인은 무거운 한숨을 내쉬며 점원들에게 말했다.

"요즘 들어 한 달이 멀다 하고 지진이 일어나니 큰일이군. 자네들도 여진이 있을지 모르니 어서 집으로 돌아들 가게나. 내일은 내부를 청소해야 하니 좀 일찍 나와주게."

이와 같은 상황은 이 음식점에만 해당하는 것이 아니었고 주변의 모든 음식점 앞에는 분주히 돌아가는 손님들과 뒤처리를 하려는 점원들이 섞여 있었다.

그들의 모습을 가만히 바라보고 서 있던 뮤스는 이 주변에 위치하고 있다는 실크로스 교를 떠올렸다. 그리고는 간단한 자료라도 수집할 겸 카타리나를 이끌고서 하나둘 떠나가는 점원들과 손님 사이에서 근심 어린 표정으로 서 있는 중년인에게 다가갔다.

"저 실례합니다만 말씀 좀 여쭙겠습니다."

낯선 청년이 말을 걸자 중년인은 의아한 표정으로 대답했다.

"네, 무슨 일이시죠?"

뮤스의 차림새가 상당히 고급스러웠기에 오랜 시간 동안 장사를 하던 습성이 몸에 밴 중년인은 자연스럽게 존칭을 사용하고 있었다.

"이곳에는 처음이라 그러는데, 원래 이런 지진이 자주 일어나나요?"

그의 물음에 턱을 괴며 생각해 보던 중년인은 고개를 저었다.

"흠… 글쎄요. 제가 이곳에서 장사한 지 30년 가까이 되었지만, 예전에는 이렇게까지 자주 일어나지는 않았죠. 한데 무슨 일인지 몇 년 전부터 지진의 횟수가 잦아지고 있답니다. 이제는 거의 한 달에 한 번씩 이런 지진이 일어나고 있죠."

중년인의 대답에 고개를 갸웃거린 뮤스가 다시 한 번 물었다.

"그렇다면 지진의 강도는 어떻죠? 뭐, 점점 강해진다거나……."

"강도는 거의 일정한 것 같습니다. 다행스럽게도 큰 피해가 일어나지는 않고 있으니까요. 그런데 무슨 일이시죠?"

잠시 골똘히 생각에 빠져 있던 뮤스는 중년인의 되물음에 손을 내저으며 웃었다.

"하하, 아무것도 아닙니다. 그저 궁금한 것은 못 참는 성격이라서요. 그건 그렇고 이 주변에 실크로스 교라는 것이 있다던데 그곳이 어디죠?"

"흠, 실크로스 교라는 것이 존재하지는 않습니다. 그저 황실에서 만들다 만 골격이 있을 뿐이죠. 그것이라도 보고 싶으시다면 젠타카 강을 거슬러 마차로 10분 정도 가시면 됩니다."

중년인의 설명에 강의 상류 쪽을 한번 응시한 뮤스는 고개를 끄덕였다.

"고맙습니다. 그럼 다음에 다시 한 번 오도록 하죠."

"허헛, 감사합니다."

다시 찾겠다는 손님의 말에 기분 좋지 않을 장사꾼은 없었기에 사람 좋은 미소를 짓고 있는 중년인이었다. 중년인에게 인사를 건넨 뮤스와 카타리나는 세워놓은 전뇌거를 향해 걸어갔다. 다행스럽게도 그리 강한 지진은 아니었기에 도로까지 파손되는 일은 일어나지 않았다. 카타리나는 아직까지도 조금 경직된 표정으로 손수 전뇌거의 문을 열어주는 뮤스를 향해 물었다.

"이제 황궁으로 돌아가는 거니?"

"아니, 실크로스 교 좀 둘러보려고. 황실에서 포기한 실크로스 교의 공사를 내가 해야 하거든. 그래서 가비르 재상님도 여기를 추천하셨고 말이야."

"으응, 그렇구나."

아직도 지진의 두려움이 남아 있는 카타리나로서는 지금이라도 황궁으로 돌아가고 싶었지만 뮤스의 일을 방해하기는 싫었기에 겉으로 내색치는 않았다.

뮤스가 운전석에 앉으며 전뇌거를 몰아 나가자 둘 사이에서는 조금 어색한 분위기가 흐르고 있었다. 지진 문제가 일단락된 지금, 다시 뮤스의 머리를 가득 메우고 있는 것은 자신의 애정 고백에 대한 카타리나의 반응이었다. 하지만 카타리나는 마치 그 일을 잊어버리기라도 한 듯 창밖만 바라보고 있을 뿐이었다. 뮤스는 부드러운 곡선을 그리고 있는 그녀의 옆모습을 훔쳐보며 속만 태우고 있었다.

'후… 왜 카타리나가 아무런 말도 하지 않는 거지? 지진 때문에 너무 놀라서 잊고 있는 건가?'

그는 복잡한 심정이었다. 그냥 이대로 흘러가기에는 기회가 너무 아쉬웠고 다시 한 번 이야기를 꺼내기에는 용기가 모자랐기 때문이다. 혼자서 애를 태우기 시작한 지 얼마 지나지 않아서 벌써 실크로스 교에 거의 다 왔는지 구조물의 일부분이 강둑 너머로 보이기 시작했다. 강둑으로부터 시작된 구조물은 강의 한 귀퉁이를 가로질렀다.

비록 대부분이 무너져 내렸고 그나마 버티고 있는 교대(다리가 시작되는 부분) 부분마저도 온전한 형태가 아니었지만, 그것만 보더라도 엄청난 규모의 교량임을 쉽게 알 수 있었다. 속으로 애만 태울 뿐 끝내 카타리나에게 아무런 말도 하지 못한 뮤스는 전뇌거를 먼발치에 세워둔 채 강의 건너편까지 응시하며 입을 열었다.

"흔히 볼 수 없는 규모의 교량이군. 지진이 수시로 일어나는 곳에서 이 정도 규모의 교량을 세운다는 것이 쉽지는 않겠는걸? 게다가 이렇게 석조로 만든다는 것은 아주 불가능한 일이야."

그의 말을 듣던 카타리나는 마음을 조금 진정시키며 겨우 형체만 유지하고 있는 실크로스 교의 교대를 보며 한마디 했다.

"저게 그 실크로스 교라는 거니? 금방이라도 쓰러질 것 같은걸?"

"음… 새롭게 공사를 시작하려면 어차피 제거해야 하니까 이번 기회에 남은 부분까지 무너지는 것도 괜찮겠지."

뮤스의 말에 평소와 다름없는 태도의 카타리나는 고개를 끄덕였다. 대화가 끊어지자 또 한 번의 정적이 둘의 사이에 찾아왔다.

두근, 두근…….

천천히 심장의 박동이 빨라지기 시작하며 서로의 숨소리는 바로 옆에서 들리는 듯 가깝게 느껴졌다. 전녀거 내부의 공기가 희박해진 듯 뮤스는 숨을 편히 쉴 수 없었다. 또 자꾸만 옆으로 돌아가는 눈동자를 고정시키기 위해 뮤스는 연신 애를 쓰고 있었다. 더 이상은 지진이나 실크로스 교 따위의 생각은 뮤스의 머리에 없었고, 지금은 오로지 카타리나의 생각만으로 가득 찼다.

"무슨 생각하니?"

한마디의 말이 목말라 있던 뮤스에게 시원한 냉수와도 같이 들려왔다. 바짝 말라 있는 아랫입술을 손으로 매만진 뮤스는 두근거리는 가슴을 진정시키며 대답했다.

"아무것도 아냐. 그냥 이런저런……."

"음."

뮤스의 말에 잠시 뜸을 들이던 카타리나 역시 뮤스만큼이나 긴장한 듯 손가락을 매만지며 계속해서 말을 이었다.

"저기… 아까 네가 했던 이야기 말이야……."

그녀의 조용한 목소리가 귀를 타고 뇌로 전달되는 이 순간 뮤스는 속으로 쾌재를 터뜨리기 시작했다.

"너… 정말 나를……."

'그래! 드디어 말을 꺼내는구나!'

뮤스의 기대에 찬 눈은 카타리나의 붉은 입술에 고정되었고, 뇌 세 포들이 움직이며 '그래, 난 널 좋아해!' 라는 대답을 준비하고 있었다. 이제 조금만 더 열리기를 기다리기만 하면 되는 것이었다. 그렇게 된 다면 이제 벌쿤을 부러워하지 않아도 되는 것이고 지난 몇 개월 간 가 슴앓이 한 것에 대한 모든 보상을 받게 되는 것이었다.

그렇게 꿈이 현실로 다가오는가 싶었다. 하지만 하늘의 누군가가 그 의 절망을 즐기기라도 하는 듯 가만히 봐주려 하지 않았다.

그 순간 음식점에서의 지진 못지 않은 진동을 느끼기 시작한 것이었 다.

쿠구구구궁!

갑작스럽게 들려오는 진동과 굉음 사이로 카타리나의 맑은 목소리 가 사라지면서 뮤스의 안색은 죽은 시체마냥 시퍼렇게 변해가고 있었 다.

'아아악! 안 돼!! 조금만 있으면 되는데 이건 또 무슨 소리야!'

전뇌거의 창을 통해 본 바깥 세상은 뿌연 먼지로 뒤덮이며 온통 황 토색 일색이었다. 이것은 흐르는 강물 위로 자리하고 있던 아치 모양 의 거대한 교대가 지진의 여파를 견디지 못한 채로 무너져 내리며 일으키는 소리였다. 교대를 지탱하고 있던 교각이 힘없이 내려앉으며 집채만한 바위 조각들이 강물 속으로 뛰어들었고, 그것들을 받아낸 강물은 거친 물결을 일으키며 강변으로 밀려들고 있었다. 그 모습을 보며 절망적인 표정을 지은 뮤스는 카타리나의 상태를 살폈다.

"카, 카타리나? 괜찮아?"

그렇지 않아도 지진 때문에 긴장하고 있던 그녀는 굉음에 크게 놀랐는지 완전히 딱딱하게 굳은 표정이었다. 그리곤 새파랗게 질리며 떨리고 있는 입술을 움직였다.

"뮤, 뮤스, 이제 그만 돌아가자… 제발……."

"가야지… 가야지……."

울먹임이 섞인 그녀의 말에 허탈한 듯 넋이 나간 얼굴을 한 뮤스는 무엇에게 홀린 것처럼 전뇌거를 몰기 시작했다. 먼지가 뽀얗게 쌓인 전뇌거는 왔던 길을 되돌아가기 시작했다.

태양이 기울어지며 하루에 대한 아쉬움을 담고 있는 붉은빛을 땅 위로 뿌렸고, 여러 갈래의 창살에 가로막혀 닿지 못한 햇살의 빈자리를 그림자가 채우며 어두운 색의 문양을 석벽 위로 그려 넣고 있었다.

오늘따라 뮤스가 느끼는 복도의 상아색 석벽은 유난히 차가웠다. 힘 빠진 어깨를 반쯤 벽에 기댄 뮤스는 무거운 발을 끌었고, 눈 밑은 검게 변한 듯한 착각을 줄 정도로 어두워져 있었다.

"결국은… 오늘도……."

길게 이어 나가지 못할 말을 하며 입을 뻐끔거리고 있는 그는 카타리나를 숙소까지 데려다 준 후 자신의 방으로 돌아가는 중이었는데, 생각만 해도 가슴이 울렁거리던 그녀와의 일을 떠올리며 자신이 할 수 있는 최대한의 아쉬움을 표현하는 중이었다.

쾅!

힘차게 문이 닫히는 소리에 유리창까지 미미하게 떨리고 있었다. 그곳에서부터 걸걸한 목소리가 들려왔는데, 투시기 확보 경쟁에서 떨어진 켈트가 동생들이 하는 양을 보다 결국은 참지 못하고 방에서 나오는 중이었다.

"제길, 아직도 싸우고 있다니. 나잇값도 못하는 것들. 쯔쯧."

혼잣말을 하며 몸을 돌리던 켈트는 벽에 기댄 채 힘없이 걸어오고 있는 뮤스를 볼 수 있었다. 의아한 표정으로 그에게 다가간 켈트는 몸을 낮추며 숙여져 있는 그의 얼굴을 바라보았다.

"엥? 히히덕거리면서 애인이랑 나가더니 안색이 왜 그러냐?"

"누가 애인이라는 거예요!"

시커멓게 죽어 있던 얼굴에 돌연 붉은색이 돌며 뮤스가 버럭 소리를 지르자 깜짝 놀란 켈트의 몸은 엉거주춤 뒤로 젖혀졌고, 뮤스는 계속해서 켈트에게 얼굴을 들이밀며 말을 이었다.

"그래요! 저도 정말 애인이 되고 싶다고요! 누가 애인이 되기 싫어서 안 되고 있는 줄 알아요? 제길, 뭐가 이렇게 힘이 드는 거야!!"

머리카락을 쥐며 고통스러운 듯 머리를 이리저리 흔들고 있는 뮤스를 바라보던 켈트는 이대로는 안 되겠다 싶었는지 그의 머리를 우악스런 두 손으로 잡았다.

"정신 차려라, 이 녀석아! 도대체 무슨 일이 있었던 거냐?"

그제야 조금 이성을 되찾은 뮤스는 눈앞으로 흘러내려 있는 머리카락을 뒤로 쓸어 올리며 한숨을 쉬었다.

"후우… 소리 질러서 죄송해요, 아저씨. 그냥 복잡한 일이 있어서 그래요."

"껄껄껄! 보아하니 연애 문제 같은데 그런 것이라면 이 켈트님께 상의를 해야지. 방에 들어가서 이야기나 하자꾸나."

뮤스의 손을 잡은 켈트는 드워프들의 숙소 바로 옆에 붙어 있는 뮤스의 방으로 이끌었지만, 그다지 믿음이 가지 않는 눈빛으로 켈트를 바라보고 있는 뮤스였다.

방에 들어가 뮤스를 소파에 앉힌 켈트는 제일 먼저 벽난로에 불을 붙였다. 쌓아놓은 장작에 불이 옮겨 붙으며 불꽃이 솟아오르자 만족한 표정으로 손을 털어낸 그는 벽난로 위에 있던 쟁반을 내렸는데, 손님 접대를 위해 준비해 놓은 다기들과 나무통에 들어 있는 찻잎이 잘 올려져 있었다. 무엇인가를 찾는 듯 주변을 둘러본 켈트는 고개를 갸웃거리더니 뮤스에게 다가와 말했다.

"혹시 휴대용가열로 가지고 있냐? 물을 끓일 만한 것이 없군."

그의 말에 의아한 표정을 지은 뮤스는 의심스러운 눈초리를 하며 물었다.

"설마 휴대용가열로로 물을 끓이려는 것은 아니겠죠?"

"허헛, 왜 아니겠냐? 어서 주기나 해라."

더 이상 열을 낼 힘도 없었던 뮤스는 마음대로 하라는 식으로 가방에서 휴대용가열로를 꺼냈고 그것을 빼앗듯이 받아 든 켈트는 자기주전자를 가열시키기 시작했다. 가열로의 높은 온도 덕분에 금세 물을 끓일 수 있었던 켈트는 두 개의 찻잔에 물을 부으며 말했다.

"자, 따뜻한 차를 한잔 마시면 훨씬 좋을 게다. 보라오 찻잎인데 마음을 안정시켜 주는 작용도 하니까 더욱 좋지. 어서 마셔보거라."

뮤스는 그다지 차를 마시고 싶은 마음은 없었지만 차가워진 손을 데

우는 것도 좋을 듯싶었기에 하얀 김이 피어오르는 찻잔을 집어 들었다. 잔을 두 손으로 쥐며 향기를 맡은 그는 가볍게 한 모금 마셨고, 몸속이 따뜻해지는 것을 느끼며 조금 더 들이켰다.

뮤스가 차를 마시는 것을 보며 싱긋이 웃은 켈트도 자신의 차를 들며 입을 열었다.

"흠, 역시 겨울에 따끈한 차는 좋군. 근데 그 아가씨랑 잘 안 되냐?"

켈트의 물음에 뮤스는 대답을 꺼리는 얼굴이었다. 솔직히 타인에게 속마음을 이야기한다는 것 자체가 부끄럽기도 했고 상황 자체도 남들이 보면 웃을 일이었기 때문이다. 대답할 기색을 보이지 않자 뮤스의 기분을 이해하는 듯 고개를 끄덕인 켈트는 조용한 목소리로 말하기 시작했다.

"원래 네 나이 때면 다들 한 번씩 혼란을 겪을 때가 있지. 뭐, 그것이 이성 간의 문제이든, 아니면 다른 문제이든."

켈트가 평소와 다르게 편안한 분위기를 만들자 의외라고 생각한 뮤스는 은연중에 그의 말에 귀를 기울이고 있었다.

"후훗, 네게 이런 말을 하기는 부끄럽지만, 나도 젊었을 때는 좋아하는 드워프가 있었단다. 내가 족장을 맡기 전 족장의 손녀였는데 그녀는 나보다 나이가 어렸기 때문에 친오빠처럼 따랐단다. 한데……."

그때부터 한참 동안이나 구구절절하게 늘어놓은 켈트의 말을 요약하자면, 동생으로 지내던 한 예쁜(?) 드워프가 있었는데 어느 순간부터인가 동생이 아닌 여자로 보이기 시작했다는 것이다. 하지만 여전히 오빠로서 자신을 좋아하고 있는 그녀에게 차마 고백할 수가 없었는데, 자칫 잘못하면 영원히 껄끄러운 사이로 지내게 될 수도 있다는 걱정 때문이었던 것이다. 끝내 켈트는 자신의 마음을 그녀에게 고백하지 못했고 몇 년 후 그녀는 다른 부족의 드워프와 결혼을 해서 마을을 떠났다고 하는 이야기였다.

"…그래서 지금까지 결혼을 하지 않고 살고 있는 것이지."

세상에 떠돌고 있는 흔하디흔한 이야기였고 과연 사실일지도 의심스러운 이야기였지만, 감정이 격해져 있는 뮤스는 가슴 찡함을 느끼고 있었다. 그런 뮤스의 얼굴을 살피던 켈트는 이유 모를 회심의 미소를 지었는데, 그에게 들키기라도 할까 두려운지 금세 얼굴에서 미소를 지우며 말을 이었다.

"흠흠… 그러니 나중에 후회하지 말고 지금 적극적으로 밀고 나가라는 말이다."

뮤스는 그의 충고에 진심으로 감복하고 있었다. 평소에 진지함이라곤 찾아볼 수 없던 켈트가 자기를 위해 이런 이야기까지 해주니 너무나 고마웠던 것이었다.

"아저씨, 고마워요. 그런 아픔이 있으셨다니… 저도 최선을 다해볼게요."

"허헛! 나야 뭐 이미 지난 일이니 괜찮단다. 아무튼 힘내고, 나는 이만 나가보도록 하마. 아직 아우들이 투시기를 놓고 싸우고 있을 테니 내가 몰래 훔쳐 내야겠거든?"

장난기 서린 미소를 뮤스에게 지어 보인 켈트는 조금 식은 차를 마저 마시며 몸을 일으켰고 팔을 휘적휘적 저으며 방문을 향해 걸었다.

"네, 그럼 나중에 뵐게요."

뮤스의 인사에 손을 저으며 응한 켈트는 문밖으로 사라졌다. 방 안에 혼자 남은 뮤스의 머리에는 켈트의 목소리가 계속해서 맴돌고 있었다.

"적극적으로 밀고 나가라고? 후회하기 전에?"

그 후로도 한동안 생각에 잠겨 있던 뮤스는 창밖을 보며 시간을 가늠해 보면서 저녁 식사 시간이 다가왔음을 느꼈다. 먼지가 잔뜩 묻은 옷을 아래위로 훑어보던 뮤스는 소매 부위를 털었다.

"이런… 꼴이 말이 아니군. 이런 모습으로 카타리나를 다시 만날 순 없지."

기분이 좀 전환된 뮤스는 자리를 털며 일어났고, 황제의 식사 초대에 대한 준비를 위해 옷을 벗어 한쪽에 던져 놓으며 여분의 옷가지들을 정리해 놓은 탈의실로 들어갔다.

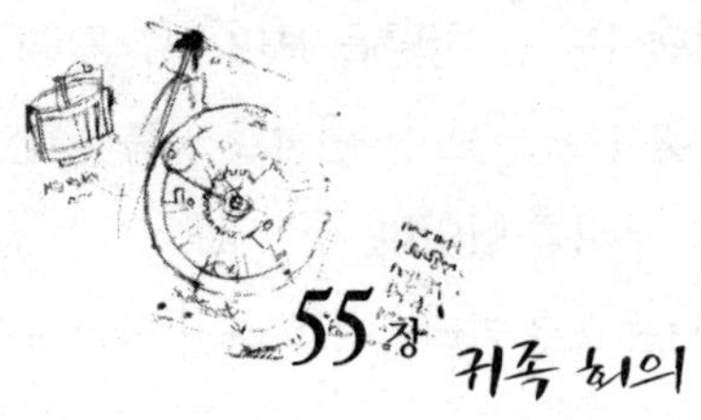

55장 귀족 회의

낮이 짧은 겨울이었기에 시간이 얼마 되지 않았음에도 불구하고 황궁에는 어둠이 내려앉아 있었다. 황궁 복도의 벽을 따라 걸려 있는 마나등들은 날이 어두워졌음을 감지하며 자동으로 불을 밝혔고, 시간에 맞춰 저녁을 준비한 하녀들은 자신이 담당한 귀빈을 위해 식사를 나르고 있었다.

뮤스 일행을 담당하고 있는 하녀인 페나 역시 그중 하나였다. 그녀는 다른 동료들과 함께 손수레를 밀며 복도를 걷는 중이었는데, 손수레에 올려져 있는 음식 양은 다른 동료들이 나르는 것과는 차원이 달랐다. 비록 직접 들고 가는 것이 아니었기에 힘이 드는 것은 아니었지만 준비하는 과정이 몇 배나 귀찮았기에 식사 시간마다 불만이 생기는 것은 당연한 것이었다. 동료들 중 한 명이 그녀의 손수레 위를 보며 안타까운 시선을 던졌다.

“페나, 네가 맡은 손님들 대단하다면서? 처음 네가 식사 준비 하는 걸 봤을 때는 스무 명 정도 되는 줄 알았다니까? 그런데 겨우 여섯 명이라면서?”

그녀의 말에 큰 한숨을 내쉰 페나는 음식을 덮고 있는 흰색 천을 들춰 보여주며 대답했다.

“헤유, 그것도 처음에야 그랬지. 요즘에는 더 늘어서 25인분 정도를 준비한다니까? 뮤스님은 별로 나무랄 데 없고, 크라이츠님은 좀 까다로워서 신경을 써야 하지만 그럭저럭 참을 만한데, 드워프 세 분은 정말 사람을 질리게 만들어. 식사를 할 때 보면 무슨 악에 받친 모습이라니까? 이러다간 황실 재정이 바닥나는 거 아닌가 몰라.”

“푸훗! 웬일이니? 깐깐하기로 소문난 페나가 나무랄 데 없을 정도의 뮤스님이라니 놀라운 일인걸? 뮤스님 어떠니? 나이는 조금 어린 것 같지만 이국적인 느낌이 나서 마음에 들던데… 우리들에게까지 꼬박꼬박 높임말 쓰는 것도 귀엽지 않아?”

동료의 말에 손을 내저은 페나는 전혀 관심없다는 듯한 목소리로 말했다.

“말도 안 돼! 나보다 다섯 살은 어린걸. 또 설사 관심이 있으면 뭐하니? 우리와는 다른 세계에 사는 사람이야. 괜히 문제 일으켜서 일자리를 잃으면 우리 가족은 정말 큰일 난다고!”

“호호호, 뮤스님은 제국에서 손꼽는 부자인데 설마 네 가족 하나 못 먹여 살릴까 봐 그러는 거야?”

웃으며 농담조로 던진 말에 페나가 인상을 찡그리자 동료는 그녀의 어깨를 두들기며 말했다.

“농담이야, 농담. 그러니까 인상 좀 풀어. 아무튼 이제 우리는 다 왔으니 일 끝나고 숙소에서 보자. 수고해!"

　주변을 둘러보며 이제 동료들과 헤어져야 하는 갈래 복도에 도착했음을 알게 되자 고개를 끄덕인 페나는 그녀들에게 손을 흔들어줬고, 생각할 때마다 한숨만 나오는 드워프들의 숙소를 향해 발걸음을 옮겼다.

　자기 키의 두 배는 됨 직한 흰색의 방문 앞에 서게 된 페나는 손수레를 세워놓은 채 노크를 했다.

　똑똑!

　평소 같으면 노크와 동시에 방문이 열리는 것이 정상이었지만 오늘은 별다른 기척이 없자 의아함을 느꼈다.

　"이상하네? 아무도 없나?"

　똑똑!

　다시 한 번 노크를 해봤지만 역시 아무런 대답도 들려오지 않자 힘들게 준비해 온 손수레를 되밀어 돌아가려 했다. 그때였다.

　꽈과과광!

　"아이고, 허리야! 아우들에게 맞아 죽는구나!"

　갑작스럽게 들려오는 비명 소리와 요란한 격타음에 놀란 페나는 발걸음을 멈추며 급히 몸을 돌렸다. 그러자 거칠게 열린 방문 앞에서 나뒹굴고 있는 켈트를 볼 수 있었는데, 방 안에는 씩씩거리며 거친 숨을 몰아쉬는 그의 형제들이 분노한 기색으로 서 있는 것이었다. 그중 가장 앞쪽에 서 있던 레딘은 팔짱을 끼며 한심하다는 투로 말했다.

　"형님, 너무하우! 아우들보다 수십 년은 더 살았으면서 아우들이 싸우는 것을 말리지는 못할망정 그 틈을 타 투시기를 훔치려 하시우?"

　블뤼안 역시 화가 났는지 안색을 붉히며 고개를 저었다.

　"형님은 반성이 좀 필요한 것 같수! 내일까지 이 방에 들어올 생각은 버리구려!"

마지막 남은 브라이덴은 아무런 말도 하지 않고 행동으로 심정을 대변하는 듯 제멋대로 젖혀져 있는 방문을 수습하며 닫았다.

쾅!

이러한 아우들의 질책에도 불구하고 켈트는 조금의 반성조차 하지 않은 채 오히려 자신의 어정쩡한 행동에 땅을 치며 후회하고 있는 중이었다.

"제길! 조금만 더 빨랐더라면 성공할 수 있었는데. 녀석들, 그동안 많은 성장이 있었군."

아쉬움의 한숨을 토하며 몸을 일으킨 켈트는 무의식적으로 몸을 털었다. 그리곤 굳게 닫혀 버린 방문의 손잡이를 돌려보았지만 예상대로 잠겨 있었다.

"흐으… 그나저나 오늘은 어디서 잠을 잔다?"

켈트가 태평스럽게 잠자리 걱정을 하고 있을 때 멍하니 드워프들의 하는 양을 바라보고 있던 페나가 입을 열었다.

"켈트님? 무슨 일이 있으신가요?"

페나의 목소리에 등을 돌린 켈트는 음식이 한 가득 담겨 있는 손수레와 그녀의 얼굴을 번갈아 바라보며 반가운 표정을 지었다.

"허헛! 우리의 유일한 구세주 페나 양이잖아? 벌써 저녁 식사 시간인가?"

그의 목소리에서 상당히 친근함을 느낄 수 있었다. 식사 시간마다 착실하게 챙겨준 페나에게 남다른 고마움을 느끼기도 했었고, 방 안으로 다시 들어갈 수 있는 희망이 생겼기에 오늘따라 더욱 친근한 목소리였던 것이다.

"네, 노크를 해도 대답이 없으셔서 그냥 돌아가려던 참이었어요."

"마침 잘됐군. 잠깐만 기다려 보라고!"

이렇게 말한 켈트는 힘껏 방문을 두들기기 시작했다.

쾅쾅쾅! 쾅쾅쾅!

"아우들! 저녁 식사 시간이네! 문을 열지 않으면 오늘 저녁은 없는 줄 알라고! 배가 터지는 한이 있더라도 내가 다 먹어치우고 말 테니!"

페나를 향해 익살스럽게 웃으며 윙크를 하자 그녀 역시 다른 드워프들의 반응이 궁금했기에 호기심 어린 눈으로 상황을 주시하기 시작했다. 아니나 다를까, 브라이덴이 닫았던 속도보다 더 빠른 속도로 문이 열렸는데, 방금 전까지만 해도 켈트에게 화를 내던 상황이었다고는 믿을 수 없을 정도로 그들은 비굴한 얼굴을 하고 있었다.

자신의 계획이 딱 들어맞자 의기양양해진 켈트는 흥겨운 콧노래를 부르며 옆에 있던 손수레를 직접 밀며 당당하게 방 안으로 들어갔다.

드워프들에게 음식을 든 접시를 전해준 페나는 가벼워진 손수레를 끌고서 바로 옆에 붙은 뮤스의 방으로 향했다. 큰일(?)을 마쳤다는 안도감에서 오는 여유가 그녀의 얼굴 위로 그려지고 있었다. 뮤스의 방 앞에 서서 곱슬한 머리를 정리한 페나는 가볍게 심호흡을 하곤 방문을 두들겼다.

"뮤스님, 식사 가지고 왔습니다."

그녀의 경쾌한 목소리에 방 안으로부터 기척과 함께 뮤스의 대답이 들려왔다.

"네, 문은 열려 있으니 들어오세요!"

문고리를 잡아당긴 페나는 평소와 다름없이 조심스러운 동작으로 손수레를 끌었다. 방 안으로 들어가자 거울을 보며 셔츠의 소매 버튼을 잠그고 있는 뮤스를 볼 수 있었는데, 보라색 바탕에 금빛 문양이 어울려 있는 정장을 입고 있었으며, 어느새 어깨에 닿을 정도로 자라 버린 머리칼은 금방 씻고 나온 듯 촉촉하게 젖어 있었다. 윗도리의 아랫단을 한번 잡아당겨 봄으로써 치장을 마친 그는 고개를 돌려 방문 쪽을 바라보았다.

"아! 페나 양이군요. 벌써 식사 시간인가요?"

하지만 아무런 대답도 들려오지 않자 제자리에 서서 자신의 얼굴에만 시선을 고정시키고 있는 페나를 보며 의아함을 느꼈지만, 곧 이러한 반응에 대한 이유가 평소와는 다르게 입은 의상에 있음을 깨달으며 쑥스러운 표정을 지었다.

"음? 좀 안 어울리나요? 이런 옷은 워낙 입지 않아놔서……."

그의 말에 겨우 정신을 수습한 페나는 자신의 실태를 깨달으며 고개를 숙여 뮤스의 눈을 피하며 대답했다.

"아, 아뇨, 너무 잘 어울리시는걸요. 평소에도 이렇게 입고 다니시는 것이 훨씬 좋겠는걸요?"

"하하, 그런가요? 걱정하고 있었는데 정말 잘됐네요."

그녀의 칭찬에 밝게 웃은 뮤스는 음식이 올려져 있는 손수레를 보며 말했다.

"아참, 그런데 어떻게 하죠? 오늘은 저녁 약속이 있어서 식사를 못 할 것 같은데… 괜히 번거롭게 만들었군요."

잠시 해야 할 일을 깜빡하고 있던 페나는 아차 하는 심정이었다.

"아뇨, 번거롭기는요. 그런데 오늘 좋은 일이 있으신가 봐요? 평소에 입지 않으시는 예복까지 입으시고."

"하하하! 오늘은 잘 보이고 싶은 사람이 있다고 할까요?"

“혹시 사모하는 분이세요? 어머! 죄송해요, 사적인 질문을 드려서.”

당황하고 있는 페나를 보며 가볍게 웃은 뮤스는 손을 저으며 말했다.

“하핫, 그렇게 미안해하실 것 없어요. 페나 양 말씀대로 좋아하는 사람에게 잘 보이려는 거예요. 기회가 되면 고백할 생각이고요. 한데 이러다가 거절이라도 당하면 어쩌죠?”

뮤스가 설레임이 그대로 묻어나는 미소를 짓자 그것이 페나에게까지 옮겨가기라도 한 듯 페나 역시 소녀 시절의 설레임이 새삼 떠올랐다. 또한 뮤스가 잘 모셔야 할 귀빈이라는 느낌보다 첫사랑을 앞둔 채 긴장하고 있는 동생으로 느껴지기도 했다. 뮤스의 주변을 돌며 위아래를 살펴보던 페나는 손가락으로 턱을 짚으며 말했다.

“음… 괜찮긴 한데 뭔가 빠진 듯한걸요? 잠깐 이쪽으로 와보세요.”

갑자기 페나가 뮤스의 소매를 잡아끌어 거울 앞에 앉히자 전혀 예측하지 못하고 있던 그는 힘없이 주저앉고 말았고, 페나는 윤기나는 뮤스의 머리카락을 쓸어보며 싱긋이 웃었다.

“제가 조금만 손봐 드릴게요. 그럼 훨씬 나아지실 테니…….”

갑작스런 행동에 놀란 뮤스는 아무런 대답도 하지 않았다. 페나는 마치 자신이 고백하러 가는 사람인 양 들뜬 모습이었다.

겨울이라 해가 짧은 탓도 있었지만 밤이 되면 외부로부터의 요인 암살을 방지하기 위해 커튼을 쳤기에 실내는 깊은 밤처럼 어두웠다. 그런 실내에 수많은 마나등으로 인해 여러 갈래로 뻗은 사람들의 그림자가 복도에 아른거리고 있었다.

황제에게 저녁 식사 초대를 받은 귀족들은 늦지 않은 시간에 맞춰 속속들이 대형 식당으로 몰려들고 있었는데, 남성들은 보석으로 가공된 버튼 등의 비교적 단순한 장신구로 멋을 냈으며 여성들 역시 무도회 때와는 다르게 편안한 옷과 몇 가지의 간단한 보석들이 다였다.

이들 중에는 하버만 후작과 그의 차녀인 카타리나도 포함되어 있었다. 그녀는 간단한 흰색의 드레스에 모피의 외투를 걸쳤고, 머리는 단정하게 땋아 올리고 있어 그녀의 미모가 그대로 드러난 모습이었다. 식당으로 들어가는 복도에서 알고 지내던 귀족을 우연찮게 만난 하버만 후작은 인사를 나누었다.

"오! 피셔 백작, 이게 얼마 만인가. 전 황제 폐하의 생신 축하 만찬 때 만나고 처음이지 아마?"

그와 인사를 나누는 남성은 40대 초반의 비교적 젊은 귀족이었는데, 곱슬거리는 머리에 오크나무로 멋스럽게 깎은 지팡이를 지닌 자였다. 키는 그리 크지 않았으나 살집이 있었기에 상대적으로 크게 느껴졌고, 키가 큰 축에 속하는 하버만 후작과 함께 서 있음에도 불구하고 거의 비슷한 몸집으로 보이고 있었다.

"아! 오랜만에 뵙겠습니다, 하버만 후작님. 그리고 영애 분의 약혼식 소식을 들었지만 일이 생겨 찾아뵙지는 못했습니다. 늦었지만 진심으로 축하드립니다."

"허헛! 고맙군 그래. 아참, 예전에 본 적 있지? 내 둘째 딸인 카타리나이네. 집사람과 첫째는 결혼식 준비 때문에 할 일이 많아서 우리 둘만 왔지."

하버만 후작의 말에 카타리나를 본 피셔 백작은 옛 기억을 떠올리듯 손가락으로 머리를 두들기며 말했다.

"이런! 예전에 그 말괄량이 꼬마 아가씨가 벌써 이렇게 컸다니… 만나서 반갑구나."

카타리나 역시 피셔 백작을 기억하고 있는 듯 반가운 표정을 지으며 살짝 몸을 숙였다.

"피셔 백작님, 정말 오랜만에 뵙네요. 아직 결혼을 안 하셔서 그런지 모습이 예전 그대로이신걸요?"

"하핫! 고맙군. 칭찬으로 들어도 되겠지?"

"물론이죠."

"한데 아가씨가 참석할 만한 만찬은 아닌데 어떻게?"

"호홋! 폐하께서 직접 초대해 주셨어요."

"그렇지만 정치 이야기가 오가는 지루한 만찬일 테니 각오는 단단히 하는 것이 좋을 거야. 후훗."

피셔 백작은 도이첸 제국 북동부에 영지를 가진 인물이었다. 백작의 신분인만큼 그리 큰 영지를 가진 것은 아니었지만, 산악 지대의 영지이다 보니 몇 개의 광산을 보유하게 되었고, 그중 대규모의 은 광산 덕분에 대륙에서도 손꼽힐 정도로 많은 재산을 보유하고 있는 인물이었다. 게다가 귀족의 권위가 갈수록 유명무실해져 가는 시점에서 재산의 양은 실질적인 권력을 대변하는 척도였기에 아무도 이 인물을 쉽게 여기지 못하고 있었다. 피셔 백작은 손짓을 하며 하버만 후작과 카타리나를 안내했다.

"함께 드시죠. 그런데 친우이신 클래프 후작님께서는 대관식에 참가하시지 않으셨나 보군요?"

그의 물음에 하버만 후작은 너털웃음을 지으며 대답했다.

"허허헛, 자네도 알다시피 그 친구는 정사에 전혀 관심이 없지 않나?

그저 영지를 관리하는 데만 관심이 있으니……."

"하긴… 클래프 후작님은 너무나 욕심이 없는 것이 탈이죠. 그러고 보니 호바인 가의 쿠비렌 백작님도 보이지 않는군요?"

"아니네. 쿠비렌 백작은 나와 함께 왔는데… 아직 만나보지 못했는가 보군."

"네, 애석하게도."

"후훗, 쿠비렌 백작 역시 정치보다는 사업에만 관심이 많다 보니 이런 곳에 잘 참여하지 않는다는 것을 알지 않나?"

"하긴 그렇군요."

식당으로 들어서자 향기로운 음식들의 향기가 후각을 자극했다. 벽면을 따라 서른 명 정도는 앉을 만한 거대한 식탁이 마련되어져 있었고 자리마다 깨끗한 식기들이 가지런히 정리되어 있었다. 세 사람은 그중 괜찮아 보이는 곳에 자리를 잡았다. 피셔 백작과 하버만 후작이 계속해서 단둘이 대화를 나누는 가운데 카타리나의 시선은 다른 곳으로 흐르고 있었는데 누구를 기다리는 듯 입구 쪽을 주시하고 있었다.

"뮤스는 왜 아직 안 오지? 아까 일로 화가 난 건가?"

혹시나 하는 미음에 주변을 둘러봤지만 뮤스는커녕 뮤스와 비슷한 사람도 없었다. 들릴 듯 말 듯한 한숨을 쉬고 있을 때 누군가가 그의 어깨를 두들기며 말을 건네는 것이었다.

"미안. 오래 기다렸어?"

뮤스의 목소리가 들리자 카타리나는 반가운 표정을 지으며 몸을 돌렸다. 그곳에는 평소와는 다르게 어깨까지 흘러내리던 머리카락을 깔끔히 뒤로 묶은 뮤스가 서 있었다. 그 덕에 그의 뚜렷한 이목구비가 그대로 드러나게 되어 조심스러워 보이던 이미지가 사라지고 훨씬 적극적인 모습으로 변해 있었다. 또 오랫동안 황궁에서 귀족들의 모습을 봐온 페나의 도움으로 조금 어수룩하던 뮤스의 옷매무새가 단정하게 바로잡아짐으로써 다른 어떤 귀족과 견주어도 딸릴 것이 없는 모습으로 변해 있었다. 카타리나의 시선이 그의 얼굴로 꽂히는 순간 미소를 만들어내고 있던 그녀의 입술이 조금씩 벌어졌다.

"너, 뮤스 맞니?"

뮤스 역시 카타리나의 반응을 충분히 이해할 수 있었다. 그 역시 페나가 꾸며준 자신의 모습을 보며 놀란 터인데, 하물며 카타리나야 오죽했겠는가 하는 생각이었다. 게다가 댕기머리를 땋고 다니던 기억이 있었기에 머리를 묶는 편이 한결 편하다는 점이 더욱 마음에 든 상태였다.

"괜찮아 보여? 머리카락이 흘러내리는 게 불편해서 묶었는데."

"응! 훨씬 밝아 보이고 좋은걸?"

"하핫! 고마워."

"오! 뮤스 군이었군. 그동안 잘 지냈나?"

카타리나에게만 정신이 쏠려 있던 도중 굵직한 중년인의 목소리가 들려오자 깜짝 놀란 뮤스는 그녀의 옆 자리에 앉아 있는 하버만 후작을 발견했고, 뒤늦게서야 인사를 건넬 수 있었다.

"하버만 후작님, 안녕하셨습니까? 먼저 인사를 드려야 했는데……."

"허헛, 아닐세. 그나저나 대관식에 얽힌 이야기는 잘 들었네. 정말 장한 일을 했더군."

"별말씀을요. 당연히 해야 할 일을 했을 뿐인걸요."

"참, 이쪽은 피셔 백작이라네. 굉장한 자산가이니 알아두면 공학원을 운영하는 데 득이 될 거야."

하버만 후작의 소개를 받은 피셔 백작은 놀란 표정을 지으며 뮤스를 향해 손을 내밀며 말했다.

"이것 참, 어떻게 호칭을 해야 할지 난감하군요. 아무튼 만나게 되어 정말 반갑습니다."

그의 손을 마주 잡은 뮤스는 겸손한 태도로 대답했다.

"만나뵙게 되어 영광입니다. 제가 나이가 어리니 그냥 편하게 부르시면 됩니다."

"그렇게 말을 해주니 정말 고맙군. 자리에 앉게나."

피셔 백작의 말에 따라 카타리나의 옆 자리에 앉은 뮤스는 식탁 위에 얹어져 있던 냅킨을 무릎 위로 펼치며 식사할 준비를 했다. 피셔 백작은 뮤스와의 만남이 반가운 듯 계속해서 질문을 던지기 시작했다. 하지만 뮤스의 입장에서는 그만큼 카타리나와 대화할 시간이 줄어들기에 그와의 대화가 달갑지만은 않았다.

잠시 후 입구의 반대쪽으로부터 사람들의 술렁임이 시작되고 있었다. 그곳에는 가비르 재상의 모습이 얼핏 보이고 있었는데, 진갈색의 예복을 입고 선 그는 주변을 향해 입을 열었다.

"황제 폐하 듭십니다! 모두 기럽해 주십시오!"

그 소리에 나누던 이야기를 멈추고 자리에서 몸을 일으킨 귀족들은 고개를 살짝 숙이며 식당으로 들어오고 있는 황제에게 경의를 표했다. 제법 의젓한 모습으로 정중앙에 마련된 자리에 멈춰 선 황제는 이곳에 모인 이들을 둘러보며 입을 열었다.

"오늘 만찬에 응해준 경들에게 감사합니다. 이 자리는 중대 발표와 함께 앞으로 제국을 위해 수고해 주실 경들을 위해 마련한 것이니 사양치 마시고 즐겨주시기 바랍니다."

원래 말버릇이란 쉽게 버리기 힘든 것이었기에 아직 경칭을 사용하고 있었는데, 이것은 앞으로 고쳐야 할 과제였다.

말을 마친 황제는 신호를 보내듯 손뼉을 쳤고, 동시에 준비라도 하고 있은 듯 요리들이 날라져 오고 있었다. 소규모의 식사에는 지위가 높은 인물부터 식사를 하기 시작한 후부터 초대받은 인물들이 식사를 하는 것이 예의였지만, 이렇게 많은 사람이 모인 자리에서는 먼저 나온 순서대로 식사를 시작하는 것이 보통이었기에 자신 앞에 놓여진 음식을 즐기기 시작했다.

이제 이곳의 식사 방법에 익숙해진 뮤스는 가장자리에 놓인 스푼을 자연스럽게 들어 식욕을 돋우기 위해 나오는 수프를 떠먹고 있었다. 물론 이때도 조심스러운 눈치로 카타리나를 살피는 것을 잊지 않았는데, 뭘 하든 예쁘게만 보이는 카타리나의 모습에 수프가 입으로 들어가는지 코로 들어가는지 모를 지경이었다. 수프를 몇 스푼 더 뜨던 카타리나는 뮤스를 향해 물었다.

"이 수프 정말 괜찮지 않니? 시구스라는 향료를 첨가하니 구수하면서 매콤한 맛이 나네."

그녀의 말에 깜짝 놀란 뮤스는 급히 냅킨으로 입을 닦으며 대답했다.

"으… 응? 수프가 다 식었다고?"

"풋! 그게 무슨 말이니? 정신을 어디에 팔고 있는 거야?"

"미, 미안해. 잠시 딴생각 좀 하느라."

스푼을 내려놓은 카타리나는 수프 접시를 한쪽으로 치우며 말했다.

"미안할 건 뭐 있니? 다만 식사를 할 때 다른 생각을 하는 것은 그다지 보기 좋지가 않아."

뮤스는 이런 말을 속으로 외치고 있었을 것이다.

'이게 다 누구 때문인데!'

하지만 겉으로는 미안한 척 웃으며 머리를 긁적거릴 뿐이었다. 카타리나는 마침 궁금한 것이 생겼는지 분위기를 바꾸며 입을 열었다.

"그나저나 너는 정말 공작 작위를 받을 생각이 없는 거니?"

뜬금없는 그녀의 물음에 잠시 생각을 하던 뮤스는 대수롭지 않은 목소리로 대답했다.

"글쎄, 작위에 대해서는 진지하게 생각해 본 적이 없어. 하지만 크라이츠 누님이나 가비르 재상님의 말씀대로 엉뚱한 일에 빠지는 것은 싫으니까 받아들이지 않으려고 해. 그런데 혹시……."

말끝을 흐리며 뜸을 들이는 뮤스를 보며 되물었다.

"혹시 뭐?"

"내가 작위를 받아서 귀족이 되면 어떨 것 같아?"

손가락으로 식탁을 두들기며 생각하는 시늉을 하던 카타리나는 어깨를 으쓱거렸다.

"글쎄… 어린 나이에 공작이라는 높은 사람이 되는 것은 대단한 것 같지만, 왠지 네가 공작이 되는 건 안 어울릴 것 같아. 그냥 지금처럼 평범한 게 더 편하고 좋은걸? 하긴 지금도 평범한 것은 아니지만."

역시 예상하던 대답에 만족해하는 표정을 짓던 뮤스는 한층 용기를 얻었다.

"하핫, 그럼 공학원도 그만둘까?"

"그것까지는 그만두지 않아도 돼. 열심히 자기 일을 하는 사람은 멋있어 보이니까. 그저 아무것도 없는 명예직과는 다른 거야. 그러니 학교에서 내 신분을 속이는 거라고."

"공학원은 그만두지 않아서 다행이군. 음?"

농담 삼아 던진 말이었기에 카타리나의 맞장구가 나올 것이라 생각했지만 아무런 말도 하지 않자 그녀의 얼굴을 살폈는데, 볼을 약간 붉힌 채로 물어오는 것이었다.

"저기… 내가 그만두라면 그만둘 수 있니?"

잠시 그녀가 의도하는 바를 생각해 보던 뮤스는 고개를 끄덕였다.

"아마도… 후훗. 하지만 내가 알고 있는 너라면 그만두라고 말하진 않을 거야."

"풋! 그렇겠지."

뮤스와 카타리나가 서로의 마음을 떠보고 있을 때쯤 하인들은 수프 그릇을 걷어가며 메인 음식들을 내오고 있었다. 여러 마리의 자르지 않은 거대한 칠면조 고기가 그것이었는데, 몇 명의 하인들이 그것을 들고 식당을 돌아다니며 사람들에게 원하는 만큼 잘라주는 것이었다.

그다지 배가 고프지 않았던 뮤스는 칠면조의 다리 부위와 달콤한 소스를 조금 받아 아직 식지 않아서 김이 모락모락 나는 고기를 나이프로 자르며 맛을 보았다.

시간이 지나 한 사람 두 사람 나이프와 포크를 내려놓기 시작했고, 접시 위의 음식들이 거의 없어져 가며 식사 시간이 끝나가자 식당 안은 대화 소리로 메워져 가고 있었다. 그에 비해 혼자 앉아 식사를 하고 있는 젊은 황제는 따분한 모습이었지만 황제의 권위를 지키기 위해서는 어쩔 수 없는 듯했다. 이어 그가 포크를 내려놓으며 식사가 종료됐음을 알렸는데, 사람들은 식사를 하는 속도를 황제를 중심으로 맞추었기에 먹는 도중에 그만두거나 하는 이는 없었다.

황제가 냅킨으로 입을 닦고서 접시 위에 내려놓자 시간에 맞춰 대기하고 있던 하인들은 할당받은 식탁 위의 접시들을 서둘러 치웠다. 그들의 손놀림 사이로 간간이 들려오는 마찰음이 있었지만, 엄격히 받아온 교육 덕에 귀에 거슬릴 정도의 소리는 들리지 않았다. 이제 마지막으로 후식이 들어오고 있었는데, 손수레 위로 노란 치즈 조각과 포도주병이 올려져 있었다. 적은 양의 치즈를 먹으면 포만감을 가지게 됨으로써 자연스럽게 과식을 방지하기에 후식에 자주 등장하는 메뉴였고, 기름기가 남아 있는 입을 씻어내기 위해 포도주를 마시는 것이었다.

하인들이 각자의 잔과 접시에 포도주와 치즈를 옮겨 담아주자 사람들은 작은 스푼으로 치즈의 맛을 보며 포도주와 함께 즐기기 시작했다. 이제 부담없는 분위기가 연출되기 시작하자 황제의 옆에서 포도주를 맛보고 있던 가비르 재상이 황제와 귓속말로 의사를 주고받았고, 몸을 일으켜 주의를 집중시켰다.

"흠흠, 이 자리에 모이신 귀족 여러분께서 만족하실 만한 식사가 되셨는지 모르겠습니다. 이제 식사를 마쳤으니 본 행사에 들어가야겠군요. 오늘 이 자리에 여러분들을 모신 이유는 물론 함께 식사를 하자는 의미도 있있지만, 새로운 황제 폐하를 보좌하여 제국을 이끌어 나갈 귀족들의 작위 수여에 대해 동의를 구하기 위해서입니다. 여기까지는 충분히 알고 계셨을 것이라 믿고 있습니다. 이곳에 초대받으신 분들은 작위의 고하를 떠나 한 표씩의 의결권을 가지게 됩니다. 그와 동시에……."

멀리 떨어진 자리에서 가비르 재상의 이야기를 듣고 있던 카타라나는 난감한 표정으로 뮤스를 바라보았다.

"어머… 보통 저녁 만찬인 줄 알았더니 중요한 자리였니?"

하지만 뮤스 역시 그녀와 별반 다를 바 없는 듯했다.

"나도 몰랐는걸? 그저 내 이야기만 잠깐 꺼낼 줄 알고 있었거든. 아버님께 아무런 말도 못 들은 거야?"

"응, 방에서 나오는 길에 만나서 동행했거든."

"후훗. 딱딱한 자리를 싫어하는 카타리나 양께서 오늘 제대로 걸렸는걸? 도이첸 제국 내에서 이 정도로 딱딱한 자리는 없을 테니."

"할 수 없지 뭐. 조용히 이야기나 들어보자."

카타리나의 말을 마지막으로 가비르 재상의 목소리에 다시 귀를 기울이기 시작했다.

"…그들 중 전 황제 폐하를 보좌하여 제국 발전에 대한 공로를 인정받은 귀족 32명이 명단에 올랐으며 작위 수여를 위해 여러분들의 동의를 구하고자 합니다."

그가 말을 하는 중에 몇 명의 하인들은 두툼한 서류를 귀족들에게 나누어 주고 있었다. 금박 문양을 새겨 넣은 표지의 이 서류 뭉치는 작위를 수여하는 귀족들에 대한 세부 사항을 기록한 것이었는데, 가비르 재상과 그의 보좌관들이 논의 하에 적합한 인물들을 골라 정리한 것이었다. 그리고 이런 방식으로 서류에 오른 인물들은 귀족들의 협의를 거친 후 황제에게서 인증을 받는 것이 보통이었다. 물론 이권이 개입된 만큼 이러한 과정에서 수많은 부정이 일어나기도 했는데, 모든 귀족들에 대해서 중립적인 성향을 가진 가비르가 재상의 직위에 오름으로써 대부분의 부정은 사라진 상태였다.

손에 들린 서류의 첫 장을 넘긴 가비르 재상은 첫 번째 항목을 읽어 내려가기 시작했다.

"서류의 첫째 장을 봐주시죠. 가장 먼저 백작의 작위를 수여할 예정인 4인의 남작에 대한 사항입니다. 이들이 황실에 대해 힘써온 일들을 기초로 하여 세부 사항을 정리해 두었으니 살펴봐 주시기 바랍니다."

하인들에게 건네받은 서류를 살펴보던 귀족들은 옆 자리에 앉아 있는 다른 귀족들과 서로의 의견을 주고받는 가운데 가비르 재상은 서류의 앞장을 읽어 나가기 시작했다.

"먼저 츄러드 남작은 뛰어난 용병술을 앞세워 빌스하펜에서 출몰한 일단의 마물들을 잡아냄으로써 서부로 연결되는 무역로를 확보했으며, 그 후로……."

서류를 뒤쪽까지 살펴보던 귀족들의 표정은 각양각색이었다. 익숙한 이름을 보며 밝은 미소를 짓는 사람이 있는가 하면, 평소 좋지 않은 관계인 인물이 올라와 떫은 표정으로 고개를 가로젓는 이도 있었다. 작위를 수여할 첫 번째 인물에 대해 읽은 가비르 재상은 적당한 시간이 흘렀다고 생각하며 입을 열었다.

"지금까지 설명해 드린 츄러드 남작에 대한 백작 작위 수여를 찬성하시는 분은 거수해 주시길 바랍니다."

그의 말과 함께 장내의 분위기를 살피고 있던 귀족들은 천천히 손을 들어 올려 찬성의 의사를 표시하거나 아무런 움직임을 보이지 않은 채로 반대 의사를 표시했다.

찬성자의 수를 세어보던 가비르 재상은 찬성이 과반수가 넘는다는 것을 확인하며 황제 쪽으로 고개를 돌려 또박또박한 목소리로 말했다.

"폐하, 츄러드 남작의 백작 작위 수여에 대한 찬성이 과반수를 넘었습니다. 인증을 부탁드리겠습니다."

가비르 재상의 말을 듣던 황제는 아무런 감흥도 없이 자신의 앞에 놓인 고급 종이에 큼지막한 직인을 찍어 넣고 있었다. 애초 이러한 작위 수여는 그의 관심 밖의 일이었다. 이것은 어디까지나 정권이 바뀌면서 소홀해지기 쉬운 지방의 귀족들에게 충성을 맹세받기 위한 의례적인 절차일 뿐이었고, 누가 어떠한 작위를 받든지간에 개인적인 영광일 뿐 정치적인 영향은 크지 않았기 때문이다. 일례로 후작 이상의 작위를 수여하지 않는 것을 보면 쉽게 알 수 있었는데, 정치적 영향력이 큰 공작이나 후작의 위치가 움직이지 않는 한 변하는 것은 아무것도 없는 것이다.

황제는 그 후로 일일이 세기도 귀찮을 만큼의 직인을 종이 위에 찍어 넣었다. 이렇게 해서 귀족들은 꿈에서라도 바라마지 않는 신분 상승을 하게 되었고, 누군가에 의해 이 소식을 전해 들은 귀족들이 뛸 듯이 기뻐하며 성대한 만찬을 열게 되는 상황은 보지 않더라도 쉽사리 짐작할 수 있었다.

명단에 오른 32명의 귀족에 대한 작위 수여가 끝나자 귀족들은 이제 할 일을 다 마친 듯 포도주를 서로 권하며 술자리라도 벌이려는 듯한 모습이었다. 하지만 그런 귀족들을 바라보며 젊은 황제는 입가로 얇은 미소를 띠고 있었는데, 회의가 시작할 때부터 지금까지 남의 일인 듯 따분한 표정을 짓고 있던 그였음을 상기해 볼 때 이상한 일이었다.

귀족들이 포도주를 마시며 가비르 재상의 폐회 선언을 기다리고 있을 때였다. 가비르 재상이 손에 든 서류를 내려놓으며 황제를 바라보았다.

"폐하, 뮤스 군에 대한 사안만 남았습니다."

가비르 재상이 귀띔을 하고 자리에 앉자 황제는 천천히 몸을 일으켰다. 그와 함께 장내의 모든 시선은 중앙에 홀로 서 있는 황제에게 집중되었다.

"경들은 모두 저의 말을 잘 들어주십시오. 저는 이 자리에서 중대 발표를 하는 동시에 경들에게 동의를 받고자 합니다."

난데없는 황제의 말에 귀족들은 조금씩 긴장하는 눈치였다. 아직까지 이들은 눈앞에 서 있는 젊은 황제의 정치적 성향에 대해 아는 것이 거의 없었지만 젊은 만큼 피가 뜨겁다는 것을 무의식 중에 느꼈기에 뭔가 좋지 않은 일이 일어날 것이라는 것을 자연스레 느끼고 있는 것이다. 회의장으로 변한 식당은 침묵이 흐르고 있었다. 이런 분위기가 마음에 든 황제는 잠시 멈췄던 이야기를 이어 나갔다.

"저는 같은 나이 또래의 한 청년을 만났습니다. 그는 아는 것에 자만하지 않으며 주변의 인물에게 따뜻함을 베풀 줄 알고, 쓰지만 약이 되는 말을 서슴없이 함으로써 상대의 우둔함을 깨우쳐 주는 청년이었죠. 그리고 저는 그의 덕에 이 자리에 설 수 있었고, 앞으로 제국을 이끌어 나갈 용기를 얻게 되었습니다."

국가의 황제가 한 인물에 대한 절대적인 칭찬은 참으로 위험한 일이었다. 이는 최고의 의결권을 가진 황제가 그 인물을 절대적으로 신임함으로써 일부 권력이 그에게 흘러가는 것을 간접적으로 나타내는 것이있다. 그렇기에 황제의 이야기가 계속될수록 귀족들의 불안감은 커져만 갔다.

"…여러분들은 그 청년이 누구인지 대충 짐작을 하고 있을 것이라고 생각합니다."

귀족들의 시선은 이제 황제로부터 뮤스에게 옮겨지게 되었다. 그를 이미 알고 있는 귀족들도 있었고 알지 못하던 귀족들도 다른 이들을 따라 그를 바라보게 되었던 것이다. 그리곤 귓가로 경악스러운 황제의 목소리가 들려왔다.

"저는 도이첸 제국의 황제로서 뮤스 군에게 가테스 공작의 자리를 이은 공작의 작위를 내렸으면 합니다!"

그의 말은 귀족들에게 청천벽력과도 같은 소리였다. 단순한 공작의 작위도 아닌 가테스 공작의 자리를 이은 공작의 작위라면 그의 영지가 내려진다는 것이었는데, 가테스 공작이 공작 작위를 박탈당한 지금 주인이 없는 쥬론 공국의 영지를 하사받기를 내심 기대하던 귀족들에게 찬물을 뒤집어씌우는 일이었다. 곧 이에 대한 불만은 여기저기에서 터져 나오고 있었다.

"폐하! 황공하오나 불가합니다!"

"저 젊은이에게 공작의 작위라니요!"

"공을 세운 것은 인정하지만 공작의 작위는 너무 과한 것 같습니다!"

귀족들의 이러한 반응은 충분히 짐작하고 있었지만 처음 당해보는 귀족들의 반발에 황제는 당황해했다.

"조, 조용히 해주십시오!"

황제의 외침이 들리자 내뱉던 말을 삼켜야만 했던 귀족들은 진정을 하며 자리를 바로 했고, 토론이 불가피할 것으로 생각한 가비르 재상은 귀족들과 황제 간의 중재를 위해 몸을 일으켰다.

"모두들 주목해 주십시오. 한 분씩 손을 들고 말씀해 주십시오. 뮤스 군에게 공작 작위를 수여하는 데 이견이 있으신 분은 손을 들어주십시오."

가비르 재상의 말을 기다렸다는 듯이 한 노년인이 손을 들었다. 한눈에 보더라도 이곳에 모인 이들 중 가장 연장자임을 알 수 있었는데, 비스듬히 굽은 등이 그의 연륜을 보여주고 있었다.

“매쉬라스 후작님, 말씀해 주십시오.”

가비르 재상이 마침 잘되었다는 얼굴로 매쉬라스 후작을 지명하자 그는 몇 번의 기침을 하며 목소리를 가다듬었다.

“흠흠! 폐하, 신 매쉬라스가 한 말씀드리겠습니다. 물론 폐하의 선견 지명을 의심하는 바는 아니오나 여러 가지 면에서 무리가 있다고 보여 집니다. 크게 세 가지의 이유를 들 수 있습니다. 첫째, 공작 작위의 변동은 정치적 여파가 너무나 크다는 것입니다. 제국이 세워질 당시에는 전쟁에 공헌한 정도를 따져 공작의 작위를 수여했습니다. 하지만 지금 정치적 기반이 확고히 정립된 시점에서 절대 권력에 가까운 공작의 작위가 수여되는 것은 엄청난 혼란을 야기할 수도 있습니다. 둘째, 뮤스 군의 정치 경험입니다. 공작 작위는 후작 등의 여타 작위들과는 원천적으로 다릅니다. 최소한 후작은 정치 관여를 포기할 수 있는 선택권이 있지만 공작의 위치에서는 그러한 선택권이 없습니다. 그렇다 보니 영지를 다스리는 일 이외에도 처리해야 할 일이 많습니다. 그렇기에 정치적 경험이 전무한 뮤스 군에게는 부담이 가는 자리라고 생각됩니다. 마지막으로 쥬론 공국의 영지 문제입니다. 쥬론 공국은 전대의 황제들께서 각 공작가에 귀속시키신 공국들 중에서 뿐만 아니라 제국을 통틀어서라도 가장 큰 경제력을 가지고 있는 곳입니다. 그곳에서 나오는 곡식으로 척박한 제국 북부의 식량난을 덜고 있으며 황실의 경제에도 적지 않은 영향을 미치게 됩니다. 이것은 가장 중요한 대목입니다. 쥬론 공국을 다스리고 있던 가테스 공작은 이러한 배경을 이용하여 야심을 가지게 되었고 폐하를 해하려는 계획까지 가지게 된 것입니다. 만약 쥬론 공국이 또다시 한 사람의 손에 들어가게 되면 제2의 가테스 공작이 나오게 만드는 거나 다름없다고 봅니다. 이러한 이유 하에 뮤스 군에게 공작의 작위를 수여하는 것을 반대합니다. 부디 다시 한 번 숙고해 주셨으면 합니다."

지금 말을 마친 매쉬라스 후작은 북해 출신으로 두 개의 항구가 그의 영지에 속해 있었다. 그 항구는 제국 전체 수, 출입 물량의 3분의 1가량을 담당하는 경제적 요지로써 항구를 이용하는 상인들과 선주들로부터 관련된 세금을 거둬들임으로써 자산을 모으기 시작했고, 그것을 바탕으로 지금은 황궁에 머물며 정치에 깊이 관여하고 있는 것이었다. 그가 정치에 관여한 지 오랜 시간이 흐른 만큼 따르는 인물들도 많았고, 그 세력 역시 만만하게 볼 수준은 아니었기에 상당한 영향력을 행사하는 인물이었다.

매쉬라스의 조리있는 발언을 통해 간접적으로 만족을 느낀 귀족들은 고개를 끄덕이며 그의 말에 동의를 표했고 한편으로는 황제의 반응을 살피고 있었다. 하지만 황제는 전혀 위축된 느낌이 없었는데 이미 답변을 준비하고 있는 듯했다.

"매쉬라스 후작의 말은 잘 들었습니다. 물론 후작께서 언급하신 세 가지의 이유가 모두 일리가 있습니다. 하지만 저는 조금 다른 시점으로 보고자 합니다. 첫 번째 언급하셨던 공작 작위 수여에 대한 정치적 여파는 오히려 제가 의도하는 바입니다. 저는 뮤스 군에게 공작의 지위를 줌으로써 그의 신선한 발상을 받아들여 정치에 활력을 불어넣기를 원하는 것입니다. 또 두 번째 언급하셨던 정치적 능력이라는 것 역시 전혀 걱정할 것이 없다고 생각합니다. 이 자리에 모인 모든 분들도 아시다시피 뮤스 군은 공학원을 설립했으며 불과 몇 개월 만에 제국 최대의 유효 자산을 보유하게 되는 업적을 이루었습니다. 또 제가 함께 지내면서 경험하게 된 뮤스 군의 재지는 정녕 놀라운 것이었습니다.

고로 뮤스 군 정도의 재지라면 충분히 공작의 작위를 수여할 만한 능력을 가졌다고 판단한 것입니다. 마지막 이유에 대한 저의 답변은… 제가 뮤스 군을 믿는다는 것입니다."

황제의 답변이 끝나자 논쟁은 다시 원점으로 돌아왔는데, 귀족들은 앞을 다투며 또 다른 이견을 제시하기 시작했고, 황제는 뛰어난 언변으로 그들의 이견을 무마시켰다. 좀처럼 황제는 전혀 의사를 굽힐 뜻이 없어 보였고 귀족들 역시 황제의 의사를 받아들일 수 없어했다.

이렇게 양측의 의견이 얽히고 있을 때 엉겁결에 둘 사이에 끼게 된 뮤스는 몸을 어디에 둬야 할지 모르고 있었다. 사실 황제가 이렇게 적극적으로 자신의 뜻을 표명할 줄도 몰랐고, 귀족들의 이견도 생각보다 거세 분위기가 험악한 쪽으로 흐르고 있었기 때문이다. 또 주변에 앉아 있던 하버만 후작이나 피셔 백작은 뮤스를 바라보며 어느 편에도 들지 못하고 있는 상태였다. 난감한 웃음을 짓던 하버만 후작은 뮤스를 바라보며 낮은 목소리로 입을 열었다.

"허헛… 뮤스 군, 자네가 공작의 물망에 오르다니 정말 놀랄 일일세. 아니, 놀람 정도로 표현하기에는 모자란다고나 할까? 아무튼 자네 생각은 어떤가? 폐하가 귀족늘에게 뜻을 관철시킨다고 하더라도 자네 생각이 가장 중요할 텐데."

뮤스는 생각도 할 것 없다는 듯이 대답했다.

"저는 비단 공작의 작위뿐만 아니라 어떠한 작위도 받을 생각이 없습니다. 폐하께서 저를 너무 과대평가하시는 것 같군요."

"솔직하게 말한다면 내가 생각해도 자네는 능력이 있다네. 하지만 이런 상황에서 자네가 공작의 작위를 받는다면……."

"저도 잘 알고 있습니다. 누님과 가비르 재상님께 충분히 귀띔을 받왔거든요."

"흠… 이번 일을 알고 있었다면 생각해 둔 바가 있을 테니 걱정할 필요는 없겠군. 아참, 오해는 하지 말아주게. 나는 자네가 어떻게 하든 상관이 없는 사람이니까! 허헛!"

"하하, 오해라니요."

하버만 후작의 장난기 섞인 말을 들은 카타리나는 가볍게 웃고 있었는데, 사적인 이득을 위해 목에 핏대를 세우고 있는 귀족들과 자신의 아버지를 비교하곤 절로 기분이 좋았기 때문이었다. 그들이 대화를 하던 중 하버만 후작의 등 뒤로부터 피셔 백작의 걱정스러운 목소리가 들려왔다.

"하버만 후작님, 아무래도 이대로 있다가는 좋지 않은 분위기가 될 것 같군요. 뮤스 군, 자네가 직접 나서서야겠는걸?"

피셔 백작의 말을 듣고 상황을 살펴보던 후작이 쓴웃음을 머금으며 말했다.

"허헛, 한참 전부터 그리 좋은 분위기는 아니었지. 뮤스 군, 부탁하네."

"네, 그 방법 외에는 없는 듯하니……."

이제 남은 것은 뮤스가 이 공작의 작위를 거부함으로써 논쟁을 종결시키는 것이었다. 물론 자신의 능력을 높이 평가하여 작위를 내리려는 황제에게는 미안한 일이었지만 개인적인 감정으로 대응하기에는 너무나 큰 부담감이 작용했기에 결심이 흔들리는 일은 없었다.

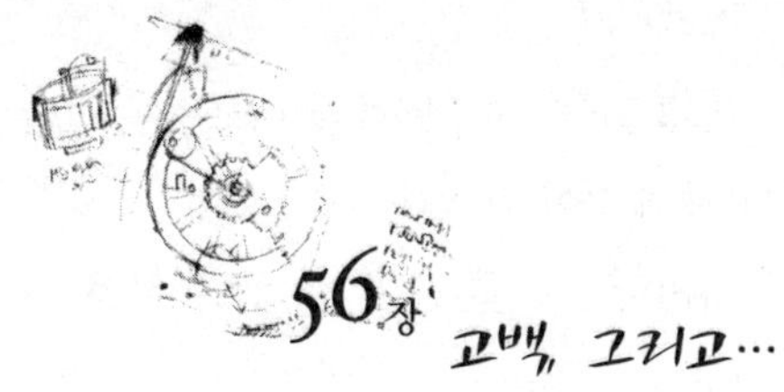

56장 고백, 그리고…

　소란스러운 저녁 만찬이 끝나자 귀족들은 가슴을 쓸어 내리며 자리를 뜨고 있었다. 하버만 후작과 피셔 백작, 그리고 뮤스와 카타리나도 함께 그들을 따라 자리에서 일어났는데, 뮤스의 옆을 지나가는 귀족들마다 그의 아래위를 흘기며 적대적인 눈빛을 보내고 있었다. 그들의 시선을 함께 받은 하버만 후작은 걱정스러운 얼굴로 뮤스를 향해 말했다.

　"아무래도 좋지 않은 시선들이군. 자네, 조심해야겠는걸."

　뮤스 역시 그들의 시선을 느꼈지만 그리 걱정하고 있는 표정은 아니었다.

　"설마 무슨 일이 있으려고요. 공작 작위를 거절한 것을 저들도 똑똑히 봤으니까요."

　"자네 말대로 되었으면 좋겠지만 저들 중에도 상당한 야심가가 있으니 조심하라는 걸세.”

“네, 그렇게 하겠습니다.”

하버만 후작과 뮤스가 대화를 하고 있을 때 주변을 둘러보며 사람들이 대부분 빠져나간 것을 보던 피서 백작이 말했다.

“이제 다들 나갔으니 우리도 자리를 옮기도록 하죠. 제가 한잔 살 테니 하버만 후작님은 어떻습니까?”

피서의 제안에 하버만 후작은 크게 갈등하는 모습이었다.

“흠… 아내에게 술을 마시는 것을 걸리면 큰일 난다네. 이제 몸을 생각할 나이라서…….”

“하핫, 후작님도 별 걱정을 다 하시는군요. 이렇게 멀리 떨어져 있는데 후작 부인께서 어떻게 안다고 그러십니까?”

“후훗, 아내의 분신이 바로 내 옆에 있지 않나? 이 아이가 괜히 따라온 것이 아니라 날 감시하기 위해 온 것이라네.”

말은 그렇게 하지만 은근히 카타리나에게 양해를 구하는 것이었다. 그의 의도를 알아챈 카타리나는 빙긋이 웃었다.

“좋아요. 하지만 많이 마시면 안 되시니까 제가 옆에서 감시할 거예요. 뮤스도 같이 가도 되죠?”

“허헛, 물론이지.”

하지만 뮤스는 미안한 표정을 지었다.

“카타리나, 미안. 그리고 후작님, 죄송하지만 저는 폐하와 이야기를 좀 나눠야겠군요. 제가 작위를 거절하는 바람에 마음이 크게 상한 눈치셨거든요.”

잠시 황제의 태도를 떠올려 보던 하버만 후작은 고개를 끄덕였다.

“하긴 조금 불편한 모습이시더군. 그럼 다음에 한잔하세나.”

"양해해 주셔서 고맙습니다. 아참, 카타리나, 그럼 나 먼저 갈게. 내일 다시 봐!"

뮤스의 작별 인사를 들은 카타리나는 아쉬움이 큰 눈치였지만 뮤스가 처한 상황도 충분히 이해할 수 있었다.

"응. 그럼 폐하의 화나 잘 풀어드려. 내일 봐."

뮤스는 황제를 놓치기 전에 서둘러 걸음을 옮겼는데, 카타리나를 향해 손을 한번 흔들어주는 것도 잊지 않았다.

또박! 또박! 또박!

신경질적인 발걸음을 옮기는 인물과 그를 급히 뒤따르는 인물이 있었다. 서로 경쟁이라도 하는 듯한 모습이었는데 뒤를 따르는 인물은 애가 타는 듯했다.

"폐, 폐하, 화가 많이 나셨습니까?"

쩔쩔매고 있는 뮤스의 목소리였다. 앞서 가는 황제는 뒤도 돌아보지 않은 채로 싸늘하게 대답했다.

"아닙니다. 신경 쓰지 않으셔도 됩니다."

말의 내용과는 전혀 다른 뉘앙스를 풍기는 억양이기에 뮤스는 신경을 쓰지 않으려 해도 그럴 수가 없었다.

"그렇게 말씀하시면 더욱……."

터벅.

뮤스가 말을 하던 차에 어느 방 앞에서 갑자기 발걸음을 멈춘 황제는 뒤를 돌아 뮤스를 바라보았다. 그리곤 뮤스의 어깨를 짚으며 간절한 표정으로 말을 하는 것이었다.

"후우… 혹시 뮤스 군, 술 마실 줄 압니까?"

황제가 부지간에 술 이야기를 꺼내자 방금 전까지만 해도 생기가 돌던 뮤스의 얼굴에서 핏기가 가시고 있었다. 학교 축제 전야 때 술을 마시고 난동을 부린 기억이 있는 뮤스로서는 사양하고 싶은 마음이 앞섰기 때문이다.

"네!? 가, 갑자기 술은 왜… 저는……."

어떻게든 빠져나가기 위해 변명을 하려던 뮤스였지만 이미 발을 빼기는 늦었다는 듯 황제는 그의 소매를 쥐고 있었다.

"설마 이것까지 거절하는 것은 아니겠지요?"

이미 약점 잡힌 것이 있는 뮤스에게 마지막 한마디는 쐐기와 같은 것이었다.

"하… 하… 제가 감히 어떻게……."

이렇게 해서 뮤스는 황제와 함께 접견실로 들어서게 되었다. 접견실의 분위기는 일반 가정집의 응접실과 비슷한 분위기였다. 고급스러운 조각들이 진열되어 있는 진열장과 일부러 모으기라도 한 듯 빼곡이 들어차 있는 각양각색의 술병들, 그리고 벽으로 붙은 책장에 꽂혀 있는 여러 종류의 책들… 또 벽난로에는 미리 지시를 해놓은 듯 불이 붙어 있어 실내의 온도를 높이고 있었다. 들어서자마자 힘없이 외투를 벗어 안락의자 위에 던져 놓은 황제는 술병이 들어 있는 진열장으로 다가가 문을 열며 말했다.

"뭐, 특별히 좋아하는 술이 있습니까?"

주변을 둘러보던 뮤스는 고개를 저었다.

"아뇨… 사실 술을 마셔본 적이 한 번밖에……."

"그럼 칼리아를 추천해 드리죠. 달콤한 맛이기 때문에 술에 익숙하지 않으시더라도 부담없이 마실 수 있을 테니까요."

"그, 그런가요?"

황제가 진열장에서 꺼낸 술병은 긴 주둥이를 가진 초록색의 병이었다. 그것은 주둥이의 길이에 비해 넣을 수 있는 양이 얼마 되지 않아 보였는데, 양이 적은 병의 술일수록 독한 경우가 많다는 것을 모르는 뮤스로서는 남몰래 안도할 뿐이었다. 한 손에는 병을, 그리고 반대쪽 손에 두 개의 잔을 나눠 든 황제는 부드러운 모피가 유혹하는 안락의자를 외면한 채 푹신한 카펫이 깔려 있는 바닥에 주저앉아 병을 땄다.

퐁.

공기가 흘러드는 경쾌한 소리를 즐기듯이 만족한 표정을 지은 그는 두 잔에 적당량의 술을 부으며 뮤스에게 손짓했다.

"계속 그곳에 서 있을 생각입니까? 이쪽으로 오시죠."

기왕 이렇게 된 것 더 이상 주저할 것이 없었던 뮤스는 황제의 앞에 편안한 자세로 앉았는데, 오랜만에 해보는 양반다리가 조금 어색하게 느껴지고 있었다.

"우선 한 잔 마시죠."

젊은 황제는 술이 담긴 잔을 하나 뮤스에게 건네주곤 자신의 손에 들려 있던 술잔을 쏟아 부어버리듯 입 안으로 흘렸다. 잠시 손에 들린 술잔을 내려다보던 뮤스는 냄새를 맡아보자 과연 황제의 말대로 달콤한 향기가 나고 있었다. 그럭저럭 향기가 마음에 든 그는 조심스럽게 한 모금을 삼켰다. 첫 맛은 달콤했지만 끝 맛은 불 같아 목을 타고 올라오는 뜨끈한 느낌이 강렬하게 전해오고 있었다.

"크으……."

빈 술잔에 다시금 술을 따르던 황제가 지나가는 목소리로 조용히 물었다.

"왜 그러셨죠?"

그가 묻는 의미가 무엇인지 충분히 알고 있었던 뮤스는 남아 있는 술을 입으로 털어 넣으며 대답했다.

"폐하께서 저를 높이 평가해 주시는 것에 대해서는 감사하게 생각하고 있습니다. 하지만 그 자리에서도 말씀드렸듯이 저는 공작의 작위를 받을 능력이 있는 사람이 아닙니다."

뮤스의 대답에 황제는 코웃음을 쳤다.

"크크, 또 그 이야기군요."

술잔에 부어둔 술을 한 모금 마신 그는 계속해서 말을 이었다.

"제가 다음 이야기도 한번 맞춰볼까요? 후훗, 공학도이기 때문에 공학의 길을 걷고 싶다는 것이겠지요? 그리고 뮤스 군보다 유능하신 분들이 많다는 것도 그 이유 아닙니까?"

황제의 빈정거리는 듯한 태도에 뮤스는 아무런 대답도 하지 않고 있었다. 잠시 뮤스의 빈 잔을 보던 황제는 그의 잔을 채우며 말했다.

"후우… 솔직히 말해서 뮤스 군이 공작의 작위를 받아들이지 않을 것이라는 것은 이미 알고 있었습니다. 하지만 저는 아직까지 자신이 없습니다. 무엇을 어떻게 해야 할지도 모르겠고, 설사 안다 해도 행동으로 보일 용기가 없기 때문이죠. 그런 생각이 들 때마다 제가 만나본 최고의 인재인 뮤스 군을 꼭 붙잡고 싶은 욕심이 생기더군요. 원래 사람의 욕심은 한정이 없는 법이니까요. 한데 이렇듯 보기 좋게 거절을 당해 버렸군요."

황제의 말을 조용히 듣고 있던 뮤스는 그가 채워준 술을 다시 한 모금 마셨다. 그리곤 소매로 입가를 한번 스윽 닦으며 말했다.

"큭… 술이 달콤하긴 한데 이상하리만치 쓰게 느껴지는군요. 폐하,

사람은 누구나 자신이 걸어야 할 길이 있는 것입니다. 그 길을 정하는 것이야 개인에게 달려 있겠지만 그 각자의 길은 누구에게나 더없을 만큼이나 소중한 길이지요. 하지만 자신이 걸어야 할 길에서 타인의 의지로 인해 이탈해야 한다면 그것만큼 견디기 힘든 것이 없을 것입니다. 폐하께서도 황위에 오르신 이유가 그 길에 대한 집착 때문이 아니셨습니까? 후훗, 농담이긴 했지만 제가 권한 공학자의 길은 거들떠보지도 않으셨습니다. 기억이 나시는지…….”

“후훗, 어찌 생각나지 않을 수 있겠습니까. 그때는 정말 크게 혼이 난 기분이었으니까요.”

“기억하고 계시는군요. 폐하는 이제 막 길을 떠나기 위해 길의 어귀에 들어선 여행자입니다. 여행자는 앞으로 다가올 모험에 대해 기대를 품는 동시에 멀기만 한 여정에 대해 두려워하기도 하죠. 하지만 일단 여행을 시작한 여행자들은 힘이 드는 와중에도 경치를 즐기고, 사람들을 만나며 행복감을 느끼게 됩니다. 그것이 여행자들이 여행을 하는 이유니까요.”

“하하핫! 정말 멋진 말인걸요?”

대화가 잠시 끊어지자 둘은 그들의 인생과도 같이 같은 자리에서 서로 다른 곳을 바라보고 있었고, 벽난로의 장작이 타 들어가며 나는 소리가 조용해진 방을 간간이 깨워주었다. 잠시 동안 침묵이 흐른 뒤 황제가 조용히 입을 열었다.

“더 이상 미련을 가지면 안 되는 것이겠죠?”

뮤스는 대답 대신 고개를 끄덕임으로 그의 말에 긍정을 표했다. 그를 보던 황제는 어깨를 한번 으쓱거리며 나직한 한숨을 뱉었다.

“후우… 이렇게까지 말하는 이상 어쩔 수 없죠. 이상하게 기분이 섭

섭하면서도 시원하군요."

말을 마친 황제가 세 번째 잔을 비우려 하자 뮤스는 그의 소매를 잡았다. 의아한 표정으로 뮤스를 바라보자 그는 아무런 말 없이 자신의 잔을 들어 그의 잔에 부딪쳤다. 서로 눈을 마주친 뮤스와 황제는 닮은 꼴의 미소를 동시에 지어 보이며 각자의 잔을 입으로 가져가고 있었다.

새벽의 서리가 황궁의 지붕 위로 내려앉아 달빛을 반사하고 있을 때 지붕 아래는 때 아닌 몸살을 겪고 있었다. 복도에는 주인 모를 발자국 소리가 울리며 메아리쳤고, 시간을 의식하지 않는 듯한 웃음소리가 가득 허공을 메우고 있었다. 덕분에 잠자리에서 일어나야 했던 사람들은 잠이 덜 깬 상태로 사태를 파악하려 애쓰고 있었다.

"우하하하! 여기도 아무도 없군요! 크큭… 복도에서 뛰어보는 것이 옛날부터 소원이었답니다!"

소리 지르는 이는 놀랍게도 젊은 황제였다. 그는 헝클어진 머리를 가다듬을 생각도 하지 않고 괴상한 모습으로 복도를 뛰어다니고 있었는데, 이미 만취한 상태였는지 체면 따위는 안중에도 없는 듯했다. 그의 뒤를 이어 어스름한 그림자 속에 누군가가 웅크리고 있었다. 조금씩 어깨를 들썩거리던 그는 갑자기 기성을 지르는 것이었다.

"웨엑~! 우웨에에엑!"

철푸덕.

이물질이 그의 바지부터 시작하여 복도의 벽에 이르기까지 곳곳에 튀었는데, 정작 당사자는 너무나 태연하게 발로 비벼대기 시작하는 것이었다.

"흐, 흙으로 묻어버리면 감쪽같겠지? 딸꾹!"

아무래도 그는 이곳이 실내라는 사실조차 인지하지 못하고 있는 듯했다. 그는 멀리서 이리저리 뛰어다니고 있는 황제를 향해 씰룩거리는 웃음을 지으며 외쳤다.

"크큭… 그러다가 넘어집니다, 황(?) 형!"

얼마 지나지 않아 황제의 대답도 들려왔다.

"뮤스 아우님! 아우님도 이쪽으로 와서 뛰어보시죠! 정말 자유라는 것이 이런 느낌이라는 생각이 드는군요! 크크크!"

그의 말대로라면 이 그림자 속의 인물이 뮤스라는 것이었는데, 확인이라도 시켜주듯 잠시 후 마나등 아래로 모습을 드러내고 있었다.

"형님이나 실컷 하시죠. 저는 어렸을 때부터 실컷 뛰어놀았으니 됐습니다!"

황제는 뮤스의 대답에는 신경 쓰지도 않은 채 계속해서 복도를 뛰어다니고 있었다.

"그나저나 겨우 몇 잔 마셨다고 이렇게 어지럽다니……."

그의 말대로 황제와 뮤스가 술에 취한 것은 금방이었다. 칼리아라는 술은 달콤한 맛에 비해 도수가 굉장히 높은 술이었는데, 술에 자신있다고 말하는 사람소자 한 병을 마셨다간 인사불성이 되어버리고 말 정도였다. 그런데 술이 약하디약한 뮤스와 평소 포도주 정도에 익숙해져 있던 황제가 멋도 모르고 마셔댔으니 멀쩡할 리가 없었던 것이다.

뮤스가 벽을 짚으며 비틀비틀 걷고 있을 때였다. 갑자기 앞쪽의 문이 열리며 맹렬하게 뮤스에게 다가오는 것이었다. 피해야겠다는 생각을 했지만 몸이 말을 듣지 않았기에 결국 정면으로 부딪치게 되었고, 이마에 강한 충격을 받으며 정신을 잃고 말았다.

콰앙!

누군가가 시끄러운 소란에 잠을 깨며 홧김에 문을 열어젖혔던 것이었다. 잠옷 바람에 외투만 걸친 그는 둔탁한 느낌이 문을 통해 전해오는 것을 느꼈지만 잠결이었기에 크게 신경을 쓰지 않은 채로 복도를 둘러보며 소리를 질렀다.

“대체 어떤 녀석이 잠도 안 자고 이 난리를 피우는 거야!”

아직 덜 떠진 그의 눈에 한 명의 인물이 복도를 뛰어다니는 것이 잡혔다. 새벽에 이런 미친 짓을 하는 인물의 얼굴이라도 확인해 봐야겠다고 생각한 그는 눈에 힘을 주며 초점을 맞췄다. 한데 눈가의 잔상이 사라지며 이렇게 미친 짓을 벌이는 인물의 얼굴을 확인하게 되자 그의 눈은 두 배로 커지게 되었다.

“화, 황제 폐하! 이게 어떻게 되신 일입니까?!”

갑자기 자신을 부르는 말에 복도를 오가며 뛰고 있던 황제는 천천히 발걸음을 멈추며 뒤를 돌아보았다.

“으음… 뮤스 아우님?”

황제는 자신과 함께하던 뮤스를 찾았지만 그의 모습은 보이지 않았고, 낯익은 한 인물이 그가 서 있을 자리에 있을 뿐이었다.

“어? 뮤스 군은 어디 가고 당신이 있죠? 잠깐… 어디서 많이 본 사람인데…….”

“뮤스라니요! 저 슈페니어 백작입니다! 대체 어디서 이렇게 술을 드셨기에…….”

걱정스러운 목소리로 외친 슈페니어 백작은 서둘러 비틀거리고 있는 황제에게 다가가 어깨를 부축했다. 하지만 황제는 계속해서 뮤스를 찾고 있을 뿐이었다. 도저히 안 되겠다고 생각한 슈페니어 백작은 힘을 들여 황제를 다른 곳으로 이끌었고 그에게 이끌려 가는 도중에도 혀가 꼬인 목소리로 외쳤다.

"뮤스 군, 어디 있습니까! 뮤스!"

하지만 황제와 슈페니어 백작이 복도 끝으로 사라질 때까지 뮤스의 목소리는 들리지 않고 있었다.

잠시 후 활짝 열려 있는 문 뒤에 가려져 보이지 않고 있던 뮤스가 꿈틀거리며 몸을 일으켰다. 술에 취한 상태였기에 고통은 없었지만 더욱 정신이 없는 상태였다. 겨우 몸을 일으켜 벽에 기댄 그는 부딪친 머리 부근을 매만지며 고개를 들었다. 흐트러진 머리칼 사이로 드러난 눈동자는 이미 취기로 인해 풀린 상태였다. 그리곤 들릴 듯 말 듯한 목소리로 중얼거렸다.

"카타리나, 널 좋아해… 널 좋아해……."

술에 취해서일까? 평소 그렇게 꺼내기 힘들던 말조차 쉽사리 흘러나오고 있었다. 그는 무엇엔가 홀리기라도 한 듯 자리에서 몸을 일으켰고, 어지럽게 흔들리는 땅을 보며 어렵사리 어디론가 움직이고 있었다.

깨끗한 흰색의 시트가 깔려 있는 침대에 카타리나가 누워 있었다. 편안하게 머리를 풀어헤친 채로 달빛을 받고 있는 그녀는 평소보다 더욱 아름다운 모습이었다. 하지만 그녀는 이 늦은 시간까지 잠을 이루지 못하고 있었는데, 하루의 일과를 정리하던 중 오후에 있었던 뮤스와의 일에 대해 생각해 보는 중이었다.

"속상해… 겨우 원하던 말을 들었는데 왜 그때 그런 일이 일어난 거야. 게다가 저녁 식사 때는 폐하를 따라가게 되고……."

혼잣말을 몇 마디 한 카타리나는 몸과 마음이 불편한 듯 뒤척였다.

"조금만 시간이 있었어도… 뮤스가 다시 말해 줄 수 있을까?"

생각을 해보던 그녀는 가볍게 고개를 흔들며 깊은 한숨을 내쉬었다.

"후우… 아무래도 힘들겠지? 혹시 내가 싫어한다고 오해하고 있는 건 아닐까?"

고민을 할수록 나쁜 쪽으로 생각이 돌아가자 울고 싶은 심정이 되어 버렸다. 그때였다.

쾅쾅쾅! 쾅쾅쾅!

고요하기만 한밤중에 누군가가 갑자기 방문을 두들겼다. 이에 깜짝 놀란 카타리나는 이불을 몸 쪽으로 잡아당기며 몸을 일으키곤 방문 쪽을 바라보자 또 한 번 문 두들기는 소리가 났다.

쾅쾅쾅!

우연으로 두들겨진 것이 아니라는 것을 깨달은 카타리나가 조심스럽게 물었다.

"누, 누구세요?"

비록 큰 목소리는 아니었지만 문밖에서 충분히 알아들을 수 있을 정도의 대답이 들려오는 것이었다.

"나야, 카타리나… 문 좀 열어줘."

누구의 목소리인지 충분히 알 수 있었던 카타리나는 옷걸이에 걸려 있는 가운을 급히 걸치며 문 쪽으로 뛰어가 문을 열었다. 그러자 그 앞에는 산발을 한 뮤스가 술 냄새를 풀풀 풍기며 서 있었다. 카타리나는 전혀 예상치 못한 상황에 당황한 모습으로 뮤스의 상태를 살폈다.

"뮤스! 이게 어떻게 된 거야? 행색이 말이 아니잖아?"

하지만 뮤스는 카타리나의 말을 알아듣지 못한 듯 그녀의 앞으로 다가섰고, 천천히 손을 올려 머리를 쓰다듬었다.

"카타리나… 나 말야……."

조금씩 움직이는 그의 입술은 심하게 떨리고 있었다.

"카타리나… 널 좋아해……. 예전부터… 나와… 사귀어줄래? 그동안 너무 힘들었어. 널 처음 봤을 때부터……."

뮤의 입에서 짤막하게 끊어져 흘러나오고 있는 말을 모두 알아들은 카타리나는 꿈을 꾸고 있는 듯했다. 비록 술에 취해 있는 상태였지만 이미 그의 마음을 알고 있는 상태였기에 그쯤이야 아무래도 좋았다. 그저 다시 한 번 고백을 해준 것만으로도 지금 이 순간은 충분히 행복했던 것이었기에 그녀는 기꺼이 웃으며 대답할 수 있었다.

"응, 고마워. 다시 한 번 고백해 줘서."

그리곤 기다렸다는 듯이 뮤스의 가슴에 얼굴을 파묻었다. 지금 이 순간 뮤스의 귀에는 카타리나의 목소리만이 가득 차고 있었고, 제발 꿈이 아니길 바라고 있었다. 술에 의해 몽롱한 정신 상태였기에 이 상황이 마치 꿈과 같이 느껴졌다. 하지만 가슴에서 느껴지는 그녀의 느낌, 코끝으로 느껴지는 그녀의 향기… 이것은 절대 꿈이 아니란 것을 알 수 있었다.

"드디어 우리가……."

뮤스의 목소리를 들으며 품에 안겨 있던 카타리나는 그의 가슴에 귀를 대었다. 빠른 박자에 맞추어 뛰고 있는 심장의 박동 소리는 그 어떤 악기의 소리보다 아름다웠고 그 어떤 새의 노랫소리보다 정겨웠다. 하지만 카타리나는 귀족 집안에서 자란 만큼 절제할 수 있는 이성을 지니고 있었기에 이쯤에서 그를 되돌려 보내야 한다고 생각하며 입을 열었다.

"뮤스, 이젠 됐으니 힘들어하지 마. 그러니 오늘은 푹 쉬고 내일 다시 만나자. 응?"

　그녀의 말에 뮤스는 아무런 반응이 없었다. 문득 이상한 기분이 든 카타리나는 자신보다 머리 하나는 더 위에 있는 그의 얼굴을 바라보았는데, 우습게도 서서 정신을 잃은 듯 아무런 움직임도 보이지 않았고, 카타리나가 그의 눈앞으로 손을 몇 번 휘저어보아도 아무런 변화가 없었다.

　"풋! 잘 나가는가 싶더니 결국은 이렇게 됐네."

　어쩔 도리가 없었던 카타리나는 있는 힘을 다해 그를 자신의 방 침대 위로 옮겼다. 상당히 진땀 빼는 일이었지만 이제 어엿한 자신의 애인으로 인정한 그였기에 힘든 줄도 모르고 있었다. 십여 분이 지나서야 겨우 침대에 뉘이고 이불을 덮을 수 있었던 카타리나는 이마에 송골송골 맺힌 땀을 닦아내며 그의 옆에 앉았다. 죽은 듯이 자고 있는 뮤스의 얼굴을 자세히 뜯어보던 카타리나는 행복한 미소를 띠곤 곧 그의 이마에 짧은 입맞춤을 해주었다.

　"그럼 잘 자."

　혼자만의 인사를 마친 카타리나는 경쾌한 발걸음으로 방을 빠져나갔고, 뮤스는 좋은 꿈을 꾸는 듯 평온한 표정이었다.

　"크윽… 머리야……. 어제 어떻게 내 방에 온 거지?"

　지끈거리는 머리를 부여잡은 뮤스는 이마 부근을 지압하며 스스로에게 질문을 던졌다. 하지만 기억을 더듬어봐도 명쾌한 답은 나오지 않았기에 금세 포기할 수밖에 없었다. 그는 주변을 둘러보았다. 그리곤 그제야 방의 구조나 가구는 자신의 방과 거의 비슷했지만 분위기나 향기를 비롯해 무엇인가가 조금씩 다르다는 것을 느낄 수 있었다.

　"어라? 여긴 내 방이 아닌 것 같은데? 그래! 여긴 카타리나의 방이었어! 대체 어떻게 된 거지?"

간신히 이 방이 어디인지를 깨닫게 된 뮤스는 크게 혼란스러워하고 있었다. 고개를 이리저리 흔들어보기도 하고 머리채를 쥐어뜯어 보기도 했다. 그렇게 하던 도중 어젯밤의 기억이 조금씩 살아나기 시작하자 뮤스는 문득 움직임을 멈추었다.

"그래! 내가 카타리나에게 고백을 했었지! 그리고 결과는……."

말끝을 흐리고 있는 뮤스의 안색은 눈에 띄게 밝아지고 있었다.

"카타리나와 사귀는 거야! 하하하핫!"

아직 숙취가 남아 있음에도 불구하고 너무나 기쁜 나머지 그 정도의 고통은 머리 저편으로 밀어내고 있었다. 급히 이불을 옆으로 걷어낸 그는 가뿐하게 몸을 일으키며 옷매무새를 다듬었고, 그럭저럭 된 듯하자 방문을 열고 밖으로 뛰쳐나왔다. 누구에게라도 빨리 이 기쁜 사실을 알리고 싶었던 것이다.

타다다닥!

빠르게 그의 옆을 지나가며 눈에 비춰지고 있는 세상은 어제와는 전혀 다른 세상이었다. 눈에 보이는 모든 것들은 아름다운 우윳빛을 띠고 있었고 햇살은 유난히 따스했다. 평소 몸을 움츠리게 하던 차디찬 겨울바람도 봄의 훈풍인 양 기세를 죽이며 그를 감싸고 돌았다. 최소한 지금 이 순간만큼은 그에게 모든 것이 완벽했다.

한참을 신나게 달려 숙소까지 오자 드워프들이 기지개를 켜며 자신들의 방에서 나오고 있었다. 아무래도 밤잠을 설친 듯 피곤한 모습이었지만 즐거운 일이라도 있는지 노래를 흥얼거리고 있었다.

"룰루~ 그녀는 볼 수 없고 미련만 남아~ 오~ 라제이아~ 라제이아~"

그들을 본 뮤스는 크게 손을 흔들며 소리쳤다.

"안녕히들 주무셨어요!"

아침부터 요란하게 인사하는 소리에 고개를 돌려보니 기쁜 감정을 주체하지 못하는 표정을 지으며 달려오는 뮤스를 볼 수 있었다. 어젯밤까지만 해도 고뇌에 휩싸여 있던 것을 알고 있던 켈트는 고개를 갸웃거렸다.

"이 녀석 왜 이러지? 밤에 뭘 잘못 먹기라도 한 건가?"

그의 옆에서 함께 뮤스를 바라보던 드워프들 역시 이렇게까지 즐거워하는 뮤스를 본 적이 없었기에 의아한 표정이었다. 이윽고 드워프들 앞에 도착한 뮤스는 즐거움 덕분인지 뇌공력을 쓰지 않은 상태로 꽤나 먼 거리를 달렸음에도 전혀 지친 모습이 아니었다.

"아저씨들께 축하받을 일이 있어요! 뭔지 한번 맞춰보세요!"

뜬금없는 그의 말에 서로의 얼굴을 바라보며 어깨를 으쓱거리던 켈트는 담담하게 말했다.

"네가 하는 모양을 보아하니 카타리나와 사귀게 된 모양이지 별거있겠냐?"

"어라! 그걸 어떻게 알았어요?!"

"쯔쯧, 생각이 있으면 누구나 그 정도는 알 수 있겠다! 허헛, 그나저나 축하한다."

켈트가 너무나 쉽게 맞춰 버리자 김이 샌 뮤스였지만 칭찬에 기분만큼은 좋아졌다.

"하핫, 고마워요! 그런데 방금 부르시던 노래는 뭐예요? 꽤나 흥겨워 보이던데?"

"응? 갑자기 노래는 왜?"

“뭐… 기분이 좋은데 흥얼거릴 노래가 없다 보니 조금 허전해서요. 혹시 어렵지 않으면 좀 가르쳐 주실 수 있으세요?”

그의 부탁에 블뤼안이 자신있게 나서며 말했다.

“허헛! 노래라면 우리 형제들 중에 내가 최고지! 내가 가르쳐 줄까?”

“저야 상관없죠.”

한데 갑자기 켈트가 블뤼안을 잡아끄는 것이었다.

“흠흠… 산책 안 나갈 거야? 우린 산책 나가던 길이잖아?”

그의 행동이 조금 이상했던 블뤼안은 이해할 수 없다는 식으로 되물었다.

“뭐, 산책이야 언제든지 해도 되는 것 아니우?”

블뤼안이 생각을 바꿀 기미를 보이지 않자 켈트는 천천히 자리를 피했다.

“그럼 나 먼저 산책을 하고 오지 뭐. 그럼 열심히 배우거라. 룰루~”

어디론가 급히 사라지는 그의 뒷모습을 바라보던 뮤스와 그의 형제들은 고개를 갸웃거렸다. 레딘이 말했다.

“형님이 왜 저러시지? 저런 행동을 보일 때는 뭔가 걸리는 일이 있을 때 나오는 버릇인데…….”

브라이덴 역시 레딘과 비슷한 생각인지 고개를 끄덕이며 말을 받았다.

“그러게 말이야. 자리는 피하고 보자는 식의 도피법이지. 아니면 밤새 산책을 하고 싶어 미치기 일보 직전이었던지. 어쨌든 우리도 같이 도와주도록 하지. 들어가자고.”

드워프들의 숙소로 들어가자 탁자 위가 한껏 어질러져 있었다. 여러 가지 금속들과 물체들이 널브러져 있었는데, 그것을 본 뮤스가 레딘에게 물었다.

"이것들은 다 뭐예요? 밤새 뭘 만들기라도 한 거예요?"

잠시 탁자 쪽을 응시하던 레딘은 머리를 긁적이며 말했다.

"별것 아니야. 혹시 투시기가 모든 금속을 투과할 수 있는지 알아보고 있었단다. 아직까지 투과할 수 없는 금속을 찾아내지는 못했지만, 몇몇 금속은 투과량이 극히 적더군. 그렇다면 투과할 수 없는 금속도 있다는 것 아니겠어?"

레딘의 말을 듣고 있던 뮤스는 표현은 하지 않았지만 그들의 탐구심에 감탄을 하고 있었다. 모든 공학의 기초가 이러한 탐구심에서 출발하는 것임을 가장 잘 알고 있었던 뮤스였기 때문이다.

"후훗, 그렇겠죠. 조금만 더 찾아보시면 발견할 수 있을 거예요. 그리고 금속마다 가지는 고유한 투과량을 정리해 보는 것도 꽤 괜찮을 것 같네요. 그나저나 빨리 노래나 좀 가르쳐 주세요."

"그렇게 하지. 자리에 앉게나."

뮤스를 중심으로 세 명의 드워프가 탁자에 둘러앉았다. 주로 가르치는 것은 블뤼안이었고 레딘과 브라이덴은 함께 노래하는 것을 즐기는 것이었다. 블뤼안은 제법 진지한 표정으로 말했다.

"노래란 것은 말이지 부르는 것도 좋지만 그 내용을 잘 이해해야 맛이 살아나는 거야. 이 노래는 여러 가지 표현으로 부를 수 있는 것이 장점이지. 즐거울 때는 템포를 빨리해서 흥겹게 부르고 처량할 때는 템포를 늦춰서 서글프게 부르지."

듣다 보니 그가 말하는 것이 어떤 뜻인지 대충 짐작할 수 있었다.

"아… 그러고 보니 제가 살던 곳의 민요에도 그런 것이 있었죠."

"그래? 그것도 다음에 한번 배워보고 싶군. 아무튼 이 노래는 참 슬

픈 배경을 가지고 있어. 한 처녀 드워프와 총각 드워프가 살고 있었지. 그들은 어려서부터 남매처럼 살게 되었던 거야. 한데 어느 순간 총각 드워프는 자신이 처녀 드워프를 사모하고 있다는 것을 깨달았다네."

여기까지 듣던 뮤스는 어디선가 많이 듣던 내용인 것을 느꼈다.

"혹시 뒤는 이런 내용 아닌가요? 그 총각 드워프는 처녀 드워프에게 고백을 하려 했지만 멀어질 것을 두려워해서 포기할 수밖에 없었고, 그 처녀 드워프는 이웃 마을의 드워프에게 시집을 가버린다는."

"어? 자네가 어떻게 그 이야기를 알고 있지?"

블뤼안의 대답에 자신의 생각이 맞았음을 확신한 뮤스는 허망한 기분을 느꼈고 켈트가 서둘러 사라진 이유를 이해할 수 있었다.

"속았어! 속았어! 켈트 아저씨에게 그런 일이 있었을 리가 없지!"

"그게 무슨 말인가? 켈트 형님이 뭘 어떻게 했길래?"

뮤스는 어제 켈트와의 대화를 드워프들에게 들려주자 그들은 배를 잡고 이리저리 구르고 말았다. 켈트에 대해서 많이 안다고 자부하던 그의 형제였음에도 이런 일은 생각지도 못한 듯했다. 한참을 그렇게 웃다가 겨우 이성을 찾은 블뤼안이 당기는 배를 진정시키며 말했다.

"크ㅡㄱㅡ쿡… 아이고, 죽겠다. 그래서 형님이 그렇게 사라지신 거군? 켈트 형님은 벌써 결혼을 했다네."

"네? 켈트 아저씨가 결혼을 했다고요? 그러면 왜 혼자 사시는데요?"

"쿠쿡, 그야 형님이 밖으로만 나도니 형수님이 좋아하시겠나? 결국 형수님이 마을을 떠나고 마셨지. 형수님 앞에서 벌벌 떨던 형님을 생각하면 정말……."

말끝을 흐리며 블뤼안은 옛일을 회상하는 듯했다. 더 이상 말을 이어 나가지 않자 켈트의 부인에 대해 궁금해진 뮤스는 다른 드워프들을 바라보았다. 그러자 브라이덴이 황홀한 표정으로 입을 열었다.

"정말 대단하신 분이셨지. 우리 부족뿐만 아니라 다른 부족에게까지 유명했으니. 술도 잘 마셨고 망치질도 엄청나게 잘하셨었는데. 게다가 도끼질 솜씨와 요리는 신의 경지였다니까!"

"혹시 켈트 아저씨가 밖으로 나온 게 아니라 그분께서 나돌게 만든 것이 아닐까요?"

그의 질문에 대답하는 드워프들은 아무도 없었고, 물어보긴 했지만 차마 대답을 들을 엄두가 나지 않는 것도 사실이었다. 어쨌거나 이렇게 하여 뮤스와 카타리나에 얽힌 갈등은 일단락 짓게 되었다.

57장 불운의 전조

어느덧 몇 개월이나 흘러 봄이 돌아왔다. 황궁의 뜰에는 따스한 햇살을 받고자 겨우내 땅속에서 추위를 피하던 새싹들이 기지개를 켰고, 새들은 정원 위를 총총 뛰며 먹이를 찾아다녔다. 노랗고 붉은 꽃들이 만발한 정원에는 그간 황궁에서만 생활하던 사람들이 나들이를 나와 봄의 기운을 느끼고 있었기에 활력적인 모습이었다. 이제 막 솟아오르고 있는 잔디 위로 깨끗한 천을 깔고서 간단한 식사를 하고 있는 한 쌍의 남녀가 있었는데, 카타리나의 부탁으로 나들이를 나온 뮤스 커플이었다.

긴 빵을 작은 조각으로 잘라 과일 잼을 바른 카타리나는 뮤스에게 건네주며 장난기 섞인 웃음을 지었다.

"풋, 여기 있어요, 뮤스 군."

그녀의 말에 한 손에 두터운 책을 들고서 읽고 있던 뮤스는 씨익 웃으며 그녀가 건네주는 빵을 받아 들었다.

"응, 고마워. 그나저나 정말 미안한걸? 오랜만에 나들이까지 나왔는데 같이 놀아주지도 못하고."

뮤스의 말을 듣던 카타리나는 손바구니에서 우유를 꺼내며 고개를 저었다.

"어쩔 수 없지 뭐. 실크로스 교 공사 준비가 한창 바쁜데… 이렇게 같이 있을 시간이 있는 것만으로도 나는 괜찮아."

"하핫, 역시 누구 여자 친구인지 마음 한번 넓다니까!"

카타리나를 보고 있는 것만으로도 기분이 좋아지는지 밝게 웃으며 빵을 입으로 가져가는 뮤스였다.

"음… 사과 잼이 일품인걸?"

"그래? 이거 페나 언니와 같이 만든 거야. 때마침 작년 가을에 남은 사과가 썩지 않고 저장고에 보관되어 있었거든."

"훗, 카타리나는 요리도 잘하는구나?"

뮤스의 칭찬에 쑥스러운 듯 얼굴을 붉혔다. 그들이 단란한 시간을 보내고 있는 그때 멀리서 부르는 소리가 들렸다.

"뮤스! 카타리나! 뭐 하고 있니?"

자신들을 부르는 소리에 고개를 돌려보자 크라이츠와 가비르가 다가오고 있는 것이 보였다. 크라이츠는 흰색 바탕에 분홍 꽃무늬가 들어간 드레스를 입고 흰색의 장갑을 낀 손에는 레이스가 달린 양산을 들고 있었는데, 어디를 보나 양가집 아가씨의 모습이었다. 그들을 발견한 뮤스는 손을 흔들며 반겼다.

"누님! 가비르 재상님! 이쪽으로 오셔서 이것 좀 드세요!"

"호호홋, 녀석. 요즘 매일같이 카타리나와 붙어서 사는구나?"

"그러는 누님이야말로 가비르 재상님과 붙어 다니시면서."

장난기 섞인 뮤스의 말에 가비르 재상은 나이답지 않게 얼굴을 붉혔지만 크라이츠는 아무렇지도 않은 듯 생글생글 웃고 있을 뿐이었다. 가까이 다가온 가비르 재상은 모자를 벗으며 카타리나에게 물었다.

"저희가 두분 사이를 방해하는 것이 아니겠죠?"

뮤스에게 항상 높임말을 쓰는 가비르 재상에 대한 이야기를 들었기에 그의 행동을 이해할 수 있었던 카타리나는 미소를 지으며 대답했다.

"물론이죠, 가비르 재상님. 두 분 다 이쪽으로 앉으세요."

"허허, 고맙습니다."

크라이츠와 함께 자리에 앉은 가비르 재상은 뮤스 쪽으로 시선을 돌리며 물었다.

"그나저나 일은 잘 되어가고 있으신가요? 폐하께서 바쁘신 와중에도 항상 실크로스 교에 대해서 물어보시곤 한답니다."

머리를 긁적인 뮤스는 손에 들린 책의 한 페이지를 펴며 가비르 재상에게 보였다.

"드워프 아저씨들이 도와주지 않으시기 때문에 걱정을 했지만 유능하신 분들을 소개시켜 주신 덕분에 준비는 잘 되어가고 있습니다. 한데 지질을 조사해 보니 조금 위험한 일이 있어서 말이죠."

"네? 그것이 무슨 말씀이신지……?"

"이 지도를 보시면 이곳과 이곳, 그리고 이곳에 지진계를 설치했습니다. 지진계라는 것은 지진의 크기를 잴 수 있는 기계를 말하는 것이죠."

설명을 하던 뮤스는 지도에 찍어놓은 세 개의 점에서 각각 원을 하나씩 그리며 말을 이었다.

"또한 이 세 곳의 지진계에 나타나는 지진의 정도를 따져 보면 지진이 발생하는 진앙의 거리를 계산해 낼 수가 있는데, 이런 식으로 지진계 주변으로 원을 그려 넣은 후 세 원이 하나로 겹치는 부분이 진앙이 되는 것입니다. 한데 문제는 실크로스 교가 세워질 강의 바로 아래쪽이 진앙이라는 것이죠. 극히 일부분에 걸쳐서 지진이 일어나는 것을 보니 판의 경계는 아닌 듯하고 다만 화산 활동의 기미가 보이고 있는 것입니다. 하지만 이 화산 활동의 진척 상황을 미리 예견할 수는 없기 때문에 지금도 그 부근은 화산 폭발의 위험을 안고 있는 것입니다."

물론 가비르 재상은 그의 말을 이해할 수는 없었지만 나름대로 이해하려고 노력하는 중이었다.

"자세히는 모르겠지만… 그럼 화산 폭발이 언젠가는 강 아래로부터 일어난다는 것입니까?"

"그것까지는 저도 잘 모르겠습니다. 자연의 힘은 인간의 능력으로 확실히 예측한다는 것은 불가능하니까요. 하지만 강의 아래쪽인만큼 화산 폭발이 일어난다고 하더라도 지진이 조금 느껴질 뿐 인근 주민들에게는 큰 위험이 없을 것으로 보이는군요. 그리고 화산 활동이 진행 중이기 때문에 계속해서 지진도 일어날 것이고요. 그래서 저는 그 정도의 지진을 견딜 수 있는 교량을 설계 중입니다. 앞으로 며칠만 있으면 설계도가 완성이 되니……."

둘의 대화가 오가고 있을 때 짜증이 묻어나는 크라이츠의 목소리가 들려왔다.

"둘 다 뭐 하는 거예요? 이렇게 좋은 날씨에 아름다운 레이디들과 나들이까지 나왔는데 일 이야기라니! 뮤스, 너도 그만 책을 접으렴! 카타리나에게 미안하지도 않아? 젊은 녀석이 왜 그렇게 눈치가 없는

지……."

어쩔 수 없이 힘없는 뮤스와 가비르 재상은 입을 다물어야만 했다. 뮤스가 책을 덮자 그제야 만족한 얼굴을 한 크라이츠는 뮤스와 가비르 재상의 팔을 끌며 말했다.

"우리 황궁에만 있어서 답답한데 오랜만에 나가는 게 어때요? 뮤스, 너도 그동안 일한다고 카타리나와 제대로 된 데이트도 한번 못했지 않니? 이제 곧 카타리나는 개학을 하니 라이델베르크로 돌아가야 할 테고 말이야."

크라이츠의 말에 뮤스는 아차 하는 생각이 들었다. 미처 거기까지는 생각지도 못하고 있었는데 그녀의 말대로 이제 곧 새 학기가 시작되면 카타리나는 라이델베르크로 가야만 했던 것이다.

"카타리나, 개강이 언제지?"

그의 물음에 잠시 생각해 보던 카타리나는 손을 꼽아보며 말했다.

"음, 보름 정도 남았는걸? 그렇지만 준비도 해야 하니 일주일 정도 후에 떠날 생각이야."

한심한 자신의 모습에 답답한 듯 머리를 두들긴 뮤스는 몸을 일으키며 그녀의 손을 집아끌었다.

"진작 말 좀 하지 그랬어. 당분간은 함께 놀러나 다니자. 어서 일어나!"

그의 손에 의해 몸을 일으킨 카타리나는 어깨를 으쓱이며 대답했다.

"그래도 괜히 일을 방해하고 싶지 않아서… 그런데 너는 학교를 어떻게 해야 되는 거니? 휴학을 해야 하는 건가?"

그녀의 물음에는 가비르 재상이 대신 답을 했다.

"뮤스 군은 성적인증제를 받을 것입니다. 대신 수업 일수는 이곳에서 채워야겠죠. 만일 일과 학업을 동시에 진행하기 힘들다면 약간의 부정을 이용할 수도 있고.”

가비르 재상이 말하는 성적인증제는 개인적인 사정이 생겨 수업을 받지 못할 경우 그와 비슷한 수준의 교육 기관에서 수업을 받고, 인증서를 제출하면 학교를 직접 다닌 것으로 인정해 주는 제도였다. 이것은 귀족의 자제들이 여러 지방으로 움직일 일이 많았기에 그들의 편의를 봐주기 위해 생긴 제도였는데, 지금에 와서는 학교 간의 학생 교환을 위해 쓰이는 경우도 많았다.

“그럼 공사는 언제쯤 끝나게 되죠?”

“글쎄요. 지금 동원 가능한 최대의 인원으로 가정했을 때 규모상으로는 1년 정도 걸리지 않을까요? 게다가 중간 보고를 받은 바에 따르면 새로운 공법과 재료를 사용하기 때문에 숙련상 더 오래 걸릴지도…….”

가비르 재상의 설명을 듣고 있던 카타리나의 표정은 어두워졌고, 확인이라도 받으려는 듯 뮤스의 얼굴을 바라보았다. 하지만 뮤스도 가비르의 생각과 같은지 고개를 끄덕였다.

“그럼 1년이 넘게 이곳에 있어야 된다는 말이야?”

카타리나에게 미안했지만 어쩔 수 없이 인정을 해야만 했다.

“미안하지만 그렇게 될 것 같아.”

“하지만…….”

뮤스와 카타리나의 사이에 그리 좋은 분위기가 흐르지 않자 크라이츠는 둘의 등을 치며 말했다.

“너희들 평생 헤어지는 사람처럼 왜 그러니? 겨우 1년 가지고! 수십 년 기다린 사람도 옆에 있는데!”

크라이츠의 말에 뮤스와 카타리나는 멀뚱히 서 있는 가비르 재상을 바라보았다. 그리곤 할 말이 없는지 식은땀만 흘리며 고개를 끄덕였다. 이제 대충 분위기가 정리된 듯하자 크라이츠는 가비르의 팔짱을 끼며 외쳤다.

"자, 벨링 시내로 나가서 오늘은 신나게 기분 내다가 오는 거야!"

뮤스는 언제나 못 말릴 행동만 하는 크라이츠를 보며 고개를 절레절레 흔들었고, 카타리나는 기대가 되는 표정으로 뮤스의 옆으로 붙었다. 마지막으로 크라이츠에게 붙잡혀 이리저리 휘둘리기만 하는 가비르 재상은 특유의 멋쩍은 웃음을 짓고 있었다.

서서히 밤이 다가오는지 서쪽 하늘 끝으로 붉은 구름만 보일 뿐 해는 보이지 않았다. 길거리의 상점들은 저녁 장사를 위해 불을 밝혔고, 수많은 사람들은 겨울 동안 어깨를 누르던 무거운 옷을 벗어 던지고 봄 기운을 느끼며 가뿐한 몸과 마음으로 거리를 오가고 있었다. 부모의 손을 잡고 식사를 하기 위해 나온 어린이부터 팔짱을 끼고 데이트를 하는 연인, 그리고 서로 장난을 치며 뛰어다니는 어린이들까지 각양각색의 사람들이었다.

길거리의 양 옆으로 줄지어 늘어선 상점들 중 유난히 사람들이 많이 몰리고 있는 곳이 있었었는데 '파오로아 빵집' 이라는 곳으로, 6대에 걸쳐 내려오는 전통과 맛으로 유난히 많은 단골들을 확보하고 있었다.

사람들이 일을 마치고 집으로 돌아갈 때쯤이면 파오로아 빵집의 점원들은 더욱 눈코 뜰 새 없이 바빴다. 다양한 주문에 맞춰 빵을 구워내는가 하면, 여기저기로 움직이며 물건 값을 계산해 줘야 했고, 음식점 같이 많은 양의 빵을 사 가는 고객인 경우에는 배달까지 해야 했기 때문이다.

그런 발 디딜 틈도 없는 가게의 문 옆에 지저분한 천 하나만을 바닥에 깔고서 앉아 있는 사람이 있었다. 원래는 흰색의 천인 듯했지만 회색에 가까워진 천을 온몸에 둘둘 말고 있는 30대 중반의 사내였는데, 얼굴에는 땟국물이 줄줄 흘렀고 머리는 몇 년이나 감지 않은 듯 서로 엉겨 덩어리를 이루고 있었다. 한마디로 말해 어디서든 흔히 볼 수 있는 거지였다.

그 거지가 아무런 말도 없이 지나다니는 사람을 바라보며 앉아 있을 때, 빵을 사기 위해 줄을 서 있던 사람들을 헤치며 인상 좋아 보이는 한 중년인이 가게로부터 걸어나왔다. 초록색의 셔츠와 양손에 든 빵 주머니를 보니 한눈에 보더라도 파오로아 빵집에서 일하는 사람이라는 것을 알 수 있었다.

"룰루루루룰루! 배달입니다! 조금만 비켜주세요!"

그는 일을 하는 것이 즐거운지 콧노래를 입에 달고 있었는데, 누가 보더라도 미소를 지을 만큼 행복해 보였다. 그는 가게의 문 앞에 초라하기 이를 데 없는 행색으로 앉아 있는 거지를 발견하며 가던 발걸음을 멈추었다. 그리곤 그 거지의 몰골을 이리저리 둘러보며 물었다.

"누군가? 이 주변에서 못 보던 사람인데……."

중년인의 물음에 물끄러미 올려다본 거지는 누런 이를 드러낸 채로 씨익 웃으며 말했다.

"헤~ 떠돌이 점쟁이오. 알고 싶은 미래는 뭐든지 가르쳐 줄 테니 혹시 나에게 빵 한 조각이라도 줄 생각 없소?"

그의 입에서 풍겨 나오는 참을 수 없는 악취에 인상을 찌푸린 중년인은 혀를 찼다.

"쯔쯧, 나는 운명 같은 것을 믿지 않는 사람이야. 자기 일에 열심히 하면 좋은 일이 일어나게 되어 있는 것이 운명이지. 점 같은 것은 필요 없으니 이거나 받게나."

마음씨 착한 중년인이 점도 보지 않고서 손에 들고 있던 빵 주머니에서 큼지막한 빵을 두 개 꺼내어 그에게 내밀었다. 그러자 이게 웬 빵이냐 싶었던 거지는 입을 헤벌쭉 벌리며 급히 빵을 가로챘다.

"헤헤헷! 복받으실 거유, 아저씨! 점을 보지 않더라도 알겠소! 당신은 근 100년 이래 최고의 운명을 가진 사람이야!"

"나참, 겨우 빵 두 조각에 최고의 운명을 가진 사람으로 만들다니 자네도 대단하군. 보아하니 아직 젊은 것 같은데 이렇게 살지 말고 할 일이라도 찾아보게나."

말을 마친 중년인은 해야 할 일을 떠올리며 다시금 길을 재촉했다. 그 중년인이 사라지자 거지는 손아귀에 쥐어져 있는 따끈한 빵을 바라보며 입을 열었다.

"빵을 줘서 고맙긴 하지만 댁은 평생 힘들게 살 운명이야. 돈이 있으면 뭐 하나… 집안이 엉망인데."

하지만 거지는 그야 어떻든 남의 사정이고 일단 허기진 배를 달래야 했기에 손에 들린 빵을 한입 물었다.

"이야~ 정말 파오로마 빵집의 이름이 허명이 아니었군! 이렇게 맛이 있으니 유명해질 만도 한걸?"

그가 게걸스럽게 빵을 먹어치우고 있을 때 멀리서 한 무리의 사람들이 대화를 나누며 걸어오고 있었다. 두 쌍의 남녀였는데, 한쪽의 커플은 나이 또래가 맞아 보였지만 다른 쪽의 커플은 나이 차이가 상당해 보였기에 연인이라고 하기보다는 부녀지간이라고 해야 어울릴 듯 보였다.

"저기야, 저기! 어렸을 때 아버지 따라서 한번 와봤는데 정말 맛이 기가 막힌다니까!"

"애써 여기까지 찾아올 만큼 맛이 대단한 거야?"

이들은 크라이츠의 의견에 따라 시내로 나온 뮤스 일행이었다. 전뇌거를 세워둔 채로 시내의 곳곳을 구경하며 필요한 물건들을 구입하는 중이었는데, 카타리나가 맛있는 빵을 사겠다며 모두를 데리고 온 것이다.

뮤스와 카타리나의 대화에 끼어든 크라이츠 역시 이곳의 빵을 먹어본 적이 있는지 카타리나의 말을 돕고 있었다.

"호홋, 나도 예전에 이곳의 빵을 먹어본 적이 있단다. 그때가 아마 3대째였던가? 아무튼 오랜만에 맛을 보게 되는구나."

크라이츠의 말에 고개를 끄덕이던 가비르는 일행들에게 자랑이라도 하려는 듯 입을 열었다.

"허헛, 파오로아 빵집을 말하는 것이었군요? 마침 저곳의 주인이 저와 잘 아는 친구랍니다. 제가 가면 공짜로 주기도 하죠."

"어머나! 제국의 재상이라는 사람이 친구에게 빵을 공짜로 받다니… 그것도 뇌물의 일종 아닌가요?"

"그렇게 되는 건가요? 후훗."

즐거운 대화를 나누며 가게 앞에 도착하자 줄지어서 서 있는 손님들을 본 카타리나는 울상을 지었다.

"한참 동안 기다려야 되겠네… 이를 어쩌지?"

그녀의 울먹이는 목소리를 듣던 가비르 재상은 윙크를 살짝 하며 가게 옆으로 나 있는 골목을 가리켰다.

"걱정 마시죠. 친구 좋다는 게 다 뭡니까? 이쪽으로 들어가면 바로 친구를 만날 수 있죠."

"정말요? 그런데 저렇게 기다리는 사람이 많은데 그래도 되나요?"

"그런 것이라면 신경을 쓰지 않으셔도 됩니다. 그 친구 저 아니었으면 이 가게를 닫았어야 했을걸요? 오히려 제가 부탁만 하면 당장이라도 손님을 내쫓고 문을 닫을 수도 있을 정도니… 그러니 걱정 말고 이쪽으로 오시죠. 크라이츠님도 같이 가실 건가요?"

가비르의 물음에 잠시 골목 쪽을 들여다보던 크라이츠는 좁고 지저분한 건물의 벽을 보며 고개를 저었다.

"아무래도 이 차림을 하고서 그곳으로 들어가기는 싫군요."

"그럼 뮤스 군은?"

"저도 같이 들어가죠 뭐."

이렇게 해서 들어갈 사람들이 결정되자 가비르 재상이 앞장서서 골목으로 들어섰고 그 뒤를 카타리나와 뮤스가 따랐다. 혼자 남은 크라이츠는 팔짱을 끼고 서 있었는데, 혼자 남기가 조금 처량하게 느껴지기는 했지만 드레스가 벽에 쓸려 지저분해지는 것은 더욱 싫었기에 참을 수밖에 없었다.

빵을 우적우적 씹던 거지는 빵 가게 앞을 서성이는 크라이츠를 발견할 수 있었다. 척 보더라도 귀티가 나는 옷차림에 아름다운 얼굴, 상식적으로 생각해도 괜찮은 집의 여성이라는 것이 확실했고, 그런 여인일수록 점성술에 관심이 많다는 것을 알고 있는 거지로서는 운이 좋다면 또 한 끼를 해결할 수도 있을 것이라고 생각했다. 그랬기에 더 이상 생각할 것도 없이 먹던 빵을 숨기며 크라이츠를 향해 소리를 질렀다.

"그곳에 서 있으신 아름다운 아가씨, 나를 좀 보시오!"

그렇지 않아도 충분히 짜증이 나고 있는 상태의 크라이츠였기에 그의 부름에 고운 대답이 갈 리는 만무했다.

"뭐냐!"

몸을 얼려 버릴 듯 싸늘한 그녀의 눈빛이 거지의 전신을 훑고 지나가자 그는 섬뜩함을 느꼈다. 하지만 하루에 한 끼 먹기도 힘든 처지인 이상 이렇게 좋은 기회에 고개를 숙일 수는 없는 법이었다.

"누, 누구를 기다리시는 듯한데 그동안만이라도 혹시 점을 보지 않으시겠습니까? 모든 것을 맞출 수 있소!"

험한 소리를 각오하고서 던진 말이었다. 한데 의외로 크라이츠의 태도는 종전과 전혀 달랐는데, 빵을 사기 위해 빵집에 들어간 뮤스 일행을 기다릴 때까지 시간을 보낼 일이 생겼기 때문이다.

"점이라… 제대로 볼 줄은 아는 건가요?"

일이 술술 풀린다고 느낀 거지는 재빨리 고개를 끄덕이며 대답했다.

"제가 모습은 이렇지만 점 보는 것 하나만큼은 끝내준답니다! 사실 이렇게 사는 것도 물질에 대한 사심에 얽매이다 보면 하늘의 계시에 대한 감각이 둔해지게 되니 어쩔 수 없었던 것이죠."

"아아, 됐으니 사설은 그만 접어두고 빨리 점이나 봐줘요."

"헤헷, 뭐 그렇게 하도록 하겠습니다. 그런데 무엇에 대해 궁금하시죠?"

"음… 뭐 특별히 궁금할 것은 없고, 봄이니까 올 한해의 운에 대해서나 봐줘요."

"흐훗, 그렇게 하죠."

웃으면서 대답한 거지는 빤히 크라이츠의 얼굴을 바라보았다. 조금의 시간이 지나도 마찬가지이자 의아한 생각이 든 크라이츠가 물었다.

“그런데 왜 점을 안 보죠?”

“헤헤헷! 원래 세상은 모든 것이 정해진 상태에서 생성하게 됐으며 결론이 도출되기 위해서는 그에 따른 원인이 있어야 하며…….”

도저히 듣고 있을 수가 없을 헛소리에 짜증이 나버린 크라이츠는 소리를 빽 질렀다.

“그러니까 결론을 말해요!”

“쉽게 말하자면! 즉, 선금이란 뜻이죠. 헤헤, 제가 워낙 철두철미한 성격이라서요.”

원래 이런 부류의 인간들이 하는 짓이란 대부분 비슷했기에 크게 개의치 않기로 한 크라이츠는 손가방에서 은화 하나를 던져 주었다.

“이 정도면 되겠죠?”

생각지도 못한 은화에 눈이 휘둥그레진 거지는 연신 고개를 조아렸다.

“물론입죠! 잠시만 기다려 주십쇼!”

다시 뺏기라도 할까 무서운지 재빨리 은화를 숨긴 거지는 가슴에 품고 있던 보퉁이를 끌렀다. 그리곤 손을 넣어 무엇인가를 꺼냈는데, 손때가 반질반질 묻은 오래된 카드였다.

“저는 이 카드 점이 특기입죠. 이 위에 손을 올리셔서 잠시 집중해 주시겠습니까?”

거지의 요청에 크라이츠는 인상을 찡그렸다. 지저분하기 둘째가라면 서러울 듯한 물건에 손을 올리라고 하니 마음에 들지 않은 것이다.

“아무래도 좋으니 그냥 해요.”

잠시 벙찐 표정을 짓던 거지는 이내 헤픈 웃음을 지으며 고개를 끄덕였다.

"네네네! 뭐, 집중을 하면 좋겠지만 안 하더라도 큰 상관은 없죠! 자,
시작하겠습니다."

말을 마친 거지는 손에 든 카드를 잘 섞은 채 왼손 위에 올려놓으며
눈을 감고 중얼거리기 시작했다. 잠시 후 다시 눈을 뜬 그는 앞쪽에
카드를 내려놓으며 오른손을 이용해 하나씩 들췄고, 가장 윗부분부터
5장씩을 펼치기 시작했다. 이런 식으로 25장의 카드를 늘어놓고 정사
각의 모양을 만든 거지는 제멋대로 널려 있는 카드를 이리저리 맞추
기 시작했다. 그가 하는 양을 보던 크라이츠는 따분했는지 하품을 하
고 있었다.

"아직 멀었어요?"

하지만 거지는 그녀의 말을 듣지도 못한 것처럼 널려 있는 카드만
바라보고 있었는데, 더 이상은 헤프게 웃고 있는 얼굴이 아니었다.

"이상한 일이군. 부엉이 카드는 숨겨진 비밀을 뜻하는데, 이것 이상
은 도무지 볼 수가 없군요. 평생 이런 적이 없었는데… 나도 이제 그만
둘 때가 된 건가?"

거지가 씁쓸한 목소리로 자책 어린 말을 하고 있을 때 크라이츠는
내심 그의 능력을 인정하고 있었다.

'흠, 제법이긴 하군. 어렴풋하게나마 나의 정체를 밝혀낸 듯하니.
하지만 인간의 점성술로 드래곤의 운명을 점칠 수 있을 리가 없지.'

그녀가 이런 생각을 하고 있을 때 자조적인 웃음을 지은 거지는 어
느새 그녀에게 받았던 은화를 내밀고 있었다.

"헤헷… 아가씨, 이 은화는 받을 수가 없겠군요. 비록 이렇게 살아
가는 인생이지만 제가 하는 일에 대한 신념은 확실하답니다."

하지만 크라이츠는 거지가 점을 본 것에 대한 충분한 대가는 되었다

고 생각했기에 손을 내저으며 말했다.

"아뇨, 그럴 것 없어요."

"그럴 수는 없습니다. 다시 받으시죠."

"아니, 글쎄 당신의 품에 들어갔다 나와서 그 동전도 지저분해졌을 테니 돌려받기는 싫다니까요!"

이런 식으로 실랑이를 하고 있을 때 크라이츠의 등 뒤에서 그녀를 부르는 뮤스의 목소리가 들려왔다.

"누님, 뭐 하는 거예요?"

크라이츠에게 다가온 뮤스와 일행들은 그녀의 앞에 널려 있는 카드들과 거지를 번갈아 보며 살폈는데 도무지 알 수 없었던 뮤스는 고개를 갸웃거리며 물었다.

"이게 다 뭐예요?"

잠시 뮤스의 질문에 대답을 미룬 크라이츠는 좋은 생각이 났는지 손뼉을 쳤다.

"좋아요. 그럼 저는 됐으니 제 동생의 점을 한번 봐주는 게 어때요?"

그녀의 제안을 들은 거지는 뮤스의 얼굴을 올려다보며 고개를 끄덕였다.

"헤헷! 그렇게 해주신다면 저야 좋습니다. 이쪽으로 앉아보시죠, 도련님."

얼떨결에 거지의 앞에 앉은 뮤스는 무엇을 하는지도 모른 채 그가 시키는 대로 해야만 했고 그 모습을 보던 카타리나는 크라이츠에게 물었다.

"언니, 지금 뮤스가 뭘 하는 거죠?"

"호홋, 지금 점을 보고 있는 것이란다."

"점이오? 갑자기 점은 왜?"

"왜는 뭐가 왜니? 그냥 심심하니까 보는 거지. 가비르도 볼래요?"

그녀의 말에 빵을 한 아름이나 가슴에 안고 있던 가비르는 고개를 저었다.

"허헛, 그다지 보고 싶은 생각이 없군요. 별로 점이라는 것을 믿지 않는 성격이라……."

"그럼 말고요."

대화를 하던 일행들은 다시금 거지의 행동에 시선을 맞추었다. 그는 크라이츠에게 했던 것과 똑같은 방법으로 행동했는데, 이내 카드를 한 장씩 뒤집으며 바닥에 늘어놓기 시작했다. 그 모습을 보던 뮤스는 난 생처음 보는 카드가 신기한 듯 그림을 살피고 있었다. 거지는 카드를 한 장씩 뒤집으며 나뉘어진 그림을 하나씩 맞추어 나갔는데, 언젠가부터 그의 손은 미미하게 떨리고 있었다.

"이, 이럴 수가! 오늘 이게 무슨 일이지?"

"왜 그러시죠? 좋지 않은 운세라도?"

뮤스의 물음에 잠시 넋을 놓고 카드를 바라보고 있던 거지는 이야기를 꺼내기 힘든 듯한 얼굴이었다.

"괜찮아요. 좋지 않게 나와도 상관없으니 말해 보세요."

한번 고개를 끄덕여 보인 거지는 카드의 그림을 하나씩 짚으며 이야기를 꺼냈다.

"우선 낫이라는 것은 극히 좋지 않은 운을 말하고 있고, 이 뱀은 숨어서 노리는 적을 뜻하는 것이죠. 게다가 칼이 뒤집어져 있는 형상 역시 뱀과 비슷한 뜻으로 숨어 있는 위험을 뜻하는 겁니다. 또 이것을 보시죠, 도련님. 이 말의 그림은 끔찍한 경험을 하게 된다는 뜻입니다."

"그럼 좋지 않다는 말인가요?"

조심스럽게 묻자 거지는 답답하다는 듯 가슴을 치며 말했다.

"이것은 좋지 않은 정도가 아니라 아주 최악이란 말이죠! 평생 살다 이렇게 안 좋은 점은 본 적이 없을 정도니 더 이상은 말 안 해도 알겠죠?"

이렇게 말을 마친 거지는 서둘러 짐을 꾸렸다. 짐이래 봤자 바닥에 깔고 앉은 천과 카드가 다였지만 하나라도 잃어버리지 않으려는 듯 꼼꼼히 확인했다. 마지막으로 몸을 일으킨 거지는 손에 든 은화를 뮤스에게 던져 주며 말했다.

"이건 도련님이 가지시죠. 곧 닥쳐올 불행에 대한 나의 정성이라 생각하시고… 난 이만 가보겠습니다. 쯔쯧."

거지가 건네준 은화를 살피고 있을 때 그 거지는 휘적휘적 사람들 사이로 사라지고 있었다.

"과연 저 사람의 말이 맞을까?"

조금은 불안함이 섞여 있는 말을 하는 뮤스에게 다가간 카타리나는 손을 꼭 잡으며 웃었다.

"원래 이런 건 믿는 사람 마음인 거야. 자꾸 믿는다고 생각하면 마치 정말 그렇게 되는 것처럼 느끼는 것이거든. 그러니 신경 쓰지 마."

가비르 재상 역시 빵 사이에 가려 있던 손을 힘겹게 내밀며 그의 어깨를 두들겼다.

"카타리나 양의 말이 맞습니다. 점이란 것은 원래 믿는 사람 마음에 달린 것이죠. 이만 다른 곳으로 갈까요?"

잠시 불길한 생각을 가지던 뮤스는 그들의 위로에 마음을 안정시킬 수 있게 되었다.

“훗, 그렇겠죠?”

“이제 저녁은 제가 살 테니 식사나 하러 가시죠.”

앞장선 가비르 재상의 안내를 받으며 발걸음을 옮기는 뮤스는 다시 여유를 찾은 듯한 모습이었다. 하지만 그들의 뒤를 따르는 크라이츠만은 그렇지 않은 듯 얼굴이 딱딱하게 굳어 있었다.

“그냥 기분이겠지?”

스스로에게 질문을 던지던 크라이츠는 자신의 예감을 일행들에게 보이지 않기 위해 곧 기색을 지웠고 평소처럼 일행들 사이에 섞여 활기 찬 분위기를 만들며 즐거운 하루를 보냈다.

탈칵!

육중한 여행용 가방의 문을 닫으며 뮤스는 손을 털었다. 그는 지금 카타리나가 짐을 챙기는 것을 도와주는 중이었는데, 개학을 위해 라이델베르크로 떠나야 하는 날이기 때문이었다.

뮤스에게 지난 일주일은 꿈결과도 같은 시간이었다. 일 때문에 시간을 좀처럼 내지 못했던 뮤스를 위해 가비르 재상은 특별히 휴가를 내주었고, 그동안 함께 보내지 못한 시간들을 보상이라도 받으려는 듯 즐거운 한때를 보낼 수 있게 되었던 것이다. 덕분에 서로에 대해 한층 더 알아가는 시간을 가질 수 있었던 뮤스는 카타리나가 떠나는 것이 아쉽기는 했으나 편하게 다음을 기약할 수 있었던 것이다. 뮤스가 할 일을 끝내자 침대에 앉아서 옷을 정리하고 있는 카타리나에게 물었다.

“이제 다 된 건가? 다른 건 할 것 없어?”

듬직한 애인으로서 힘든 일을 도와주는 뮤스를 보곤 카타리나는 밝게 웃으며 말했다.

"풋, 이제 거의 다 됐어. 이 옷만 정리하면 되는걸?"

"응, 그렇구나. 이제… 우리 한동안은 못 보겠지?"

뮤스의 물음에 옷을 정리하던 카타리나는 잠시 손을 멈추었다.

"응, 그렇겠지. 하지만 네가 올 때까지 즐겁게 기다릴게. 보고 싶어도 꾹 참으면서."

"후훗, 그래. 나도 될 수 있는 한 빨리 끝내고 돌아가도록 할 테니까 조금만 참고 기다려 줘. 아참, 잠깐만!"

뮤스는 말을 하다 말고 깜빡하고 있는 것을 생각해 냈는지 허리춤에 매달려 있는 가방을 뒤지기 시작했다. 카타리나는 깔끔하게 차려입은 옷에 전혀 어울리지 않는 투박한 가죽 가방을 보며 웃었다.

"그 가방은 정말 한시라도 몸에서 떼어놓지 않는구나? 조금 샘이 나는걸? 나는 이제 멀리 떠나야 하는데 그 녀석은 네 곁에 찰싹 붙어 있으니……."

마침 가방에서 사진기를 꺼낸 뮤스는 그것을 흔들며 말했다.

"하핫! 그래서 사진이라도 찍으려고. 각자 한 장씩 나눠서 가지는 거야. 보고 싶을 때 그나마 사진이라도 보고 있으면 좋지 않을까?"

"음, 정말 멋진 생각이야."

"그럼 내가 먼저 찍어줄 테니까 머리 좀 다듬어봐. 옷도 좀 정리하고."

말을 하다가 멈춘 뮤스는 이내 고개를 저었다.

"아니, 지금 그대로가 딱 좋을 것 같아. 오히려 지금처럼 자연스러운 모습이 더 좋을 것 같아."

"풋, 알았어."

카타리나가 자세를 바르게 하고 준비를 하자 그녀를 향해 부드러운 미소를 지은 뮤스는 사진기를 들어 올렸고 가볍게 버튼을 눌렀다. 잠시 후 사진기의 앞쪽으로 사진이 나왔는데 천천히 카타리나의 모습이 떠오르고 있었다. 그것을 본 뮤스는 만족한 표정을 지었다.

"와! 실물보다 예쁘게 나왔는걸?"

"그래? 어디 나도 한번 보여줘."

"자, 여기."

뮤스가 건네준 사진을 받아 든 카타리나는 입술을 삐죽 내밀며 말했다.

"피! 실물이 훨씬 나은 걸 뭐!"

"그런가? 잠깐만 이렇게 서 있어봐, 비교해 보게."

사진을 들어 카타리나의 얼굴 옆에 가져다 대자 그녀는 조금 더 예쁘게 보이려 노력하는 모습이었다.

"어때? 실물이 훨씬 예쁘지? 응? 왜 대답이 없어?"

입가에 신비한 미소를 머금은 뮤스는 따뜻한 눈빛을 카타리나에게 보내고 있었다. 그는 지금 말로 표현할 수 없는 기분을 느끼고 있었고, 자신의 눈앞에서 귀여운 표정을 지으며 이리저리 움직이고 있는 연인이 그렇게 사랑스러울 수 없었다.

"뮤… 읍!?"

이성이 뮤스의 행동을 제지하려 하기도 전에 그의 입술은 저절로 움직여 깜찍하게 종알거리고 있는 카타리나의 입술을 덮었다. 가슴까지 전해오는 따뜻함과 살짝 물기를 머금은 부드러운 입술, 그리고 필설로는 형용할 수 없는 느낌들… 그리곤 잠시 후 큰 아쉬움을 남긴 채 입술을 떼어내며 그녀의 가녀린 몸을 안아주었다.

"응… 실물이 훨씬 예뻐. 카타리나, 사랑해."

앙중맞게 두 눈을 감고 있던 카타리나 역시 뮤스의 너른 등을 감싸 안았다.

"나도 사랑해. 너무나."

그들은 서로의 체온을 느끼며 마치 한 폭의 그림인 양 그렇게 서 있었다.

휘이익!

한데 좋은 분위기에 이것이 무슨 소리인가! 방문 쪽으로부터 분위기를 깨는 휘파람 소리가 들리는 것이었다. 이에 화들짝 놀란 뮤스와 카타리나는 급히 서로에게서 떨어지며 얼굴을 붉혔다.

"어머머머! 젊디젊은 한 쌍의 남녀가 이 무슨 위험한 짓이니? 응?"

말투는 그들을 꾸짖는 것이었지만 왠지 좋은 것이라도 발견한 것처럼 신이 난 듯한 크라이츠의 목소리였다. 그녀의 얼굴을 확인한 뮤스는 난처해진 모습으로 변명을 하려 했다.

"저, 누님… 그런 것이 아니라 그저……."

"호호훗! 그런 것이 아니라 키스를 하려는 것이었다는 말이니? 많이 성장했구나, 뮤스 드라켄?"

도서히 말로 상대가 안 됨을 느낀 뮤스는 크라이츠가 무슨 말을 하든지 간에 묵묵히 들을 각오를 하고 있었다. 하지만 평소답지 않게 더 이상 아무런 말도 하지 않았는데, 이럴 때는 속이 깊은 누나의 모습이었다.

"풋, 이제 전뇌거가 준비되었으니 얼굴 그만 붉히고 내려가자꾸나, 카타리나."

"네… 네!"

뮤스와 카타리나가 이 정도로 끝난 것에 가슴을 쓸어 내리고 있을 때, 크라이츠는 아무리 생각해도 조금 아쉬운지 장난기 어린 미소를 지으며 한마디를 덧붙였다.

"그런데 너희 기분 충분히 이해하지만 문 정도는 닫아놓아도 되지 않을까? 혹시라도 모르니까 말이야. 호호홋!"

역시 그녀가 어떤 행동을 하고 있더라도 본성까지 버릴 수 없음을 여실히 보여주고 있었다.

뮤스, 카타리나, 그리고 크라이츠는 황궁의 입구 쪽으로 걸어나오고 있었다. 방으로부터 나오는 데만 해도 상당한 시간이 걸렸기에 무거운 카타리나의 짐을 대신해서 들고 나오는 뮤스는 뇌공력까지 사용해야 했는데 반해 두 여인은 빈 몸으로 여유롭게 대화를 나누며 편안하게 움직였다. 황궁의 입구 앞에 세워진 여러 대의 전뇌거 중 한 대에 카타리나의 짐을 모두 실은 뮤스는 어깨를 풀며 카타리나에게 다가갔다.

"짐은 다 실었어. 가는 도중에 위험한 일은 없겠지?"

"응, 드워프 아저씨들도 계시고 그쪽으로 움직이는 분들이 많아서 호위병들까지 같이 움직이니까 괜찮을 거야."

그녀의 말대로 켈트의 형제들은 라이델베르크로 함께 돌아가기로 결정을 했는데, 이곳에 모두 머물게 된다면 공학원에서 일을 하는 노동자들에게 문제가 생기게 되는 것은 물론이고 벌써 세 달이나 손을 보지 않은 채 방치된 설비에 이상이 생기기 때문이었다. 그렇기에 켈트와 크라이츠, 그리고 뮤스는 이곳에 남게 되고 나머지 드워프들은 공학원으로 돌아가게 된 것이다. 대관식에 얽힌 사건 때 드워프들의 무위를 직접 목격한 뮤스로서는 한결 안심이 되고 있었다.

"그럼 다행이고. 도착하자마자 꼭 편지하도록 해. 아참."

말을 잠시 끊은 뮤스는 가방으로부터 편지 몇 개와 책 한 권을 꺼내
며 카타리나에게 건네주었다.

"이건 내가 친구들한테 쓴 편지거든. 봉투에 이름이 적혀 있으니까
전해줘. 그리고 아로인 누나에게 전하는 편지와 책이야. 이 책은 내가
시간 있는 틈틈이 화공학에 대해 정리해 놓은 것이니까 누나가 연구를
시작하는 데 도움이 됐으면 한다고 전해줘. 그리고 자세한 것은 같이
출발하는 드워프 아저씨들께 부탁해 뒀으니까 그분들께 부탁하라는 말
도."

꽤나 길어지는 당부를 듣던 카타리나는 편지를 흔들며 말했다.

"그렇게 말하지 않더라도 이 안에 다 써 있지 않을까?"

"응? 그, 그렇긴 하지."

"그러니 이제 그만 설명해 줘도 괜찮아."

"난 그냥… 너무 보고 싶을 거야."

카타리나 역시 뮤스와 당분간 헤어진다는 것이 서운했지만 그의 마
음을 안정시키기 위해 애써 참고 있었다. 그리곤 손가방에 들어 있던
사진을 꺼내며 흔들었는데 방에서 나오기 직전에 크라이츠에게 부탁해
서 둘이 함께 찍은 사신이었다.

"자, 봐! 우린 이렇게 함께 있잖아. 그러니까 하는 일 열심히 하고
빨리 돌아와! 알겠지?"

"후훗. 그래, 알았어."

그들이 아쉬워하며 작별 인사를 나누고 있을 때 앞쪽 전뇌거에 타고
서 떠날 준비를 하고 있던 드워프들이 외쳤다.

"이봐, 뮤스! 우리한테는 작별 인사도 안 하는 건가?"

"너무하는군. 그렇게 애인만 챙기다간 미움받지!"

"헐헐, 가는 길에 카타리나 양을 괴롭힐 거야!"

드워프들을 진정시키기 위해 그들을 향해 손을 한번 크게 흔든 뮤스는 카타리나의 손을 잡고서 앞쪽의 전뇌거들이 서 있는 곳까지 걸어갔다. 그곳에는 아우들과 작별 인사를 하는 켈트가 있었는데, 입으로야 아쉬움을 표하고 있었지만 얼굴은 오히려 속이 시원한 모습이었다.

"금방 일 끝내고 갈 테니 가서 일 잘하고 있으라고! 괜히 술만 퍼마시지 말고!"

"걱정 마슈. 우리가 성실과 근면 하나로 먹고 사는 드워프들 아니우!"

"입만 살았군 그래."

뮤스는 드워프들이 작별 인사 같지도 않은 작별 인사를 하고 있는 사이에 끼어들며 문을 열었다.

"아저씨들, 카타리나 잘 부탁해요!"

가장 앞에 앉아 안쪽으로 자리를 비켜주던 레딘은 뮤스의 말이 못마땅하다는 투로 혀를 찼다.

"쯔쯧… 고작 작별 인사가 그건가?"

"그래도 제일 믿는 분들이니까 카타리나를 부탁하는 거예요. 자, 카타리나, 어서 타."

그의 말을 들은 카타리나는 고개를 숙이며 레딘이 비켜준 자리에 올라탔다. 자리를 잡은 그녀는 힘없이 웃으며 말했다.

"그럼 나 먼저 갈게."

탁!

마지막으로 전뇌거의 문을 닫자 뮤스는 이제 한동안 헤어져야 한다는 것을 실감할 수 있었다. 유리창을 몇 번 두들긴 뮤스는 자신을 바라보고 있는 카타리나를 향해 손을 흔들었다.

"조심해서 가! 알았지?"

몇 번이고 작별 인사를 했지만 성에 안 차는지 한번이라도 더 목소리를 들려주기 위해 입을 열었다. 카타리나 역시 안타까운 표정으로 창밖에 서 있는 뮤스를 향해 손을 흔들고 있었는데, 이들의 애정 행각에 짜증을 느낀 브라이덴은 둘의 사이를 한시라도 떼어놓고 싶은지 전뇌거를 빠르게 몰아가기 시작했다.

총 여섯 대의 전뇌거가 황궁 중앙로를 따라 줄을 지어 움직이자 그들을 환송 나온 사람들은 다시 만날 날을 기약하며 손을 흔들었고, 이제 일행을 떠나보내고 남게 된 뮤스와 켈트, 그리고 크라이츠 역시 그 사이에 끼어 있었다.

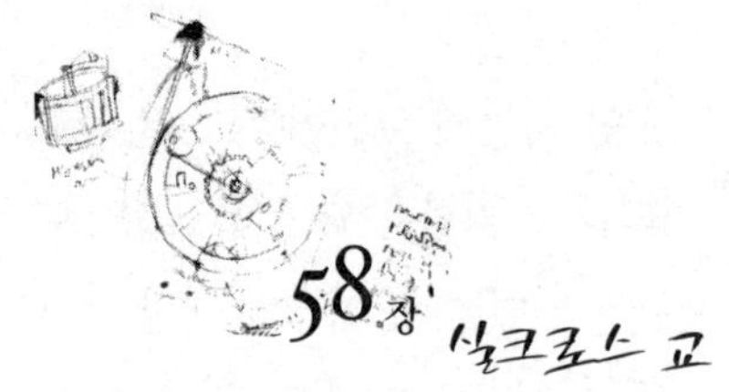

58장 실크로스 교

불과 몇 달 전만 해도 야외 산책로로 쓰이던 뒤뜰에 엄청난 크기의 임시 건물이 세워졌다. 철골에 강화 합판을 두른 이 건물의 높이는 무려 30멜리에 달했고 실내 면적만도 5,000평방 멜리에 달했기에 건물로써는 엄청난 규모였다. 비록 임시 건물이라 하더라도 이 정도 규모의 건물을 짓기 위해서 들어가는 예산이 만만치 않았는데, 이곳이 바로 쥬론 공국과 벨링을 이어줄 실크로스 교를 건설하기 위한 작업장이었다. 그렇기에 황실은 충분한 예산을 지원해 주었고 마땅한 곳을 찾던 차에 넓이나 위치 면에서 유리한 이곳을 택하게 된 것이다.

작업장은 그 설계도 특이했다. 작업 시에 일어나는 먼지를 효과적으로 배출하기 위해 황궁 건물의 반대 편으로 수십 개의 배기통이 있었고, 황궁의 내부 터인만큼 소음에 민감해야 했기에 소음을 흡수하는 방음판을 건물의 내벽에 장치한 상태였다. 그 덕에 내부의 모습은 한층 딱딱해 보였지만 지금은 효율이 우선이었기에 그쯤이야 어찌 되었든 좋았던 것이다.

작업장의 한 켠, 뮤스를 비롯해 십여 명의 사람들이 통나무로 깎아 만든 탁자의 주변에 둘러서 있었고, 그 탁자의 위에는 상당한 크기의 설계도가 펼쳐져 있었다.

뮤스를 바라보고 있는 십여 명의 사람들은 제국의 각지에서 능력이 있다고 소문난 토목가들이었는데, 그들의 실력을 높이 사 이곳까지 초청한 것이다. 처음에야 나이 어린 뮤스에게 지휘권이 있다는 것을 달갑게 생각하지 않았지만, 시간이 지나고 설계도가 완성되자 토목가들은 그를 인정할 수밖에 없었다.

뮤스는 한 손에 회색 덩어리의 무언가를 쥐고서 사람들에게 설명을 하는 중이었다.

"이것은 건축이나 토목 시 바위들 간의 접착을 위해 쓰던 석회, 석고 혼합물인 양회(시멘트)를 응고시킨 것입니다."

갑자기 뮤스가 손에 힘을 주며 움켜쥐자 그것은 먼지를 내며 부서져 내렸다.

"하지만 지금까지 이것은 너무나 무르기 때문에 접착용 외에는 쓰지 못했습니다. 그래서 결국 또 다른 재료를 만들어내게 되었는데, 지난 한 달 동안 실험을 통해 기존의 양회보다 빨리 굳고 화학 반응에 강한 동시에 강도도 높은 재료가 탄생하게 되었습니다. 별다른 명칭을 붙이지는 않았지만 의사 소통을 위해 '실크로스 양회'라고 부르도록 하겠습니다. 이 실크로스 양회는 기존의 양회에 알루미나질의 원료를 적당한 비율로 혼합하여 용융함으로써 만들어집니다. 바로 이것이 그 견본입니다."

설명을 하던 뮤스는 또 다른 덩어리를 들어 이리저리 돌려 보였고 바로 옆에 서서 설명을 듣던 사람에게 건네주었다.

"한 번씩 만져 보시기 바랍니다."

토목가들은 저마다 자신에게 돌아온 실크로스 양회덩어리를 이리저리 만져 보고 준비된 망치로 때려보기도 했다.

그럴 때마다 모두들 각기 다른 표정을 지었지만 결국은 실크로스 양회의 강도에 대한 놀라움으로 귀결되었다. 그들 중 뮤스의 반대 편에 서 있던 한 노년인이 실크로스 양회를 힘껏 두들겨 보며 입을 열었다. 그는 라이부크에서 이곳까지 온 건축가였다.

그의 이름은 시몬. 비록 나이는 많았지만 그만큼 뛰어난 토목 기술로 정평이 나 있었기에 제국의 여러 곳에서 일거리 섭외가 끊이지 않는 인물이었다.

"이럴 수가! 마치 한 덩어리의 바위 같군. 양회가 이런 강도를 지닐 수 있다니… 혹시 돌아갈 때 이 실크로스 양회를 만드는 법 좀 가르쳐 줄 수 있겠나?"

뮤스는 서슴없이 고개를 끄덕였다.

"하핫. 물론이에요, 시몬 할아버지. 가시기 전에 꼭 가르쳐 드리도록 하겠습니다."

"허헛, 고맙군. 내 다음에 거나하게 한잔 사겠네!"

술에 대해 좋은 기억과 나쁜 기억을 동시에 가진 뮤스로서는 그의 호의를 받아들여야 할지 말아야 할지 몰랐다. 이제 실크로스 양회에 대한 설명이 끝나자 이제는 설계도 위로 시선을 옮기며 설명을 계속했다.

"물론 실크로스 양회가 강도가 세긴 하지만 두 가지의 치명적인 단

점이 있습니다. 그중 하나는 실크로스 양회만으로는 강도가 아무리 세다 하더라도 견딜 수 있는 힘에 한계가 있다는 것이고, 또 다른 것은 실크로스 교의 공사에 들어갈 만큼 많은 양의 양회를 만들 수가 없다는 것이죠. 그렇기 때문에 저는 몇몇 분들과 함께 실험용 견본을 만들어보게 되었는데 바로 저 뒤로 보이는 것이 그것입니다.”

뮤스가 가리키는 곳을 바라보자 대충 다섯 아름은 되는 두께와 10멜리 정도 되는 높이를 가진 기둥이었다.

“저것은 실크로스 양회에 모래, 자갈, 물을 섞어서 만든 재료를 사용한 것입니다. 그로 인해 엄청난 하중을 견딜 수가 있게 되었습니다. 하지만 여기에도 치명적인 약점이 있더군요. 그것은 하중은 얼마든지 견딜 수 있지만 측면에서 오는 충격에는 크게 약하다는 것입니다. 즉, 교량에 부딪쳐 오는 강바람의 힘을 견디지 못하고 옆으로 부러져 버릴 수도 있다는 것입니다.”

그의 설명은 척척 진행되어 갔고 토목가들 역시 전혀 새로운 이론을 접하면서 흥분한 모습이었다.

“고민 끝에 측면 충격에 대비하기 위해 교각의 내부에 철근을 넣어보기로 했습니다. 이 경우에는 또 한 가지 염두에 두어야 할 것이 있는데, 철과 양회 간의 열팽창계수가 같아야 한다는 것입니다. 열을 받을 때 많이 팽창하는 철근과 양회의 열팽창계수가 같지 않아 여름에 열을 받는다면 함께 부서져 버릴 것입니다. 이것을 맞추기 위해 상당한 시간을 쏟았는데, 그 결과 상당히 만족하는 수준의 강도를 얻게 되었습니다.”

토목가들의 수장 격인 시몬은 그의 철두철미한 설명에 입을 다물지 못하고 있었다.

"완전히 개념부터가 다른 공법이군. 쌓는 것이 아니라 말 그대로 만드는 것이라니… 그렇다면 우리가 할 일은 무엇인가?"

"지금부터 여러분들은 이 새로운 공법을 익히시고 공사 전반에 걸친 감독을 하셔야 할 것입니다. 사실 저야 기술력을 지원해 드리지만 토목일이라는 것은 수많은 사람들이 동원되는 일이기에 여러분들이 아니면 일꾼들을 통솔할 능력을 가진 사람은 없을 것입니다."

"허헛, 역시 젊은 친구가 제대로 알고 있군."

"그럼 자세한 것은 이 설계도에 기입해 두었으니 천천히 설명해 드리기로 하죠."

그때부터 토목가들에게 세밀한 설명을 하기 시작했는데, 공법을 제안한 것은 뮤스 자신이었지만 이 분야에 대해 평생의 노하우를 지닌 토목가들에 비해 모르는 것도 많았기에 거의 회의 같은 분위기였다. 하지만 서로가 서로를 인정하는 만큼 빠른 진척을 보이고 있었다.

하루의 일과를 마친 뮤스는 시원하게 샤워를 하고서 머리를 말리며 샤워실을 걸어나왔다. 카타리나가 이곳을 떠난 이후로 한동안은 적적했지만 일거리가 너무나 많았기에 금세 현실에 적응을 해야만 했고, 가끔씩 보내주는 그녀의 편지 또한 그에게 큰 힘이 되어주었기에 평소와 같은 생활을 할 수 있게 되었다.

물론 벌쿤과 다른 친구들에게도 편지가 왔기에 그곳의 소식을 잘 알 수 있었다. 얼마 전에는 아로인이 공학원에서 연구를 시작했다는 말과 함께 공학원의 소식을 전해왔는데, 모든 일이 예전에 버금가는 수준으로 돌아가고 있다는 것이었다.

한편으로 걱정스럽던 일이 잘되고 있다고 하니 한결 마음이 가벼워진 뮤스는 지금 하는 일에 모든 정성을 쏟을 수 있게 되었다. 샤워실에서 나오자 교량의 모형을 가지고 끙끙 앓고 있는 켈트가 눈에 보였다. 그는 지금 설계도에 있는 교량을 그대로 축소한 모형을 만드는 중이었는데, 설계도의 세밀한 부분까지 그대로 재현하려니 손이 많이 갔기 때문이었다.

"아저씨, 잘되어가요? 이제 자재 확보는 끝났고 다음 주부터 기초공사에 들어가니까 그 전에 완성하셔야 해요!"

여지없는 고용인의 말투에 모습이었다. 잠시 조각도를 내려놓은 켈트는 인상을 찌푸리며 투덜거렸다.

"내가 왜 이런 짓을 해야 하냐? 분명 인간의 일을 돕지 않겠다고 했는데!"

"하핫! 그걸 만드는 건 인간의 일이 아니라 저를 도와주시는 거예요. 그러니까 잘 부탁드려요."

"나원 참, 그런데 이런 위험한 구조가 정말 가능한 것이냐? 물론 모형이야 힘을 크게 받지 않으니까 만들 수 있다고 하지만 실제로 이 '분리교판'이 스스로의 무게를 견뎌낼 강도가 될지……."

수건으로 머리의 물기를 여러 번 털어낸 뮤스는 수건을 소파 위로 던지며 켈트에게 다가가 분리교판이라 불리우는 곳의 연결 부위를 가리키며 말했다.

"그래서 이 부분을 세 겹으로 할 생각이에요. 계산상으로는 한 겹이라도 충분히 견딜 수 있지만 지진의 강도가 언제 얼마만큼 변할지는 모르는 일이니까요."

"흠, 세 겹이라… 철근이 들어간 실크로스 양회라면 충분하겠군. 그런데 지진의 진척 상황은 어때?"

켈트의 물음에 뮤스는 가볍게 웃으며 고개를 저었다.

"저도 사람인 이상 그것을 알 수는 없죠. 하지만 지진계의 수치상으로 큰 변동을 보이지 않는 것을 봐서는 공사에는 별 무리가 없을 듯해요."

신이란 말을 들은 켈트는 잠시 만들고 있던 실크로스 교의 모형을 물끄러미 바라보며 고개를 끄덕였다.

"그래도 이 녀석이라면 충분히 견뎌줄 수 있겠지?"

"지금보다 더한 지진에 대해서도 충분히 버틸 수 있도록 설계를 했으니 괜찮아요. 공사 중에 지진이 일어난다면 일이 어렵게 되겠지만, 지진계를 곳곳에 설치해서 관찰하고 있으니 미리 대비할 수 있어요."

"허헛. 녀석, 날이 갈수록 철저해지는군."

"원래 조금의 실수가 큰 화를 부르는 거잖아요. 저도 이제 도울 테니 함께하도록 하죠."

코밑을 한번 쓸어본 뮤스가 조각도를 들고 다가오자 켈트는 쌍수를 들며 반가워했다.

"오호! 듣던 중 반가운 소리군. 난 설마 이걸 전부 나에게 떠맡기는 줄 알았거든."

"설마 그럴 리가 있겠어요?"

"흠, 또 모르지."

"에이… 어서 일이나 하자고요."

뮤스는 조각도를 실크로스 교 모형에 가져다 대며 파내기 시작했고, 켈트 역시 하던 일을 계속하기 시작했다. 둘의 손놀림은 리듬을 탄 듯 부드럽기도 했고 때로는 거칠 것 없이 강하기도 했다. 이렇게 또 하루가 흐르고 있었다.

　새벽의 안개와 같이 희뿌연 연기가 뮤스의 시야를 가리고 있었다. 길을 잃은 듯 이리저리 방황하던 뮤스는 이상한 기분에 발 아래를 내려다보자 발목까지 물이 차 있었다.

　"여긴 어디지?"

　도무지 이곳이 어디인지 알 수 없었던 뮤스는 불안한 기운을 느끼며 주변을 살폈다. 하지만 멀리까지 안개만 퍼져 있을 뿐 시야에 들어오는 것은 아무것도 없었다. 그는 무작정 걸음을 옮겼다. 발끝으로 채이는 물에 기운이 빠졌지만 어디로든 가야만 했다.

　촤악! 촤악!

　얼마나 지났을까? 눈앞의 안개가 서서히 걷히며 웅장한 구조물이 드러나고 있었다. 아직도 남아 있는 안개 때문에 그것이 무엇인지 확인할 수는 없었지만 그 크기만큼은 정녕 대단한 것이었다. 궁금함에 다가가려 해도 그것과의 거리는 줄어들지 않았다. 뛰어보아도 마찬가지였다. 이제는 지쳐 멍하니 그것을 바라보고 있을 때 갑자기 천둥 소리에 버금가는 굉음이 들려오기 시작했다.

　쿠쿠구구구궁! 쿠쿵!!

　그와 동시에 눈앞에 서 있던 구조물은 신기루였던 양 힘없이 허물어지고 있었는데, 그곳으로부터 튄 바윗덩어리들이 뮤스가 있는 곳까지 날아와 주변에 떨어지며 그를 위협했다. 또 하나의 집채만한 바윗덩어리가 날아오고 있었다. 이번에는 그의 주변이 아닌 정면이었다. 다급한 마음에 다른 곳으로 피하려 했지만 발목까지 차 있는 물이 아교라도 되는 듯 움직일 수 없게 했고, 오직 자유로운 곳은 머리와 팔뿐이었다. 바윗덩어리는 점차 그의 시야를 가득 메우며 다가오고 있었다.

"으아아악! 살려줘! 헉! 헉!"

뮤스는 비명을 지르며 잠에서 깨어났다. 이마에는 식은땀이 흘렀고 입으로는 가쁜 숨이 새어 나왔다. 익숙한 목조 천장을 보고서야 그 끔찍했던 일이 꿈이란 것을 깨달은 뮤스는 손으로 얼굴을 쓸어 내렸다.

"후우~ 오랜만에 꾸는 악몽이군. 내가 너무 실크로스 교의 일에 신경을 쓰고 있는 것인가?"

창을 통해 밖을 보니 아직 어스름한 어둠이 내려앉아 있는 새벽이었다. 목이 마르다고 생각한 그는 침대에서 내려가려 했는데 웬일인지 다리가 움직이지 않는 것이었다.

"이, 이게……."

이것이 꿈의 연장일지도 모른다는 생각에 깜짝 놀란 뮤스는 급히 이불을 걷었다. 그러자 그의 다리 아래에서 켈트가 잠을 자고 있는 것이 아닌가! 한데 그는 마치 애인이라도 되는 양 뮤스의 다리를 꽉 안고 있는 상태였다.

"나참, 분명히 잘 때까지만 해도 제대로 자고 있었는데 언제부터 이러고 있는 거야."

힘겹게 켈트를 다리에서 뜯어(?)낸 뮤스는 탁자 위에 올려진 물병을 들고 목을 축였다. 그리곤 방을 한번 둘러보았다. 작업 때문에 어질러져 정신이 없는 방이 친숙하게 느껴지고 있었다.

다시 잠이 올 것 같지도 않던 그는 책상머리에 앉아 전뇌력으로 가동되는 소형 조명을 켰다. 이렇게 기분이 뒤숭숭할 때에는 일을 하는 것이 최고라고 생각했기 때문이다. 계획을 정리해 놓던 노트를 펴고 잉크를 준비했다. 하지만 책상 위에서 깃펜이 보이지 않자 이리저리 찾아보던 뮤스는 책상 서랍을 열었다. 역시 생각대로 그곳에는 흰색 깃으로 만들어진 펜이 몇 개 준비되어 있었다. 그중 하나를 고르려던 중 그의 눈에 반짝이는 물체가 눈에 띄었다. 그것이 무엇인지 살펴보기 위해 손을 넣었더니 얼마 전 점을 쳐주던 거지에게서 받은 은화임을 알게 되었다.

"후훗, 보이지 않는 위험이 도사리고 있다고? 끔찍한 일을 목격하게 된다고? 후훗, 말도 안 돼. 누가 날 노리는 것도 아니고 실크로스 교의 일도 잘못될 리가 없어. 내 계산은 완벽하단 말이야."

그는 자신도 모르게 거지가 점친 내용을 머리에 담아두고 있었음을 느끼고 스스로에게 용기를 심어줄 겸 그렇게 위로를 하며 그 은화를 손아귀에 쥐고서 뇌공력을 흘렸다. 그리곤 잠시 후 손을 펴자 은화는 이미 뇌공력에 의해 발생한 열에 녹아 액체가 되어 있었다. 액체를 방바닥에 흘려 버린 뮤스는 발로 그것을 짓밟으며 말했다.

"그래, 절대 그런 일은 없어!"

굳은 의지를 보여주는 목소리와 함께 창밖의 건물 지붕으로 또다시 하루의 시작을 알리는 동이 터오고 있었다.

5월의 중순, 계절에 어울리게 젠타카 강의 맑은 물 위로 푸른 하늘과 구름이 비춰지고 있었고 강변에 돋아난 풀 사이에 피어 있는 들꽃들은 풋풋한 아름다움을 풍기며 잔잔한 바람에 하늘거리고 있었다. 그러나 예년 같았으면 낮잠을 자며 느긋한 봄의 한때를 보낼 수 있었던 들꽃들은 시끄러운 사람들의 소리에 몸살을 겪어야만 했다.

"그 방향이 아니야! 전뇌거중기를 옆으로 돌려!"

"철근을 단단히 박아 넣어! 그리고 철사로 단단히 엮으라고!"

"그곳은 탑형 거중기가 들어갈 곳이야! 자재를 다른 곳으로 옮겨!"

이런 일은 오늘이 처음이 아니었다. 불과 두 달 전만 해도 따분할 정도로 조용하던 이곳에 어느 날부터인가 수백 명의 사람들이 몰려들기 시작했는데, 그 후로 이 일대는 매일같이 사람의 입에서 나오는 고함 소리와 작업 중에 발생하는 소음으로 뒤덮여 있는 것이다. 이곳이 바로 실크로스 교의 대공사가 이루어지고 있는 곳이었다.

젠타카 강의 강둑 위에서부터 시작된 실크로스 교의 교대 높이는 20멜리 정도였고 폭은 12멜리 정도였다. 아직 교량의 윗부분이 올라가지 않은 상태였기에 일반적인 교량의 모습과는 동떨어져 있었지만 젠타카 강의 중간중간 30멜리마다 세워진 교각으로 보아 심상치 않은 공사 규모임을 쉽게 알 수 있었다. 또한 폭이 100멜리 정도만 되더라도 교량 세우기를 포기하고서 배를 이용하는 토목 기술에 비추어볼 때 전장이 150멜리가량의 교량이란 말 그대로 엄청난 것이었다.

그런데 일꾼들이 분주히 움직이고 있는 공사 지역을 먼발치에서 바라보고 있는 인물들이 있었다. 그들은 실크로스 교의 공사 상황을 시찰하기 위해 나온 젊은 황제와 가비르 재상, 그리고 직, 간접적으로 이 일에 관련된 귀족들이었는데, 뮤스로부터 공사의 개요에 대해 설명을 듣는 중이었다. 뮤스는 켈트와 함께 만든 실크로스 교 모형의 앞에 서서 현재 진행 중인 상황을 설명을 하고 있었다.

"지금은 교각이 시작하는 곳과 끝나는 부분인 양쪽 교대와 교체(마차 따위가 지나다닐 수 있는 교량의 윗부분)를 지지할 세 개의 교각이 완성된 상태입니다. 하지만 정작 어려운 공사는 들어가지 못하고 있는데, 지진계에 의해 측정된 바로는 수일 이내에 지진이 한 번 일어날 확률이 높기 때문입니다."

뮤스의 설명을 듣고 있는 태도도 여러 가지였다. 황제나 가비르 재상과 같이 주의 깊게 듣고 있는 사람이 있는가 하면 뮤스의 행동을 살피는 사람도 있었고, 이야기보다는 공사를 하고 있는 현장에 관심이 많은 자도 있었다. 하지만 지난 몇 달 간 신물나게 겪어온 일이었기에 뮤스는 별달리 신경을 쓰지 않고 있었다. 그의 설명을 듣던 황제는 고개를 갸웃거리며 물었다.

"뮤스 군, 궁금한 것이 하나 있군요."

"네, 말씀하시죠, 폐하."

"지금 공사 중인 교량의 모습이나 뮤스 군의 뒤에 있는 모형을 본다면 지금까지와는 전혀 다른 모습의 교량인 것은 알겠는데, 지진에 대해 어떻게 효과가 있는지가 궁금합니다."

황제의 말이라면 말 한마디라도 빠뜨려 듣지 않는 귀족들은 각자 가지고 있던 관심사를 잠시 접으며 황제의 말에 아부성 동의하고 있었다.

"폐하, 그것은 저도 궁금했던 참입니다."

"아주 훌륭하신 질문이군요!"

그들의 사심 섞인 말을 듣던 황제는 미간을 찌푸렸는데 자신에게 잘 보이려는 그들의 속셈이 훤히 보이는 이상 달갑게 들릴 리 없었기 때문이다.

"경들은 조용히 좀 하시오! 짐은 경들의 아부를 듣고 싶은 것이 아니라 뮤스 군의 대답을 듣고 싶소!"

황제가 따끔하게 꾸짖자 당황한 표정을 지은 두 명의 귀족은 급히 입을 다물었다. 오히려 뮤스에게 달갑지 않은 눈총을 꽂는 것도 잊지 않은 채. 사실 이러한 일은 지금껏 다반사로 일어나고 있었다. 뮤스를 유난히 총애하는 황제는 그와 있을 때면 다른 귀족들은 안중에도 두지 않았기에 간간이 업신여기는 행동을 하게 되었는데, 그럴 때마다 번번이 애꿎은 뮤스가 그들의 시기를 사야만 했다. 하지만 이를 모르는 뮤스와 황제는 친숙하게 대화를 나눌 뿐이었다. 뮤스는 몰래 한숨을 한번 내쉰 후 모형 실크로스 교의 교체를 가리키며 말했다.

"그 비밀은 실크로스 교의 교체에 있습니다."

"교체라면 마차나 사람들이 지나다니게 되는 부분을 말하는 것입니까?"

"네, 그렇습니다. 보통 지진이 일어나게 되면 가장 쉽게 내려앉는 곳이 바로 그 부분인데, 보통의 경우 교각의 높이가 조금만 변동하게 되면 하나로 연결된 교체는 자체의 무게를 이기지 못하고 교각이 내려간 부위부터 부서져 버리는 것입니다."

뮤스가 손짓을 해가며 시범을 보이자 황제는 고개를 끄덕였다.

"아! 그것은 이해가 되는군요. 그렇다면 실크로스 교의 교체는 어떻게 되어 있길래 그러한 약점을 보완하게 된 것이죠?"

황제가 물어올 것임을 미리 알고 있었던 뮤스는 실크로스 교 모형의 교체 부위를 잡아 올렸다. 그러자 교체는 애초 접착을 시키지 않은 듯 손쉽게 분리가 되는 것이었다. 손에 들린 교체의 일부분을 황제에게 보여주며 뮤스는 자신감있는 표정으로 말했다.

"바로 비밀은 이것입니다. 교체를 처음부터 부러뜨려 놓는 것이죠."

그의 말에 황제와 가비르 재상, 그리고 귀족들까지 입을 쩌억 벌리고 있었다. 교체란 것이 무엇인지 충분히 알고 있는 그들이었기에 뮤스의 말은 놀람을 넘은 경악이었다. 쉽게 말해서 이미 부러진 다리를 건너야 한다는 것과 같은 말로 들렸기 때문이다. 한동안 황제와 뮤스가 대화할 수 있도록 잠자코 있던 가비르 재상이 놀라움을 견디지 못하고 물었다.

"그, 그것이 무슨 황당한 말씀이십니까? 교체를 부러뜨린다니요!"

가비르 재상의 물음에 어깨를 으쓱한 뮤스는 손에 들린 모형 교체를 다시금 실크로스 교 모형에 끼워 넣으며 대답했다.

"말 그대로입니다. 교체를 미리 부러뜨려 움직임이 자연스럽게 하는 거죠. 이런 반응이 있으실 줄 미리 알았기에 이 모형을 준비한 것입니다. 이 모형은 실크로스 교의 실제 설계대로 똑같이 제작했을 뿐만 아니라 받침까지 젠타카 강의 지각을 그대로 재현한 것입니다. 제가 방금 보여드린 대로 이 모형 실크로스 교의 모든 교체는 접합이 되어 있는 것이 아니라 그냥 얹어져 있는 상태입니다. 자, 한번 보시죠."

미소를 지으며 말을 마친 뮤스는 모형의 모서리에 붙어 있는 스위치를 눌렀다.

드르르르륵!

그와 동시에 모형 실크로스 교가 올려진 판이 크게 흔들렸고, 사람들은 지진에 대한 결과를 숨죽이며 지켜보고 있었다.

"지금 모형 실크로스 교가 받고 있는 진동은 실제 실크로스 교가 받는 지진의 강도보다 세 배나 높은 강도입니다. 물론 수치상 조금의 오차는 있겠지만 실제 생각하고 있는 상황보다 강력한 지진임엔 틀림없습니다."

그렇게 수분의 시간이 흐르자 뮤스는 모형 받침의 스위치를 끄며 진동을 멈추게 하였는데, 뮤스의 설명대로 모형 실크로스 교의 교체는 원래의 모양대로 잘 올려져 있었다. 그 모습을 지켜보던 황제는 무릎을 치며 탄성을 질렀다.

"대단하군요! 과연 뮤스 군의 능력은 한이 없는 듯합니다!"

가비르 재상 역시 손뼉을 치며 놀라워하고 있었다.

"정말 볼 때마다 사람들을 놀라게 하는 것이 특기인 것 같군요."

갑자기 뮤스를 칭찬하는 분위기가 되자 귀족들은 어쩔 수 없이 박수를 쳐야만 했고 마음에도 없는 칭찬을 한마디씩 해야 했다.

"흠흠… 이름 값을 하는군요."

"역시 공학원의 원장다운걸요."

역시 마음에 없는 칭찬인 이상 제대로 된 것일 수는 없었다. 그들이야 어쨌든 간에 설명할 내용을 끝낸 뮤스는 황제를 향해 가볍게 고개를 숙이며 말했다.

"이상이 실크로스 교 공사에 대한 개요입니다. 앞으로도 공사의 진척 상황에 대해서는 수시로 보고드리도록 하고 이쯤에서 설명을 끝내도록 하겠습니다."

뮤스의 설명을 모두 들은 황제는 크게 만족한 얼굴이었다.

"수고했습니다, 뮤스 군. 괜찮다면 오늘 식사라도 함께할까요?"

그의 말에 미안한 표정을 지은 뮤스는 고개를 저으며 사양했다.

"죄송하지만 이곳에 지진이 언제쯤 일어날지 모르는 상황이라 한동안은 눈을 못 뗄 상황입니다. 다음번에 함께하도록 하겠습니다."

"하핫, 미안할 일이 뭐가 있겠습니까. 모두 자신의 일에 최선을 다하는 것인데. 어떤 이들은 자신이 할 일은커녕 남의 눈치만 보기에 급급한데 이 얼마나 보기 좋은 일입니까? 하핫, 그럼 저는 이만 가보도록 할 테니 뮤스 군은 앞으로도 계속 수고해 주시죠."

"이해해 주셔서 감사합니다, 폐하."

뮤스에게 작별 인사를 건넨 황제는 타고 왔던 전뇌거 쪽으로 몸을 돌렸고 귀족들 역시 그의 뒤를 따랐다. 혼자 남은 가비르 재상은 웃으며 뮤스에게 다가왔다.

"허헛, 정말 수고했습니다. 할 일도 많아서 바쁘실 텐데 이런 설명까지 해주시고."

"별말씀을요. 이런 설명도 제 일에 속하는 부분이니까요."

"그럼 저도 이만 가보겠습니다. 나중에 크라이츠님과 함께 보도록 하죠."

"그럼 가는 길 조심하시길."

가비르마저 자리를 떠나자 뮤스는 이마의 식은땀을 닦았다. 그는 지난 며칠 동안 밤을 꼬박 지새운 상태였는데, 뇌공력의 효용으로 견딜 정도는 되었지만 몸의 상태가 그리 좋지 않았기 때문이다. 여기저기서 바삐 움직이는 사람들을 바라보던 뮤스는 언덕의 풀밭에 걸터앉았다. 힘이 들수록 정신력이 약해지는 것이 사람이었기에 그리 밝지 않은 기색을 한 뮤스가 걱정스런 목소리로 말했다.

"앞으로 세 달만 무사히 지나가면 되는데……."

말을 마친 뮤스는 그대로 몸을 풀밭에 누이며 눈을 감았다. 침대에 비할 바는 아니었지만 정신적으로 피로해 있던 뮤스에게 지금 이 풀밭은 세상의 어느 침대보다 편안하게 느껴지고 있었다.

사사삭.

구름이 끼어 달조차 뜨지 않은 어두운 밤, 검은 후드를 걸친 서너 명의 무리들이 풀을 밟는 소리를 내며 어디론가 바쁜 발걸음을 옮기고 있었다. 한줄기 빛도 없는 어둠과 후드에 가려 그들의 외모는 보이지 않았지만 그나마 확실한 사실은 모두들 사람들의 이목을 철저하게 피하고 있다는 것이었다.

각자 주변을 살피며 타인의 이목을 경계하고 있을 때 그들은 목적지에 도착했는지 걸음을 멈추었다. 그들이 도착한 곳은 지하 무덤의 입구였는데, 입구의 반은 허물어진 상태였고 이제는 사람들이 찾지 않는 폐 무덤인지 여기저기 걸려 있는 거미줄이 음산함을 더했다. 무리들 중 가장 앞에 서 있던 인물이 말했다.

"이곳입니다. 어서 들어가시죠."

말을 마친 그는 미리 준비해 온 횃불에 불을 당겼다. 기름이 묻어 검은 연기를 피워내고 있는 횃불을 지하 무덤의 입구로 내민 그는 길을 안내하며 그곳으로 들었다.

또각. 또각.

그들이 움직이자 적막하던 지하 무덤에는 사람들의 발자국 소리로 가득 찼다. 야심한 밤에 지하 무덤 안이라는 꺼림칙한 장소에 있었지만 그들은 개의치 않고 걸음을 재촉했다. 조금 더 걸어 들어가자 고개를 숙여야 들어갈 수 있을 만큼 작은 철문이 버티고 서 있었다. 앞장을 선 인물은 철문을 두들겼다.

텅텅!

두들김에도 불구하고 한동안 철문 안으로부터 아무런 반응이 없었지만 인영들은 누군가가 안에 있음을 확신한 듯 계속해서 기다리고 있었다. 잠시 후 철문 뒤에서 사람의 목소리가 들려왔다.

"암호를 대시오."

그 목소리에 앞장서고 있던 인물은 서슴없이 대답했다.

"강을 건너는 철새를 제거하라."

철컹!

목소리가 끝나자마자 철문은 먼지를 일으키며 열렸다. 이를 확인한 무리들은 고개를 살짝 숙이며 안으로 들어갔고, 가장 마지막에 서 있던 인물은 목격자를 확인하기 위해서인지 그들이 지나온 길을 한번 둘러본 후에서야 안으로 들었다.

철컹!

철문이 완전히 닫히자 안으로 든 사람들은 머리에 덮어쓰고 있던 후드를 뒤로 젖혔다. 그러자 한 명씩 모습이 드러나기 시작했는데, 놀랍게도 오늘 낮 뮤스의 설명회에 참석한 두 명의 귀족을 포함하여 황궁 수뇌부를 차지하고 있는 귀족들의 얼굴들이었다. 물론 지방의 귀족들은 고향으로 돌아갔기에 모두 빠진 상태였고 이곳에 모인 귀족들은 황궁에서 기거하며 황궁 일을 맡아보는 이들이 중심이었다. 그들이 후드를 정리하고 있을 때 등 뒤로 노인의 목소리가 들려왔다.

"조금 늦었군, 파스테넨 백작."

그의 말에 금방 들어온 귀족들 중 한 명이 고개를 살짝 숙이며 대답했다.

"죄송합니다, 매쉬라스 후작님. 오는 도중 근위병들이 시찰을 도는 바람에 잠시 지체하게 되었습니다."

그의 밀대로 횃불이 낳지 않는 곳에서 얼굴을 내미는 노인은 매쉬라스 후작이었는데, 오늘 일을 주관한 듯 준비된 탁자의 가장 상석을 차지하고 있었다.

"알았으니 모두들 어서 앉게나."

매쉬라스 후작이 그들을 재촉하자 접은 후드를 한쪽에 내려놓은 귀족들은 알맞은 자신의 자리를 찾아 앉았고, 그들의 모습을 본 매쉬라스 후작은 이곳에 모인 사람들의 얼굴을 둘러보며 물었다.

"이번 주에는 어떤 일이 있었는지 말해 주실 분 있으시오?"

그의 질문이 떨어지자 다들 기다렸다는 듯이 손을 들기 시작해 오히려 누구를 지목해야 할지 모를 상황이 되어버렸다.

"차라리 내 왼쪽부터 돌아가면서 이야기를 하도록 하는 것이 좋겠군. 파스테넨 백작부터 이야기해 보시오."

그의 말을 들은 파스테넨 백작은 고개를 끄덕이며 말했다.

"모두들 아시다시피 저는 가비르 재상님을 보좌하여 재정에 대한 일을 맡고 있습니다. 한데 이번 주의 지출 내역을 확인하는 도중 팔 할에 달하는 예산이 실크로스 교 공사에 대해 편중하고 있다는 것을 알게 되었습니다. 물론 실크로스 교의 공사가 현재 황실에서 벌이고 있는 중심 사업이라는 것을 감안해 본다고 하더라도 비정상적일 정도로 편중된 수치였는데, 그중 대부분이 실크로스 교 공사에 필요한 지출이라는 것입니다."

파스테넨 백작의 이야기가 끝나자 귀족들의 대부분은 격분한 표정이었지만 매쉬라스 후작은 평정심을 유지하고 있었다. 파스테넨의 옆자리로 고개를 돌린 매쉬라스 후작이 말했다.

"다음은 콜로라드 후작님께서 말씀해 보시죠."

"요즘 폐하께서 시간이 나는 대로 공학원 원장의 거처와 일거수일투족에 대해서 물으시는 것을 아십니까? 예전에도 그런 모습을 보이긴 했지만 실크로스 교의 공사가 진척이 될수록 그에 대한 관심이 커지고 심지어는 주변의 귀족들에게 쓸 관심을 모두 그에게 돌리는 것 같은 기분마저 들고 있습니다."

콜로라드 후작이 말을 하던 도중 낮에 뮤스의 설명회에 참석했던 두 명의 귀족이 흥분하며 말 사이에 끼어들었다.

"저희들도 오늘 똑똑히 경험했습니다! 저희의 말은 안중에도 두지 않은 채 그 뮤스라는 애송이의 말만 들으셨는데, 이것은 대놓고 저희를 무시하는 처사셨습니다!"

"게다가 평소 귀족들과의 식사 자리에도 참석하지 않으시려던 폐하께서 그에게 먼저 식사 초대를 하는 것을 보니 더 이상 볼 것도 없더군요."

이런 식으로 뮤스를 비방하는 이야기가 계속되어 갔다.

사실 매쉬라스 후작은 자신이 이런 자리에 있는 것 자체가 별로 마음에 들지 않았다. 몇몇을 제외하면 무능하기 짝이 없는 귀족들이 앞뒤 가리지 않고 그를 험담하는 것을 보고 있으니 한심하기 짝이 없었지만, 이대로 둔다면 위험하게 성장할 가능성이 큰 뮤스라는 싹을 잘라 버리기 위해서는 무능한 이들의 지지라도 받아야 했기 때문이었다. 한참 동안 묵묵히 비슷한 내용이 돌고 도는 그들의 말을 듣던 매쉬라스 후작은 조용히 입을 열었다.

"우리는 지난 3개월 간 공학원 원장의 행적을 조사해 왔소. 하지만 하나같이 공통된 의견은 그가 우리의 앞길에 큰 위험 요소로 작용하고 있다는 것뿐이었소. 해서 이쯤에서 싹을 잘라야 한다고 생각하는데 경들의 생각은 어떻소?"

그러자 지금까지 시끄럽게 떠들던 귀족들이 하나같이 입을 다물었다. 그만한 배포가 없었기 때문이다. 파스테넨 백작이 분위기를 살피며 말했다.

"만일 이번에 일을 벌이기 위해 움직이다가 폐하나 재상의 귀에 들어가기라도 한다면… 뮤스가 폐하의 총애를 받고 있는 이상 우리도 가테스 공작과 같은……."

입만 살아 있을 뿐 소심하기 그지없는 그의 태도에 매쉬라스 후작은 따끔하게 일침을 놓았다.

"닥치시오, 파스테텐 백작! 가테스 공작은 잘난 가문 덕에 이름만 공작이었지 잘난 척을 하는 애송이었을 뿐이오. 결국은 제 혈기를 억누르지 못하고서 그런 실수를 했으니 벌을 받아도 마땅한 것이오! 하지만 우리가 하려는 일은 그와는 전혀 다르오! 우리는 그저 뮤스라는 자에게 현혹되어 정사에 소홀히 하는 황제 폐하의 눈과 귀를 열어드리기 위해 그를 제거하려는 것일 뿐이오! 내 말이 틀렸소?"

나이가 무색하도록 강력한 열변을 토하는 매쉬라스 후작의 말에 귀족들은 자신도 모르게 고개를 끄덕이고 있었다. 그들의 마음이 매쉬라스 후작의 의견 쪽으로 흔들리기 시작할 때 콜로라드 후작이 물었다.

"매쉬라스 후작님, 그렇다면 뮤스라는 자를 어떻게 할 참이십니까? 타인의 눈이 있어 무력을 동원해 살해할 수도 없는 일이고, 성격을 보니 협박할 수도 없는 일이지 않습니까?"

"허헛, 그 점이라면 염려 마시오. 다 계획해 놓은 바가 있으니. 그는 자신이 만들어놓은 덫에 걸려 허우적거리게 될 것이오. 여러분들은 황제 폐하 앞에서 나의 의견에 동의만 해주면 되는 것이오. 물론 적절한 의견도 들어가야겠지."

세월의 흔적이 그대로 드러나는 매쉬라스 후작의 눈가에 전에 없던 살기가 감돌고 있었고, 그를 중심으로 둘러앉은 귀족들 역시 나름대로 마음을 굳히는 모습이었다.

그와 같은 시간 뮤스는 피곤에 전 얼굴로 방문을 열었다. 방문을 당기기조차 귀찮을 정도로 피로가 쌓인 상태로 며칠 만에 들어온 자신의 방이었다. 방 안으로 들어서자 무언가를 하고 있는 켈트의 모습이 보였다. 드워프 형제들이 이곳을 떠난 후부터 뮤스와 함께 방을 쓰기로 한 켈트였는데, 뮤스는 켈트의 잠버릇이 나쁜 것을 제외한다면 일에 대해 의논하기도 쉽고 카타리나가 떠난 이후에 심심하기도 했기에 긍정적으로 생각하고 있었다.

방문이 열리는 소리에 뒤를 돌아본 켈트는 뮤스의 얼굴을 살피며 물었다.

"이런! 이게 며칠 만에 보는 얼굴이냐. 완전히 송장이 따로 없군!"

이렇게 말하는 것이 켈트의 걱정하는 모습임을 잘 알고 있던 뮤스는 힘없는 미소를 띠며 소파에 앉았다.

"후우! 정확히 삼 일 만이죠. 그동안 잠도 한숨 못 잤다고요. 토목가 분들께 교육을 해드렸다고 해도 직접 봐야 할 것들이 한두 가지가 아니에요. 이럴 때 아저씨라도 좀 도와주셨으면 좋잖아요."

"껄껄! 나도 그렇게 하고 싶다만 아우들과 약속한 것이 있어서 그럴 수가 없구나. 이해해라. 그래도 이렇게 보이지 않는 곳에서 도와주고 있으니까."

"그렇긴 하죠. 그런데 지금 뭘 하고 계셨어요?"

물음과 함께 켈트기 들고 있는 것을 보니 나무로 깎은 모형 실크로스 교의 일부분이라는 것을 알 수 있었다. 켈트는 소파에 앉아 쉬고 있는 뮤스에게 그것을 들고 와 자세하게 보여주며 말했다.

"이건 네가 설계한 것을 약간 변형해서 만들어본 거야. 이런 모양이라면 좌우로 흔들린다고 하더라도 충분히 견딜 수 있지 않을까 해서지."

그것을 살펴보던 뮤스는 머리 속으로 실크로스 교의 설계도를 떠올리며 대조를 하기 시작했다.

"정말 그렇겠군요. 안정된 상태에서 분리교판이 자유롭게 움직인다면 어느 방향에서 오는 충격이더라도 견딜 수 있을 테니… 좋은 생각인걸요? 아직 분리교판을 얹기 전이니까 설계도를 조금 수정해야겠네요."

"허허헛! 어떠냐, 이래 봬도 상당한 도움이 되지 않냐?"

"훗, 그렇네요. 그렇지만 이 부분의 면적이 좁아지면 질량 계산을 다시 해야겠어요."

"하긴 힘을 받을 수 있는 면적이 좁아진다면 위험해질 수도 있을 테니."

서로의 생각을 주고받고 있을 때 문을 두들기는 소리가 들렸다.

똑똑!

"네, 들어오세요."

문을 두들기는 소리에 반응을 하긴 했지만 켈트와의 대화에 푹 빠져 있었기에 방으로 들어오는 이에 대해 아무런 생각조차 하지 않고 있던 뮤스였는데 순간적으로 눈앞이 번쩍이는 충격을 받아 깜짝 놀라 뒤를 돌아봤다.

"아얏! 도대체 누구… 누님?"

어느샌가 들어온 크라이츠가 팔짱을 끼고선 그의 앞에 서 있는 것이었다.

"너는 누님이 들어왔는데 돌아보지도 않니? 갈수록 버릇이 없어지는구나."

"그렇다고 이렇게 때리는 법이 어디 있어요?"

크라이츠는 대뜸 투덜대고 있는 뮤스의 볼을 잡아당기며 말했다.

"피부 퍼석한 것 좀 봐! 몸 좀 사려가면서 일하면 안 되겠니? 삼 일

동안 한 번도 찾아오지 않고! 가비르에게 들었더니 며칠 동안 공사 현장에서만 살았다고 하더구나.”

줄줄 이어지는 그녀의 잔소리에 뮤스는 살짝 눈살을 찌푸리며 한쪽 귀를 막았다.

“아, 알았어요. 제가 다 잘못했으니 이제 그만 하세요. 그렇지 않아도 피곤해 죽겠단 말이에요.”

“흠, 그래? 내가 치료 좀 해줄게. 힘을 쭉 빼고 눈을 감아봐.”

“치료라니요? 제가 무슨 환자인가요.”

뮤스의 되물음에 크라이츠가 잡아먹을 듯 매서운 눈초리를 보내왔다. 결국 그녀의 눈빛에 뮤스는 더 이상 아무 말도 못하고 시키는 대로 할 수밖에 없었다. 뮤스가 소파에 앉아 눈을 감자 크라이츠는 왼손을 그의 머리 위로 올리며 말했다.

“나 마나의 주인인자… 그 힘으로 모든 것을 처음으로 되돌리니. 스테미너 챠저!”

마법어가 시동되자 크라이츠의 손에서 발현된 분홍의 빛줄기는 뮤스의 전신을 감싸며 움직였고 한줄기씩 뮤스의 피부를 통해 스며들었다. 뮤스의 머리 위에서 손을 땐 크라이츠는 그의 어깨를 두들겨 깨우며 말했다.

“이제 다 됐단다. 어때?”

눈을 뜬 뮤스는 몸의 이곳저곳을 움직여 보며 놀람을 표했다.

“이야! 효과 좋은데요? 피로가 말끔하게 사라졌어요. 평소에도 좀 해주시지.”

“호홋! 이번에는 좋은 일이 있어서 특별히 해주는 것이란다.”

크라이츠의 말에 옆에서 지켜보던 켈트와 뮤스는 미심쩍인 눈초리로 바라보았다. 그리곤 마음이라도 통한 듯 동시에 입을 열었는데…

"누님, 오늘 공사비 지급 받았죠?"

"크라이츠님, 혹시 공사비 받으셨습니까?"

그들의 말이 정곡을 찔렀는지 놀라는 모습의 크라이츠였다.

"어머나! 어떻게 알았지?"

"뭐, 누님이 좋아하실 일이라면 셋 중에 하나죠. 돈이 들어오거나, 호기심을 자극하는 일이 생기거나, 예쁘다는 소리를 들었을 때. 그중 날짜를 따져 보니 첫 번째가 가장 유력할 것 같더라고요."

"뭐, 그래도… 네가 나에게 빌린 돈이 있으니 이것은 내가 가지도록 하마."

사실대로 말하자면 그녀의 말은 틀린 점이 많았다. 공학원을 세우기 위해 사용된 금액은 전뇌거의 판매량이 급증하면서 생긴 이윤으로 다 갚은 지 오래였고, 오히려 그보다 더 많은 금액을 벌어들인 것이다. 하지만 뮤스는 프라이겔트를 가지고 있고 큰돈이 필요한 것도 아니었기에 별 신경을 쓰지 않고 있었다.

"마음대로 하세요."

"호호홋! 역시 마음씨 좋은 내 동생이구나. 그런데 공사는 얼마나 진척되고 있는 거니?"

"음, 앞으로 3개월 정도만 하면 완공될 것 같아요."

"얼마 남지 않았구나. 내가 너를 찾아온 이유는 다른 것이 아니라 네게 조언해 줘야 할 일이 있어서……."

크라이츠가 정색을 하며 입을 열자 의아한 기분이 든 뮤스는 고개를 갸웃거렸다.

"무슨 일이 있나요?"

"흠… 지금 황궁의 귀족들이 널 탐탁지 않게 생각하고 있더구나. 그건 황제가 너에게 공작 작위를 수여할 때부터 있어온 일이지만 갈수록 황제가 너를 감싸고 도니 그들의 불만이 위험 수위에 달한 것 같아. 그러니 그들에게 약점 잡힐 만한 일은 하지 않는 것이 좋을 거야."

"그랬군요. 저는 일한다고 정신이 없어 아무 생각도 하지 못하고 있었는데."

자신의 말을 듣던 뮤스의 안색이 덩달아 어두워지자 피식 웃은 크라이츠는 그의 볼을 한 번 더 잡아당기며 말했다.

"호홋! 하지만 뭐 무슨 일이 생기면 내가 나설 테니 큰 걱정은 하지 말거라. 브레스 한 방이면 이따위 황궁쯤이야!"

크라이츠의 으름장에 어색한 웃음을 지은 뮤스는 그녀를 말리듯 손을 내저었다.

"아아, 참아요, 누님. 제발 그 사람들이 제게 아무 짓도 안 해줬으면 하네요. 이런 멋진 궁전이 날아가는 모습은 보고 싶지 않으니까요."

뮤스의 진심 어린 말에 켈트 역시 침을 꼴깍 삼키며 고개를 끄덕이는 중이었다.

크라이츠가 자신의 방으로 돌아가자 샤워를 마친 뮤스는 피로가 회복됐기에 계속해서 일을 해야만 했다. 평소 소규모의 일만을 해왔던 뮤스로서는 장기적으로 신경을 써야 할 이번 일이 피곤하긴 했지만 무엇인가를 해냄으로써 얻는 기쁨이 더욱 컸기에 최선을 다하고 있었다.

또한 뮤스에게 붙잡힌 켈트 역시 함께 침대에 엎드린 채로 그의 계획을 들으며 조언을 해주고 있었다.

"이제 이번 지진만 넘긴 후부터 분리교판은 없을 거예요. 이번 공사에서 가장 어려운 부분인 동시에 가장 신경을 써야 할 일인데, 길이가 35멜리에 달하는 교판을 설치해야 하기 때문에 완성이 될 때까지는 불안정한 상태예요."

침대에 펼쳐 놓은 설계도를 짚어보던 켈트는 고개를 끄덕이며 자신의 생각을 말했다.

"흠, 그렇다면 만들어 올리지는 못할 테니 철골을 올린 후에 실크로스 양회를 씌워야겠군."

"네, 맞아요. 그러나 양회가 다 굳기 전에 지진이 발생하면 그대로 내려앉게 되죠. 제가 지금까지 측정해 본 결과 거의 한 달에 한 번 정도 일어나고 있는데, 이번 분리교판 작업 역시 다음 지진이 일어나기 전에 끝내야만 해요."

"만약에 이변이라도 일어나게 된다면?"

켈트의 불길한 질문에 뮤스는 고개를 저으며 강경하게 말했다.

"절대 그럴 리가 없어요. 지금까지 수도 없이 머리를 굴려가면서 계산을 했단 말이에요."

왠지 자신의 머리를 과신하는 뮤스가 조금 불안해 보였던 켈트는 그의 어깨를 주무르며 말했다.

"뮤스, 내 말을 잘 듣거라. 네 능력을 인정은 하지만 세상일에 완벽이라는 말은 존재하지 않아. 그것은 너라고 해서 예외가 될 수는 없는 것이지."

"하지만……."

잠시 이야기를 끊은 뮤스는 잠시 후 고개를 떨어뜨리며 조용한 목소리로 말을 이었다.

"사실 그것은 저도 알고 있어요. 아무에게도 말하지 않았지만 솔직

히 두려워요. 뭔가 불안한 기분이 계속 엄습하기도 하고 매일 악몽에
시달리기 때문에 잠도 잘 못 이루고 있어요. 이렇게 힘들 때 믿을 것이
라곤 제 머리밖에 없다는 사실이 저를 더욱 암담하게 만들고 있어요.”

지금 뮤스의 모습은 평소 자신감에 차서 생활을 하던 뮤스의 모습이
아니었다. 사실 어린 나이에 이런 대규모의 일을 책임져야 하기 때문
에 큰 중압감을 받고 있었지만 차마 남들 앞에서 티를 낼 수도 없었다.
게다가 정신적으로 기댈 수 있는 사람마저 곁에 없으니 그가 받고 있
는 압박감은 스스로 이겨내기 힘들 정도의 것이었다.

평소 내색을 하지 않고 지내던 그가 갑자기 약한 모습을 보이자 켈
트는 측은한 마음이 들기도 했고, 너무나 뛰어난 능력 때문에 그의 나
이를 간과해 버리고 있던 스스로가 부끄러워지고 있었다. 아무리 뛰어
난 능력을 지닌 뮤스라고 해도 고작 십대의 나이였던 것이다.

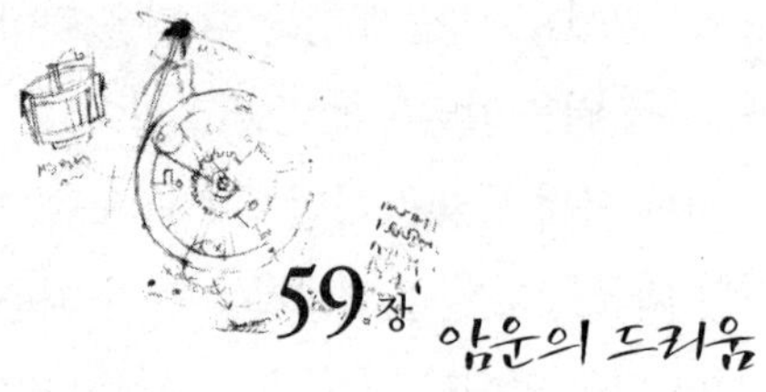

59장 암운의 드리움

젠타카 강의 양쪽 면에 버티고 있는 교대와 강의 중간에 박힌 세 개의 육중한 교각이 보는 이로 하여금 감탄사를 자아내도록 만들고 있을 때 일손을 잠시 멈춘 수백 명의 사람들은 다음 공사 지시를 기다리며 풀밭에 앉아 있었고, 그들을 감독하는 토목가들은 임시 본부에 모여 있었다. 한차례의 지진이 지나가고 난 상황이었기에 다음 지진이 오기 전에 분리교판 1차 공사를 시작하기 위해서인데 뮤스를 중심으로 공사 방향에 대해 설명 중이었다.

"이제 분리교판 공사라는 가장 중요한 작업을 앞두고 있습니다. 지금까지 여러 차례 설명해 드린 대로 고정되어 있는 교체가 아닌 분리되어 있기 때문에 다음 지진이 오기 전까지 끝내야 합니다. 앞으로 남은 시간은 정확히 한 달! 무슨 일이 있더라도 첫 번째 교판 설치가 그때까지 끝나야 합니다."

그의 설명을 듣고 있는 토목가들 사이에 섞여 있던 시몬이 손을 들며 질문을 던졌다.

"뮤스 군, 만약 그전에 지진이 일어나게 된다면 어떻게 되는 건가?"

드디어 뮤스가 걱정하던 질문이 들어왔다. 한동안 그의 질문에 대답을 하지 못하던 뮤스가 어렵사리 입을 열려 할 때였다. 사람들의 틈바구니를 헤치며 걸걸한 목소리가 들려왔는데, 뮤스는 그 목소리의 주인공이 켈트라는 것을 깨달았다.

"허헛, 토목가들이 무슨 그런 생각을 하는 건가. 지진이 일어나서 무너지면 다시 일으켜 세우면 되는 것이지 그렇게 걱정하면 어떻게 일을 해!"

갑작스러운 켈트의 등장에 놀란 뮤스는 눈을 휘둥그렇게 뜨며 물었다.

"켈트 아저씨, 여긴 어쩐 일이에요?"

"왜? 내가 와서는 안 되는 곳이라도 된단 말이냐?"

"그런 게 아니라 일을 안 하겠다고 하셨잖아요."

"쯔쯧, 네 녀석이 징징거리는 꼴을 보니 도저히 그냥 못 있겠더구나. 그래서 일손 좀 거들려고 나왔다. 그렇지 않아도 몸이 뻐근했는데 잘 되었지 뭐."

뮤스는 물밀듯이 밀려오는 감동에 할 말을 잃고 있었다.

"이 녀석아, 이제 세부 계획을 말해야지 그렇게 넋을 놓고 서 있으면 어떡하냐?"

말을 하며 잠시 뒤를 돌아본 켈트는 둘에게 시선을 집중하고 있는 토목가들을 향해 외쳤다.

"나는 보시다시피 드워프요! 이름은 케르히트라고 하는데 여러분들의 일을 잠시 돕기 위해서 이렇게 왔소! 내가 끼는 것에 불만이 있는 사람 있소?"

넉살 좋은 켈트의 말에 토목가들은 술렁이기 시작했다.

"지금 저 드워프가 케르히트라고 한 것 확실한가?"

"나도 들었네, 케르히트라고 하는 것을."

"그렇다면 저 드워프가 그 유명한 '무염의 드워프' 라는 말인가?"

그들이 술렁이고 있을 때 주변의 분위기를 살피던 시몬은 떨리는 목소리로 켈트에게 물었다.

"혹시 당신께서 무염의 드워프로 불렸던 분이십니까?"

시몬의 질문을 들은 켈트는 잠시 턱 부근을 만져 보며 대답했다.

"흠… 수염이 없는 것을 보니 무염의 드워프가 맞긴 맞군. 아무튼 수염이 있는 드워프면 어떻고 없는 드워프면 어떤가? 그냥 일만 하면 되지."

자신의 정체에 대해서 인정하는 대목의 말이었는데 그의 말을 들은 시몬은 감격에 겨운 얼굴이었다.

"오… 역시! 함께 일을 하게 되어서 영광입니다!"

특별하게 자신을 바라보는 그들의 눈빛이 별로 마음에 들지는 않았지만 어차피 함께 작업을 해야 하는 입장이었기에 고개를 끄덕였다. 켈트는 이상하게 돌아가는 상황에 정신을 못 차리고 있는 뮤스를 보며 말했다.

"내 머리 속에도 이번 공사에 대한 내용이 모두 들어 있으니 내가 직접 설명하마. 너는 조금 여유를 가지고 다음 일 준비나 하고 있거라."

"아저씨, 고마워요."

"녀석, 오랜만에 진심으로 고마워하는군."

가볍게 웃음을 던진 켈트는 사람들을 향해 다시 한 번 외쳤다.

"다들 뭘 멍하게 기다리고 있는가! 토목은 눈으로 하는 게 아니라 몸으로 하는 걸세. 다들 날 따라오라고!"

켈트의 말을 들은 토목가들은 절대적인 신임을 보이며 최면에라도 걸린 듯 그를 따라나섰다. 이제 그 자리에는 뮤스 혼자만 남아 있었다. 더 이상 자신에게 압박감을 주는 사람들은 없었다. 정녕 오랜만에 느껴보는 홀가분함이었다.

뮤스는 오랜만에 쫓기는 기분에서 벗어난 상태로 강둑에 앉아 있었다. 작업은 켈트가 맡음으로써 훨씬 능률이 오르고 있었는데, 뮤스가 직접 작업 지시를 할 때보다 비슷한 계열에 종사하는 켈트인만큼 일꾼들과의 일에 대한 의사 소통이 더 원활했기 때문이었다. 게다가 그의 장인 정신은 철저함을 추구했는데, 일을 할 때면 평소 때와 전혀 다른 면모를 보여주고 있었다.

문득 하늘을 올려다보던 뮤스는 주머니에서 무엇인가를 꺼냈다. 그의 손에 들려 있는 것은 카타리나의 사진이었다. 자신을 향해 활짝 웃고 있는 그녀의 얼굴을 보니 절로 기분이 좋아졌다.

"후훗, 오늘은 켈트 아저씨가 도와주셔서 마음이 편해. 카타리나는 지금쯤 학교에서 수업을 듣고 있겠지?"

사진 속의 카타리나를 바라보던 뮤스는 쓴웃음을 한번 지은 후 사진을 다시 주머니에 넣었다.

*   *   *

4, 5층의 건물이 평균인 도심의 한가운데 유난히 높은 건물이 위엄

을 뿜어내며 서 있었다. 대충 보더라도 10층 이상은 되어 보이는 이 건물은 오래된 역사를 가지고 있는 듯 외벽으로 덩굴이 무성했으며 유리창마다 두터운 커튼으로 가려져 있었기에 내부를 보기란 불가능했다. 이곳의 사람들은 이 건물을 '기적의 샘'이라는 이름으로 대신해서 부르고 있었다. 바로 대륙 전체에 몇 곳 없는 마법사 길드 건물 중 한곳이었는데 점점 그 수가 줄어들고 있는 마법사들이 모여 있는 곳이었다.

평소 그 누구의 발걸음도 없는 이곳에 두 명의 인물이 찾아와 허름하고도 거대한 문을 두들겼다. 그러자 오랜 기간 동안 이곳에 왕래한 사람이 없었던 듯 문 위로 뽀얗게 쌓인 먼지가 날리기 시작했다. 입과 코로 들어가는 먼지를 손으로 막은 한 사내는 동료를 향해 의심스러운 목소리로 물었다.

"콜록! 이런 젠장할, 완전히 폐허가 따로 없군. 이런 곳에 사람이 살고는 있는 건가?"

"흠! 설마 매쉬라스 후작님께서 아무런 생각 없이 이곳에 우리를 보냈겠나!"

시간이 지나도 안에서 아무런 반응이 없자 입을 막고 있던 사내는 더욱 세차게 문을 두들겼다.

쾅쾅쾅!

"하필이면 이런 음산한 곳에 와야 한다니……."

"그래도 어쩔 수 없잖아. 그 일을 감쪽같이 해낼 능력이 있는 자들이 이곳에 있으니."

두 사내가 불만스러운 표정으로 대화를 나누고 있을 때였다. 대문의 한쪽에 달려 있는 쪽문이 열리기 시작했는데, 문의 경첩이 녹이 슬어 귀에 거슬리는 마찰음을 내고 있었다.

끼이익—

　문이 모두 열리자 안으로부터 음산하게 생긴 한 중년인이 걸어나오고 있었다. 검은색의 후드를 걸친 그는 앙상하게 마른 모습이었고 게슴츠레한 눈으로 사내들을 훑어보고 있었다. 이내 그는 쇳소리 같은 목소리로 물었다.

　"자네들은 누군데 이곳을 찾아왔는가? 외부인은 이곳에 올 수 없다."

　냉냉한 말투로 말하는 모습에 두 사내는 섬뜩한 느낌을 받았지만 이곳에 온 목적이 있었기에 물러서지 않았다.

　"우리는 황궁에서 나온 사람들이오. 마법사 길드에 의뢰할 것이 있어서 찾아왔소."

　중년인은 그다지 신용이 가지 않는 듯 눈을 가늘게 뜨며 되물었다.

　"황궁에서 나왔다고? 뭘로 증명할 수 있겠나?"

　그의 물음에 사내들은 미리 준비해 온 인증장을 건네주었는데, 그곳에는 매쉬라스 후작의 직인이 찍혀 있었다. 그것을 한번 살펴보던 검은 후드의 중년인은 고개를 끄덕이며 등을 돌렸다.

　"좋아. 하지만 건물에 들어선 후로는 아무것도 만지지 말게. 실수라도 한다면 지옥의 유황불을 몸소 경험해야 할 테니."

　음산한 목소리의 경고를 들은 두 사내는 그의 말이 결코 과장된 협박이 아니라는 것을 본능으로 느끼며 마른침을 삼키고 있었다.

　건물 안은 낮임에도 불구하고 한 점의 빛도 새어 들어오지 않고 있었다. 벽에 꽂힌 소형의 마나등이 이곳을 밝히는 빛의 전부였는데 발을 디딜 곳도 잘 보이지 않을 정도로 주위는 어두웠다. 두 사내는 검은 후드의 중년인을 따라 몇 층의 계단을 올랐다. 원형으로 굽어진 모양의 계단을 불과 몇 개 올라왔을 뿐인데도 숨이 가쁨을 느꼈다. 숨이 목까지 차버렸다고 느낄 쯤 검은 후드를 입은 중년인은 다 썩어가는 문을 열며 안으로 안내를 했다.

"이 방으로 들어오게나. 여기는 찾아오는 손님이 없어서 마땅한 접대실도 없지."

방 안으로 들어가자 생각보다는 괜찮은 느낌이었다. 지금까지 지나온 곳들에 비해 몇 배나 밝았고 여기저기 널려 있는 두꺼운 책들과 여러 가지 가재도구들이 사람이 사는 느낌을 주었기 때문이다. 서슴없이 책상의 의자로 걸어가 앉은 중년인은 방 안을 둘러보며 서 있는 사내들에게 물었다.

"나는 6써클의 마법사인 망디슈라고 하네. 이곳을 책임지고 있지. 그래, 이곳을 찾아온 용건은 뭐지?"

마음을 꿰뚫고 있기라도 한 듯한 눈빛을 보내며 물어오는 망디슈의 질문에 한 사내가 편지 한 통을 건넸다.

"이것은 매쉬라스 후작님께서 보내시는 편지요. 잘 읽어보시길 바라오."

편지를 건네받은 망디슈는 펜꽂이에 꽂혀 있는 편지칼을 사용하여 편지 봉투를 뜯었다. 그리곤 편지의 내용을 천천히 읽어 내려가기 시작했다. 긴 내용인지 망디슈는 한참 동안 편지에 시선을 고정하고 있었다. 그가 편지를 다 읽기를 기다리던 사내 중 한 명은 조금 지루함을 느끼며 방 안을 둘러보았는데, 책상 위의 파란색의 광채를 뿌리는 수정이 그의 눈길을 끌고 있었다.

"이 수정 색깔이 참 특이하군. 한번 만져 봐도 되겠소?"

사내가 수정의 모양에 이끌려 손을 가져가려 할 때 쇳소리에 가까운 망디슈의 고함 소리가 귀청을 때렸다.

"손대지 마!"

깜짝 놀란 사내는 움직이던 손을 제자리에 멈췄고 망디슈는 조심스럽게 자신의 앞에 놓여 있던 수정을 끌어당기며 말했다.

"이 자리에서 산산조각나고 싶나? 이것은 불안정한 마나가 담긴 수정 구슬이네. 잘못 충격을 주다간 이 건물 전체가 날아가 버려!"

망디슈의 말에 사내들은 겁을 먹고 다리를 후들거렸다. 말을 마치며 손에 들려 있던 편지지를 촛불에 태운 망디슈는 조용한 목소리로 사내들에게 물었다.

"이 일만 처리해 준다면 여기에 적힌 모든 대가를 받을 수 있다는 것인가?"

"그, 그렇소. 재력으로 둘째가라면 서러운 매쉬라스 후작님께서 친히 약속하신 것이오."

"좋아좋아, 그렇다면 매쉬라스 후작님께 거래가 성사되었다고 전해주게. 그리고 전해줄 것이 하나 더 남은 것 같은데?"

그의 말에 기억을 더듬어보던 사내는 함께 들고 온 서류 뭉치를 건네주었다.

"깜빡했소. 바로 이 서류가 그것이오."

"흠… 이젠 가봐도 좋네. 그럼 조심해서 가게나."

방금 전의 일 때문에 이곳에 있고 싶은 마음이 싹 가셨던 두 사내는 그의 말에 기뻐하며 서둘러 방을 빠져나가고 있었다. 방에 남은 망디슈는 그들이 주고 간 서류를 한 장 넘겨보았는데 놀랍게도 그것은 실크로스 교의 설계도였다. 시선을 옮겨 파란색 광채를 뿜는 수정구를 바라본 망디슈는 싸늘한 미소를 입가에 그렸다.

"크크크큭… 너를 어디에 쓸까 고민하던 차에 정말 잘되었군. 때마침 너를 사용해야 할 일이 생겼으니 말이야. 자, 어디 세상을 놀라게 해보자꾸나."

파란 광채의 수정구는 망디슈의 목소리를 알아듣기라도 한듯 더욱 강한 빛을 발산하고 있었다.

*　　　*　　　*

라이델베르크의 햄브리겐 대학교.

새 학기가 시작된 이후로 캠퍼스는 젊음의 활기가 넘치고 있었다. 봄바람에 떠밀려 가슴으로 들어온 설레임은 젊은이들의 표정을 밝게 만들었고 새로 입학한 학생들은 처음 경험하는 대학의 분위기에 도취되어 있었다. 이런 좋은 날에 강의실에서 시간을 보내기가 아까운 학생들은 푸른 잔디밭에 앉아 이야기를 나누고 있었다.

덩굴이 뻗어 올라간 벽 사이로 붉은 벽돌이 보이는 건물, 즉 연금술 학부가 속해 있는 건물 앞의 잔디밭에 일곱 명의 남녀가 어우러져 있었다. 이들은 바로 카타리나와 그녀의 친구들이었는데, 아직 어린 티를 벗지 못한 여학생도 한 명 끼어 있었다. 히안의 무릎을 베개 삼아 누워 있던 폴린은 반대쪽에서 가이엔과 이야기를 하고 있는 바르키엘에게 물었다.

"바르키엘, 너는 저번 학기에 성적이 어땠니?"

그녀의 물음에 고개를 돌린 바르키엘은 전혀 거리낌없이 대답했다.

"하하! 내가 우리 학부 전체에서 5등 했어. 그 정도면 대충 점수를 짐작할 수 있겠지?"

"뭐?! 너, 공부를 그렇게 잘했었냐?"

"이봐, 이 바르키엘님이 못하는 게 어디 있냐?"

예전 같았으면 그의 잘난 척에 욕을 했겠지만 어차피 친구가 되었고 그의 성격을 충분히 파악했기에 험한 말 없이 넘어가고 있었다. 하지만 바르키엘의 잘난 척을 그냥 듣고 있을 폴린도 아니었기에 베고 있는 히안의 무릎을 두들기며 말했다.

"잘난 척하지 마! 우리 자기는 2등 했다고, 2등!"

"야! 왜 히안의 점수 가지고 네가 생색을 내냐?"

"연인은 한 몸과 같다는 것 몰라? 억울하면 가이엔을 공부 시켜서 1등 만들어라!"

그들 둘이서 신경전을 벌이고 있을 때 가이엔이 카타리나의 눈치를 살피며 바르키엘의 옆구리를 찔렀다.

"바르키엘, 폴린……."

순간 그녀가 말하는 것이 무슨 뜻인지 알아챈 폴린 역시 카타리나를 바라보았다.

"미, 미안, 카타리나. 우리끼리 히히덕거려서 미안해."

하지만 카타리나가 아무런 말도 하지 않자 이상하게 생각한 폴린은 그녀의 어깨를 두들겼다.

"카타리나, 무슨 생각 하고 있어?"

그제야 폴린의 목소리를 듣고 정신을 차린 카타리나는 자신에게 모아진 시선에 의아해했다.

"왜? 나한테 무슨 말 했니?"

"대체 무슨 생각을 하길래 넋이 나간 사람처럼 그러고 있는 거야? 너, 뮤스 생각하는구나? 그렇지?"

폴린이 짓궂은 말투로 카타리나에게 장난을 치자 그들의 행동을 재미있게 관찰하고 있던 여학생이 놀라운 것을 발견한 양 물었다.

"어머나! 카타리나 선배도 애인이 있었어요?"

지금 질문을 하고 있는 여학생은 헤밀튼, 바로 연금술 학부에 새로 들어온 신입생이었다. 그녀는 남자 같은 이름에 어울리게 성격이 유별났는데 뮤스의 친구들 사이에서는 제2의 폴린이라 불리우고 있었다. 헤밀튼이 호기심 어린 눈으로 카타리나에게 묻자 직속 선배인 폴린이 그녀를 대신해서 대답해 주었다.

"이런! 사랑스러운 우리 후배야, 너는 이 카타리나 선배가 애인이 있는 것도 몰랐단 말이니?"

"전혀 몰랐는걸요? 그럼 카타리나 선배 애인도 우리 학교 선배인가요? 나이는요? 어떤 사람이죠?"

숨이 모자라지도 않는지 끊임없이 묻고 있는 헤밀튼이었다.

"호홋! 이 선배님께서 좋은 것을 보여주지."

의기양양한 목소리로 말을 한 폴린은 가방에서 얇은 두께의 책을 한 권 꺼냈는데 책장 사이에 뭔가가 끼워져 있는 듯 볼록 튀어나와 있었다.

"이게 바로 카타리나의 애인이란다."

책장을 벌리자 몇 장의 사진이 사이에 끼워져 있었는데 뮤스가 드베인 숲에서 나온 직후 친구들과 함께 찍은 사진들이었다. 그것을 본 헤밀튼은 놀라는 표정으로 물었다.

"우와! 이게 무슨 그림이에요? 정말 살아 있는 사람처럼 생생해요!"

"녀석… 촌스럽긴. 이건 사진이라는 거야."

몇 장의 사진을 넘겨보던 헤밀튼은 사진 안에서 웃고 있는 뮤스를 짚었다.

"이 사람이 혹시 카타리나 선배의 애인? 그런데 왜 이렇게 옷을 못 입어요?"

헤밀튼의 솔직한 감상에 폴린과 친구들은 크게 웃고 말았다.

"푸하핫! 정말 예리한 지적이군. 옷을 못 입는다니!"

"하긴 일밖에 모르던 애가 옷에 신경을 쓸 리 없지."

"풋! 그래도 너무하지 않니? 명색이 선배인데 조금은 좋게 봐주지."

카타리나는 전혀 웃지 않고 있었는데 뮤스에 대해 험담을 한 점에 기분이 상한 듯한 모습이었다.

"뮤스가 여기 없다고 그렇게 놀리면 어떻게 하니? 그리고 지금은 그때보다 훨씬 멋있어졌다고!"

카타리나의 말에 친구들이 자신들의 실수를 깨닫고 입을 다문 채 카타리나의 눈치를 살피던 중 성격이 가장 활달한 폴린이 그녀에게 다가가 말했다.

"카타리나, 화난 거야? 응? 우리는 그냥 뮤스 생각을 하니까 너무 웃겨서… 솔직히 헤밀튼의 말이 틀린 것도 아니잖니."

말하고 있는 폴린의 앞으로 카타리나가 보란 듯이 손을 내밀었다. 그녀의 손에는 들려 있던 사진을 본 폴린은 이내 놀란 토끼 눈을 뜨고 말았다.

"이 사람이 정말 뮤스니?! 설마 다른 사람 아니야?"

놀라움을 표하는 폴린의 말에 호기심이 생긴 친구들은 그녀들의 주변으로 몰려들었다. 사진 안에서는 단정한 드레스를 차려입은 카타리나가 따뜻한 웃음을 머금고 있었고, 그녀의 옆으로 머리를 뒤로 묶은 뮤스가 다정하게 서 있었다. 한데 뮤스는 깔끔하게 입은 하얀 셔츠 하나란히 놓으며 예전과는 전혀 다른 분위기를 풍기는 것이었다.

"완전 다른 사람이잖아! 누가 이 사람보고 뮤스라고 하겠어?"

"뮤스가 언제 이렇게 머리가 길었니?"

"이 녀석이 이렇게 괜찮게 생겼었나……."

폴린과 친구들이 감탄성을 지르고 있을 때 선배들에게 자리를 빼앗겨 사진을 볼 수 없었던 헤밀튼은 입을 삐죽 내밀었다.

"저도 보여줘요! 저도 보고 싶단 말이에요!"

하지만 사진에 정신을 빼앗긴 그들이 대답이 없자 그녀는 선배들의 몸 사이를 힘겹게 비집고 들어갔다. 원래 틈이란 것은 조금만 있더라도 밀어 넣으면 넓어지기 마련이었는데, 지금 역시 헤밀튼에 의해 비좁게 붙어 있던 그들의 사이가 벌어지고 있었다. 하지만 가녀린 몸으로 애를 쓰려니 금방 힘이 빠지려 하고 있었다.

"조금만 더 가면 되는데……."

집착이 강하면 길이 보인다는 말이 통하기라도 한 듯 선배들의 팔들 사이로 누군가가 들고 있는 사진이 보였다. 그것은 손을 뻗으면 충분히 닿을 거리였다. 이에 마지막 힘을 짜낸 헤밀튼은 팔을 쭈욱 뻗었고, 결국은 그 사진의 일부분을 잡을 수 있었다.

"야호! 이제 잡았다!"

큰 소리로 환성을 지른 헤밀튼은 재빨리 잡아챘는데, 사진이 누군가의 손끝에 걸리며 허전함이 느껴지는 것이었다. 곧 히안의 외침에 의해 그 느낌이 무엇인지 알 수 있었다.

"이런! 사진이 찢어졌어!"

선배들 사이에서 팔을 뺀 헤밀튼은 자신의 손에 들려 있는 사진 조각을 보았다.

"카, 카타리나 선배… 죄, 죄송해요! 저는 너무나 보고 싶어서……."

아무런 말 없이 헤밀튼에게 다가온 카타리나는 그녀의 손에 들려 있는 사진 조각을 보았다. 그 안에는 반쪽의 뮤스가 행복한 표정으로 웃고 있었는데, 마치 자신을 바라보며 웃고 있는 듯했다. 한참 동안 사진을 바라보며 아무런 말도 하지 않고 있던 카타리나는 떨리는 목소리로 친구들에게 말했다.

"나… 나 먼저 가볼게… 내일 봐……."

인사를 하며 급히 잔디밭에 있던 가방을 챙긴 그녀는 빠른 걸음으로 자리를 떠났다. 자리에 남은 그녀의 친구들은 서로의 얼굴을 보며 불안한 표정을 짓고 있었고, 사건의 원인이 된 헤밀튼은 폴린을 보며 울먹였다.

"폴린 선배… 저 어떡해요……."

"괘, 괜찮아. 그냥 사진이 실수로 찢어졌을 뿐인데 뭐. 그러니까 울지 마."

말은 그렇게 해주었지만 헤밀튼의 등을 두드려 주며 위로를 하던 폴린 역시 전신이 떨릴 정도의 불안감을 느끼고 있었다.

*　　　*　　　*

공사장의 밤만큼 한적한 곳은 찾아보기 힘들다. 하루의 피로에 전 일꾼들은 세상 모르게 잠에 들었고 접근하는 이들마저 없었기에 강가의 개구리 소리만이 요란하게 울리고 있었다.

공사장 부근의 숙소에서 잠을 자던 쿤도는 덜 깬 눈을 비비며 잠에서 깨어났다. 어려서부터 힘 하나에는 자신이 있었던 그는 여러 종류의 일터를 전전하며 생계를 이어 나가고 있었는데, 이번 실크로스 교의 공사 소식을 듣고 벨링으로부터 1,000켈리 이상 떨어져 있는 립츠하라는 곳에서 이곳까지 오게 되었다. 주변의 동료들은 그의 힘을 보며 용병 일을 권유하기도 했지만 전쟁이 일어나지 않는 한 크게 돈을 벌 수 있는 것도 아니었기에 오히려 안전하고 일한 만큼 돈을 벌 수 있는 이 일을 고수하고 있었다.

"제길, 어제 많이 먹고 자는 게 아니었는데. 아… 속이 안 좋은걸."

쿤도는 자기 전에 급하게 먹은 고기가 화근이 되었는지 배가 아파옴을 느끼며 간이 침대에서 몸을 일으켰다. 그리고 상당히 급했기에 한시라도 빨리 일을 봐야겠다고 생각한 그는 바지춤을 추키며 밖으로 나갔다.

밖으로 나온 쿤도는 마땅한 곳을 살폈다. 물론 숙소 근처에서 일을 볼 수도 있었지만 작업을 하던 동료들이 밟을 가능성도 있었고 냄새 또한 간과하고 넘어갈 수 없었기에 의외로 일을 볼 수 있는 곳이 한정적임을 깨달았다. 잠시 생각을 해보던 그는 숙소로부터 50멜리가량 떨어진 강가를 바라보았다.

"흐흣, 일을 보고 대충 강으로 밀어 넣으면 되겠지 뭐."

이제야 마땅한 장소를 정한 그는 서둘러 강가로 움직였다.

강가에 도착한 쿤도는 급히 바지를 내렸다. 거의 동시에 우악스러운 소리를 내며 그의 속을 뒤집고 있던 원인물들이 뿜어져 나오고 있었는데, 배설의 즐거움을 느끼고 있는 쿤도는 아주 만족한 표정을 지었다. 잠시 후 일을 마친 쿤도는 배설물을 나무토막으로 밀어 강물 쪽으로 밀어 넣으며 마무리를 지었고, 손을 강물에 몇 번 헹군 그는 콧노래를 부르며 다시 숙소로 돌아가기 시작했다.

침대에 대한 그리움에 발걸음을 재촉하던 쿤도는 문득 발걸음을 멈췄다. 확실하지는 않았지만 어디선가 사람의 목소리가 들렸기 때문이다.

"웅? 이게 무슨 소리지?"

다른 일꾼이라고 생각하기도 했지만 눈으로 확인해야지만 상황을 믿는 사람의 심리 때문인지 자연스럽게 소리가 나는 곳으로 걸었다. 실크로스 교의 바로 아래까지 온 쿤도는 눈을 얇게 뜨며 주변을 살펴보았다. 하지만 분명히 기척이 있었음에도 불구하고 사람의 모습은 찾아볼 수가 없었다.

"흠, 분명히 소리가 났는데. 이상하단 말이야……."

슬쩍 고개를 돌리던 쿤도는 교대의 앞에 눈에 익숙지 않은 구덩이가 나 있음을 발견했다.

"저런 것이 있었나? 분명히 내가 숙소로 돌아올 때만 해도 없었는데……."

의아한 생각에 그곳으로 다가간 쿤도는 구덩이의 안쪽으로 머리를 들이밀었다. 깊이는 상당히 깊어서 3멜리는 족히 되어 보였다.

"아무래도 심상치 않군. 교대 공사는 다 끝나서 이곳을 팔 이유가 없는데 말이야. 보고를 해야겠는걸?"

흙이 묻은 무릎을 털며 몸을 일으키려 할 때였다. 고개를 들던 쿤도는 뒷덜미가 화끈해지는 느낌을 받으며 그 충격으로 눈앞이 노랗게 보이고 있었다. 남은 힘을 다해 몸을 돌린 그는 자신의 목덜미를 강타한 인물을 볼 수 있었지만 그가 누구인지는 알지 못했다.

털썩!

땅바닥에 쓰러져 있는 쿤도의 주변에는 세 명의 인물이 서 있었다.

그중 한 명은 마법사 길드의 망디슈였고, 나머지 둘은 그를 찾아와 매쉬라스 후작의 편지를 전했던 인물이었다. 그중 한 명이 쓰러져 있는 쿤도를 응시하더니 그의 몸뚱이를 발로 차 웅덩이로 밀어 넣었다.

"제길, 이 녀석도 운이 정말 없군. 그냥 잠이나 자고 있을 것이지."

"훗! 어차피 이곳에서 죽으나 숙소에서 잠을 자다가 깔려 죽으나 그게 그것 아닌가?"

둘의 대화를 듣고 있던 망디슈는 아무런 말 없이 망토 안에 손을 넣어 무엇인가를 꺼냈다. 그의 손이 망토에서 빠져나오는 순간 은은한 푸른빛이 그들의 얼굴을 밝히기 시작했다. 그것을 황홀한 표정으로 한동안 바라보던 망디슈는 숨결이라도 그것에 닿지 않게 하려는 듯 조심스럽게 입을 열었다.

"준비한 상자를 열어서 가지고 오게."

그의 말에 사내 중 한 명이 교대의 벽 아래에 내려놓은 가방에서 흰색의 상자를 꺼냈다. 그것을 가지고 온 사내는 천천히 열며 망디슈의 앞으로 내밀었는데, 상자의 안쪽에는 폭신한 솜이 가득 깔려 있었다. 그것을 받아 든 망디슈는 상자 안으로 푸른빛이 도는 수정을 끼워 넣으며 뚜껑을 덮었다.

"크큭. 잘 자거라, 아가야."

섬뜩한 분위기를 풍기는 말을 마친 그는 상자를 구덩이 안으로 떨어뜨렸고, 자신의 행동을 지켜보고 있는 사내들에게 고갯짓을 했다.

"어서 대충 흙을 덮게나. 그리고 될 수 있는 한 이곳에서 멀리 떨어지는 것이 좋을 거야."

사내 중 한 명이 흙을 한 삽 퍼 넣으며 물었다.

"매쉬라스 후작님께서 이것이 다른 마법사에게 발각될 일은 없냐고 물으시더군. 왜 그런 것 있잖소? 마법사들이 마나를 탐지하거나 그런 것 말이야."

그의 말을 듣던 망디슈는 나직한 탄성을 지으며 말했다.

"호오! 제법 치밀한 후작님이시군 그래. 하지만 나 망디슈를 너무나 우습게 봤군. 저 수정구는 예전에 말했다시피 불안정한 마나를 담고 있지. 그러니 터진다 하더라도 불안정한 마나는 빠른 속도로 흩어지며 힘을 방출하기 때문에 아무런 소리도 없고 아무런 마나의 흔적도 남지 않아. 바로 대기 중으로 흡수되어 버리거든. 내가 괜히 저 녀석을 좋아하는 줄 아나?"

마법에 대해 알 리가 없는 사내가 그의 말을 이해할 리 없었지만 걱정을 말라고 하니 그럴 수밖에 없었다.

"그럼 마저 일들 하게. 나는 이만 가볼 테니."

말을 마친 망디슈는 몸에서 빛을 뿜으며 급격히 작아졌고 결국에는 까마귀의 모습으로 완전하게 변했다. 날갯짓을 몇 차례 하던 까마귀는 사내들에게 눈길을 한번 주곤 높이 날아올라 어두운 하늘로 사라져 버렸다. 망디슈가 사라지는 것을 보던 사내들은 흙을 한 삽 퍼서 구덩이로 던지며 말했다.

"힘든 일은 다 시켜먹고 가버리는군. 아무튼 마법사란 녀석들은……."

"호훗, 그래도 걱정 말게. 저 녀석도 이번 일이 끝나면 저렇게 날아다니는 것도 마지막일 테니."

사내들의 삽은 점점 바쁘게 움직이기 시작했다.

뮤스는 아무것도 없는 벌판에 서 있었다. 오히려 언덕이라도 있었으면 좋았다. 언덕이라는 것은 그 너머의 세상을 기대하게 하는 묘한 힘을 가지고 있기에. 하지만 그조차도 없었다. 지평선까지 보이는 넓은 벌판에 있는 것이라곤 그가 밟고 서 있는 땅의 모래뿐이었다. 그렇게 모든 것이 보이기에 아무것도 느낄 수 없는 곳에 그는 서 있었다.

두려움? 차라리 두려움이라면 좋았다. 그저 한순간 떨면 되는 것이니 이보다는 좋았다. 절망? 차라리 절망이라면 좋았다. 다시 용기 내어 이겨내면 되는 것이니 이보다는 좋았다. 하지만 지금 그는 아무것도 느낄 수 없었다. 아무것도 느낄 수 없었기에 견딜 수 없는 답답함이 가슴으로부터 올라오고 있었다. 소리를 질러 보아도 돌아오는 것도 없었고, 달려보아도 변한 것이 없었다. 생의 마지막이 이런 것일까……. 그는 지금 이것이 평소의 악몽이라면 하늘에라도 감사할 수 있을 것 같았다. 제발 이 아무것도 없는 곳에서 벗어나길 간절히 바라고 또 바랐다.

잠을 자던 켈트는 이상한 기분을 느끼며 눈을 떴다. 한번 잠을 자면 누가 업어가도 모르는 자신의 잠버릇을 잘 알고 있던 켈트는 잠자는 중간에 깼다는 것에 대해 스스로 의아하게 생각하고 있었다.

"흠… 이것이 무슨 일이지? 아직 새벽인 것 같은데……."

잠에 대한 아쉬움에 베개에 머리를 파묻고 다시 잠을 청하려 했지만 지금 막 깨어난 것 같지 않게 정신이 맑았다. 이리저리 뒤척거리던 켈트는 잠 자는 것을 포기하며 머리맡에 올려져 있는 소형 전등의 스위치를 눌렀다.

팟.

소형 전등에 불이 들어오며 눈부심을 느꼈다. 손을 펼쳐 눈 주변을 가린 켈트는 베개를 세우며 몸을 기대었다. 오늘따라 옆 자리에서 잠을 자고 있는 뮤스도 악몽을 꾸지 않는 듯 조용했다. 이상한 우연으로 인한 뮤스와의 만남을 한번 회상해 보던 켈트는 그동안 있었던 일들을 떠올리며 웃기도 하고 심각해지기도 했다. 하지만 그동안 잊지 못할 즐거움을 경험한 것은 틀림이 없었다

"끌끌, 묘한 매력을 가지고 있는 녀석이야."

혼자만의 생각에 빠져 있던 켈트는 문득 뮤스의 얼굴을 살폈다. 한데 무슨 일인지 뮤스의 감긴 눈가로 눈물 줄기가 흐르고 있는 것이 아닌가! 심상치 않다고 생각한 켈트는 뮤스의 몸을 흔들었다.

"뮤스, 일어나 봐."

처음에는 일어날 줄 모르는 채로 눈물만 흘리던 뮤스는 천천히 눈을 떴다.

"켈트 아저씨?"

뮤스의 동공에 켈트의 모습이 잡히자 그는 불현듯 몸을 일으키며 켈트에게 와락 안겼다. 갑자기 일어난 일에 조금 당황하긴 했지만 자신의 품에 안긴 채 흐느끼고 있는 뮤스를 떼어낼 수는 없었기에 등을 두드려 주며 그대로 있었다. 뮤스의 흐느낌이 조금씩 안정되어 가자 켈트는 물었다.

"오늘도 악몽을 꾼 거냐?"

그의 물음에 뮤스는 잠시 꿈에 대해 생각해 보는 듯했다.

"대체 무슨 꿈이었는지 모르겠어요. 하지만 아무것도 없었어요⋯ 주변을 둘러봐도 아무것도 없었어요. 그리고 뭘 해야 할지도 몰랐어요."

켈트로서는 도무지 이해가 가지 않는 말이었다. 그때였다.

쾅! 쾅! 쾅!

"뮤스 군, 케르히트님, 안에 있습니까?!"

뮤스의 마음이 채 가라앉기도 전에 복도로부터 소란스러운 소리가 들려오기 시작했다. 시몬의 목소리였다. 켈트의 품에서 몸을 일으킨 뮤스는 눈가로 흐른 눈물을 소매로 훔치며 외쳤다.

"네! 들어오세요!"

동시에 문이 거칠게 열리며 시몬을 비롯한 토목가 몇 명이 다급한 표정을 한 채 방으로 들어왔다.

"큰일 났네! 갑자기 새벽에 강진이 발생해 제1분리교판이 무너져 내려 교대가 크게 함몰됐어!"

시몬이 가지고 온 충격적인 소식은 뮤스의 정신을 번쩍 들게 했다. 그중 교대가 무너졌다는 말을 들은 뮤스는 실크로스 교 주변의 정경을 더듬어봤고 가장 먼저 일꾼들의 숙소를 떠올렸다.

"그렇다면 숙소의 일꾼들은 어떻게 되었습니까?"

뮤스의 물음에 시몬은 대답을 꺼리고 있었다.

"그것이… 교대가 무너지면서 그 잔해들이 숙소를 덮쳐 일꾼들이 모두 그곳에 파묻힌 상태라네."

시몬의 말을 듣던 뮤스는 얼굴이 딱딱하게 굳음과 동시에 하얗게 변해가고 있었다. 새파랗게 변한 그의 입술은 조금씩 움직이려 애를 쓰는 듯했지만 아무런 목소리도 나오지 않고 있었다. 뮤스가 너무나 큰 충격에 정신을 차리지 못하자 켈트는 그의 상태를 살피며 시몬에게 외쳤다.

"이런 젠장할! 지금 당장 실크로스 교로 갈 준비를 해주게! 뮤스가 정신을 차리는 대로 그곳으로 이동하도록 하지!"

"아, 알겠습니다, 케르히트님!"

켈트를 향해 대답한 시몬은 자신의 뒤에 서 있던 토목가들에게 급히 지시를 내렸다.

"자네들은 사상자들에 대한 구조 요청을 하게! 나는 그쪽으로 갈 채비를 할 테니!"

"네, 그렇게 하겠습니다!"

시몬과 토목가들이 자신이 맡은 일을 하기 위해 방에서 급히 나가자 방 안에는 공허한 기운만 감돌고 있었다. 켈트는 멍하니 허공을 바라보고 있는 뮤스를 향해 물었다.

"뮤스, 움직일 수 있을 것 같아?"

그의 물음에 아직도 정신을 차리지 못한 듯 창백한 얼굴을 하고 있던 뮤스가 고개를 끄덕였다.

"네… 제, 제가 가봐야죠. 제가 그들을 책임지는 책임자인데……."

어린 나이에 큰 충격을 받았음에도 끝까지 책임을 지려는 뮤스의 모습에 켈트는 마음이 착잡해짐을 느꼈다. 세월의 흔적이 고스란히 남아 있는 켈트의 거친 손이 뮤스를 일으켰다.

"그럼 어서 가자꾸나. 사람들이 우리를 기다린다."

"그래야죠……."

대답을 하며 나갈 채비를 하던 뮤스의 눈에는 꿈속의 장면들이 아른거리며 맺히고 있었다.

60장 처벌

시몬으로부터 사고 보고를 받은 지 채 30분이 지나지 않아 뮤스와 켈트는 사고 현장에 도착할 수 있었다. 잔해로부터 나온 먼지가 아직도 가시지 않아 시야를 뿌옇게 만들었고, 이곳저곳에서는 사람들의 비명성이 이어지고 있었다. 지금 사고 현장에는 먼저 온 사람들이 구조 작업을 펼치고 있었는데, 이 주위에서 살고 있는 주민들부터 시작하여 황궁에서 달려온 근위병, 그리고 다른 곳에서 잠을 자고 있던 일꾼들이 섞여 있었다.

그들은 하나같이 다급한 기색으로 잔해에 깔린 사람들을 구해내고자 안간힘을 쓰고 있었다. 그중 몇 명은 잔해에 깔리지 않은 전뇌거중기를 사용하여 잔해를 들어 올리고 있었지만 전뇌거중기의 숫자가 너무나 적었고 움직이는 속도 역시 늦어 이렇다 할 효과를 내지 못하고 있었다.

그 모습을 보던 뮤스는 지체없이 사고 현장으로 뛰었다. 그의 머리에는 그저 한 명이라도 더 구해야 한다는 생각이 가득 차 있었고 귓가에 울리는 비명 소리는 그의 초조함을 더욱 자극하고 있었다.

"으아아악! 내 다리!"

뮤스가 밟고 지나간 거대한 양회덩어리 안에서 사람의 목소리가 들려오고 있었다. 그것을 듣고 움직이는 것을 멈춘 뮤스는 양회덩어리를 잠시 살폈고 틈새로 손을 집어넣은 후 뇌공력을 끌어올렸다. 하지만 육중한 양회는 그를 비웃는 듯 꿈쩍도 하지 않았다.

"제길! 움직이란 말이야!"

뇌공력을 더욱 끌어올려 봤지만 무심한 양회덩어리는 아주 조금씩 움직일 뿐이었다. 그가 양회덩어리를 올리려 애쓰고 있을 때 뒤따라온 켈트와 시몬이 두꺼운 철근을 가지고 와 틈에 끼워 넣고 그를 거들자 그제야 양회덩어리를 옆으로 움직일 수 있었다. 양회덩어리를 옆으로 치우자 그 아래로 처참한 모습의 일꾼 한 명이 신음을 토하고 있었다.

그는 잠결에 이런 봉변을 당했는지 등의 밑으로는 먼지가 가득 낀 이불이 널려 있었으며 조각난 침대 파편이 그의 허벅지를 관통하고 있었다. 하지만 목숨에는 지장이 없어 보였기에 대충의 응급조치를 끝낸 뮤스와 켈트, 그리고 시몬은 또 다른 비명이 들려오는 곳으로 급히 몸을 움직이고 있었다.

구조 작업을 벌인 지 두 시간 정도가 지나자 구조 작업을 하던 사람들은 거의 탈진을 한 모습이었지만 한 명이라도 더 살려야 한다는 생각에 무겁기 그지없는 몸을 움직이고 있었다.

뮤스 역시 마찬가지였다. 뇌공력이 거의 바닥나 버리자 몸은 물먹은 솜덩이마냥 늘어졌고 여기저기 상처가 난 손은 들어 올리기조차 힘들었다. 하지만 아직 비명 소리가 들려오고 있었기에 결코 주저앉을 수 없었다.

그의 옆에서 구조 작업을 돕던 켈트 역시 지렛대를 이용해 보려 했지만 손아귀의 힘은 이미 풀린 지 오래였다.

따가닥! 따가닥! 따가닥!

그들이 체력의 한계를 느끼고 있을 때였다. 멀리서부터 말발굽 소리가 들려오기 시작했는데, 강의 뚝 위로 말을 탄 100여 명의 병사들이 서 있었다. 그들은 벨링 시의 외곽 수비를 위해 주둔 중인 기마대였는데 이곳의 사고 소식을 듣고 뒤늦게나마 달려온 것이다.

그들이 말에서 내려 사고 현장으로 뛰어들기 시작하자 그것을 보던 뮤스는 다시 한 번 힘을 내며 이미 바닥에 가까운 뇌공력을 끌어올리고 있었다.

동이 터오기 시작하며 구조 작업의 손놀림은 뜸해지기 시작했다. 비교적 잔해의 위쪽에 깔린 사람들은 대부분 구했으나 안쪽에 깔린 사람들은 살아 있을 가능성이 희박해 보이는 데다가 지금의 상황에서는 두껍게 쌓인 잔해를 치울 방도조차 없었다. 그에 어쩔 수 없었던 기마대의 병사들은 지금껏 구해낸 사람들이라도 치료를 하기 위해 애를 쓰고 있었다.

뮤스와 켈트는 넋이 나간 사람마냥 무너진 잔해를 바라보고 있었다.

뮤스는 무려 100여 명에 가까운 일꾼들을 한순간에 집어삼킨 잔해를 보며 몸서리치고 있었는데, 근육이 풀린 그의 어깨가 떨리기 시작하자 켈트는 그의 어깨를 굳게 잡아주고 있었다. 뮤스는 떨리는 목소리로 힘없이 입을 열었다.

"아, 아저씨… 이제 어떻게 해야 하죠? 절대 지진이 일어날 리가 없었어요! 숙소로 돌아오기 전에 지진계도 틀림없이 확인해 봤다고요!"

뮤스는 눈앞에 보이는 이 처참한 모습을 인정하기가 힘든 모습이었는데, 그럴수록 켈트는 착잡한 마음을 감출 길이 없었다.

"뮤스, 자연은 우리들의 힘으론 예상할 수가 없는 것이란다. 이것은 네 잘못이라고 할 수 없어."

켈트의 위로를 듣고 있는 뮤스는 더 이상 아무런 말도 하지 못했다. 이렇게 서 있는 그들의 주변으로 시몬을 위시한 토목가들이 힘없는 발걸음으로 다가오고 있었다.

그들 역시 뮤스나 켈트와 마찬가지로 밤새 계속된 구조 작업에 녹초가 된 모습이었다. 하지만 육체의 피곤함보다는 동료들을 한순간에 잃은 충격이 훨씬 더 크게 작용한 듯했다. 이 방면에 오랜 경험을 가지고 있던 그들도 이렇게 참혹한 일은 생전 경험해 본 적이 없었기 때문이다. 켈트와 뮤스의 얼굴을 한 번씩 살피던 시몬이 켈트를 향해 입을 열었다.

"켈트님, 이제 어떻게 해야 할까요?"

그는 자연스럽게 켈트에게 의견을 묻고 있었는데, 이런 상황에서는 뮤스보다 켈트가 더욱 믿음직스럽게 느껴지고 있었기 때문이다. 사고 현장을 한번 둘러본 켈트는 고개를 가로저으며 답했다.

"지금 이곳에서 우리가 할 수 있는 일은 아무것도 없네. 일단 황궁에 보고를 하고 기다릴 수밖에. 그동안 기마대의 병사들과 함께 부상자들 치료나 좀 도와주도록 하게."

"네, 알겠습니다."

시몬이 토목가들을 이끌고 물러가자 켈트는 뮤스의 얼굴을 보며 걱정스러운 듯한 표정을 보이고 있었는데, 사상자들도 사상자들이었지만 이번 일로 가장 큰 상처를 입을 뮤스가 크게 걱정되었기 때문이다.

잠을 덜 깬 귀족들이 비상 연락을 받고서 제4공식 회의실로 모여들고 있었다. 30여 명은 족히 마주 앉을 만한 크기의 테이블이 회의실 대부분의 공간을 차지하고 있었는데 가장 상석에는 표정없는 석고상마냥 딱딱하게 굳은 얼굴을 하고 있는 황제가 앉아 있었고 그의 옆에는 가비르 재상이 앉아 연락을 보낸 귀족들이 모두 모이길 기다리고 있었다.

연락을 보낸 지 한 시간 정도가 지나서야 귀족들이 모두 모일 수 있었는데, 그중에는 매쉬라스 후작과 그를 따르는 여러 귀족들이 포함되어 있었다. 그들은 무슨 영문인지 모르겠다는 듯이 황제와 가비르 재상의 얼굴을 살피고 있는 중이었다. 귀족들을 둘러본 가비르 재상은 황제를 대신하여 입을 열었다.

"여러분들을 이른 아침부터 이곳에 모이게 한 이유는 다름 아닌 실크로스 교에 사고가 발생했기 때문입니다. 오늘 새벽에 일어난 갑작스러운 지진에 의해 공사 중이던 분리교판이 내려앉고 교대가 크게 무너져 내리는 참사가 일어나게 되었습니다."

그의 말을 듣고 있던 귀족들은 너무나 갑작스러운 소식에 서로의 얼굴을 보며 믿기지 않는 표정을 짓고 있었는데, 그들에게 쉴 틈도 주지 않은 가비르 재상은 더욱 참담한 소식을 전하고 있었다.

"그로 인해 교대 근처의 숙소에서 잠을 자고 있던 일꾼들 100여 명이 숙소와 함께 무너져 내린 교대의 잔해에 뒤덮여 버렸습니다. 인근의 주민들과 황궁의 근위병, 그리고 벨링 근교에서 훈련을 하던 수도 경비대대의 기마대가 출동하여 구조 작업을 펼쳤지만 단 21명만이 구조되어 치료를 받고 있을 뿐 나머지는 아직도 잔해의 아래에 묻혀 있는 상태입니다."

전쟁이 종식된 이후 이렇게 많은 수의 사상자가 나온 사건이 없었는데, 이것은 사고라 말하기보다 재앙이라고 말하는 편이 나을 정도였다. 그의 이야기를 듣고 있던 매쉬라스 후작이 짐짓 분노한 표정을 지으며 외쳤다.

"아니, 세상에 이런 일이 생기다니! 당장 책임자에게 이 일에 대한 책임을 물어야 합니다! 사상자가 100명이라니요! 제가 살아오면서 이 정도의 참담한 참사는 보지도 듣지도 못했습니다!"

그의 옆에 앉아 있던 귀족들 역시 언성을 높이기 시작했다.

"아니, 지진에 견디기 위한 교량을 짓는 것이 그 뮤스인가 하는 작자의 일이었는데, 지진 때문에 무너지다니요! 어헛… 말이 안 나옵니다! 또 그만한 위험을 가지고 있는 일이었다면 숙소의 위치가 현장으로부터 충분한 거리를 가지고 있어야 했던 것이 아닙니까? 그런데 그런 생각조차 가지고 있지 않았으니… 그런 이에게 총책임을 맡긴 것부터가 잘못된 것이었습니다!"

"그렇습니다! 애초부터 분리교판이다 뭐다 해서 이상한 행동을 할 때부터 알아봤어야 했습니다! 그렇게 불안정한 교체를 만들어놨으니 지진에 무너지지 않고 견디겠습니까?"

여기저기서 흘러나오기 시작하는 귀족들의 원성은 이대로 가다가는 끝이 없어 보였는데, 그렇지 않아도 뮤스에 대해 나쁜 감정이 쌓인 귀족들이 거슬릴 것 없이 말을 하고 있는 것이었다. 그들의 말을 조용히 듣고 있던 황제는 더 이상 두고 볼 수 없었는지 손으로 탁자를 치며 외쳤다.

꽝!

"다들 조용히 하십시오! 지금 누구의 잘못인가를 따지는 것보다 사고의 뒷수습이 중요한 것이 아닙니까? 책임자에 대한 책임 추궁은 그 이후에 할 테니 그렇게들 아세요!"

하지만 매쉬라스 후작은 그대로 받아들일 수 없는 입장을 표명했다.

"폐하! 하지만 뮤스라는 작자가 언제 책임을 회피하여 도주할지 모르는 일이 아니겠습니까? 그러니 그를 잡아들이고 보는 것이 우선이라고 생각합니다!"

"나는 뮤스 군을 잘 알고 있습니다! 그는 결코 자신의 잘못을 회피할 인물이 아니라고 확신하오!"

황제가 강경하게 밀고 나오자 매쉬라스는 생각을 바꾸어 이번에는 귀족들을 바라보며 말을 했다. 그들의 동의를 얻는다면 황제라 하더라도 그 힘을 무시할 수 없었기 때문이다.

"폐하께서는 공과 사를 확실하게 구분하셔야 합니다! 뮤스 군이 폐하의 목숨을 구해준 것과 대관식에 큰 공을 세운 것은 인정합니다만, 실크로스 교의 사고는 그에 못지 않은 중요한 일입니다!"

말을 마치자 매쉬라스와 눈이 마주친 귀족들은 고개를 끄덕이고 있었다. 그가 이렇듯 집요하게 파고들자 어찌할 바를 모르던 황제는 가비르 재상을 바라보며 도움을 청했다. 하지만 가비르 재상이 보더라도 이번 일은 쉽게 넘어갈 만한 일이 아니었기에 그들의 의견을 수렴하라는 뜻으로 고개를 끄덕이고 있었다. 가비르 재상마저 그렇게 나오자 황제는 어쩔 수 없이 매쉬라스 후작의 의견을 받아들일 수밖에 없었다.

"좋소… 뮤스 군을 잡아들이도록 하시오."

황제가 허가를 내리자 매쉬라스 후작은 남몰래 득의의 미소를 짓고 있었다.

뮤스는 켈트와 함께 젠타카 강가에 앉아 있었다. 더 이상 할 수 있는 일이 없어지자 그저 사고 현장을 바라볼 수밖에 없었던 그들은 이 모든 것을 황궁에 보고한 채 지시를 기다리는 중이었다.

지금 뮤스는 이번 일의 실패와 그에 의해 수많은 사상자들이 생겨났다는 충격에 이미 혼백이 반쯤 나간 상태였다. 오래전부터 아무런 말도 하지 않고 있는 뮤스를 바라보던 켈트는 무슨 말이라도 해줘야 한다고 생각했지만 이런 상황에서 마땅한 위로의 말이 생각나지 않고 있었다.

그들이 암담한 현실을 직접 목도하고 있을 때 등 뒤로부터 금속이 부딪치는 소리가 나며 귀에 익숙한 목소리가 들려오기 시작했다.

"뮤스 군, 이곳에 있었군."

켈트가 그 목소리에 고개를 돌려보니 프라이어 대장이 그의 부하들과 함께 서 있는 것이었다.

"자네는 프라이어 대장이 아닌가? 한데 이런 곳에는 왜……?"

의아한 듯한 목소리로 켈트가 묻자 잠시 난처한 표정을 짓던 프라이어 대장은 그의 시선을 피하며 말했다.

"유감이지만, 저희는 뮤스의 연행 명령을 받고 이곳에 왔습니다. 죄명은… 특수 직무 과실입니다."

연행이라는 말을 들은 켈트는 분위기가 심상치 않게 돌아가고 있다는 것을 느꼈다. 사실 뮤스의 책임 하에서 이런 사고가 일어난 이상 그에 대한 책임을 추궁받을 것이라고 예상은 하고 있었지만 이렇게 빨리 이루어지자 납득하기 힘들었다.

"벌써부터 뮤스에 대한 연행 명령이 내려졌나? 아직 사고의 뒷수습도 끝나지 않은 상태에서? 그리고 이건 천재지변으로 인한 사고인 이상 뮤스에게 모든 책임을 물을 수도 없는 일 아니겠는가? 게다가 지금 뮤스는 정신도 못 차리고 있는 상태란 말일세!"

하지만 프라이어 대장이 어쩔 수는 없었다. 명령을 따를 수밖에.

"죄송합니다. 천재지변으로 인해 일어난 일인 점은 저도 알고 있습니다. 물론 천재지변으로 인해 물질적 손해만 발생했다면 이러한 처사가 내려지지 않았을 겁니다. 하지만 인명 피해의 예상 규모가 너무나 엄청난 것이라서……."

"결국은……."

켈트 역시 그 사실에 대해서만큼은 무엇이라 부정할 수 없었기에 조용히 길을 비켜줘야만 했다. 프라이어 대장과 그의 부하들은 켈트를 지나 뮤스에 다가갔고, 가볍게 그의 팔을 잡으며 말했다.

"미안하네. 이렇게밖에 할 수 없는 나를 이해해 주게나."

하지만 뮤스는 그의 말이 들리지도 않는지 여전히 멍한 표정으로 무너져 내린 실크로스 교의 잔해에 시선을 고정할 뿐이었다.

자신의 집무실로 돌아온 가비르 재상은 책상에 앉아 걱정스러운 표정으로 한 사람의 얼굴을 떠올리고 있었다. 다름 아닌 뮤스의 누나인 크라이츠였다. 만약 일이 잘못되어 뮤스가 처벌을 받게 되면 엄청난 힘을 행사할 수 있는 드래곤인 그녀가 어떻게 대응해 올지 예측하기 힘들었기에 여러 가지로 추측을 해보는 중이었다.

벌컥!

박차고 들어오는 문소리를 들은 가비르 재상은 그 주인공이 누구인지 대충 짐작을 하고 있었다. 차마 얼굴을 볼 수 없었던 가비르 재상은 이마를 매만지며 말했다.

"어서 오십시오, 크라이츠님."

인사를 마친 가비르 재상은 소리 지를 그녀의 반응을 대비라도 하듯 입술을 살짝 깨물었고, 그의 예상대로 귀청이 떨어질 만큼 큰 외침 소리가 들려왔다.

"지금 그 따위 말이 입에서 나오나요, 가비르! 왜 뮤스가 연행이 되어야만 했는지 해명이나 해봐요!!"

갑자기 찾아온 편두통을 느끼며 자리에서 몸을 일으킨 가비르 재상은 크라이츠를 소파로 안내했다.

"조금만 침착하고 제 이야기 좀 들어봐 주시죠."

"다른 말은 몰라도 지금 나에게 침착하라는 밀은 통하지 않으니 기대하지 않는 것이 좋을 거예요!"

"죄송합니다. 잠시 좀 앉으시죠."

가비르 재상의 얼굴을 한번 쏘아본 크라이츠는 그의 부탁대로 소파에 앉았고 가비르 역시 맞은편 소파에 앉았다. 그리곤 손을 모으며 입을 열었다.

"지금 크라이츠님께서 흥분하시는 것은 이해합니다. 하지만 이번 일은 저희도 생각지 못했던 일이라 얼떨떨한 기분입니다."

몇 마디의 말을 듣던 크라이츠는 싸늘한 목소리로 입을 열었다.

"사설은 다 빼고 말하세요. 그런 말을 듣다가 언제 내가 폭발해 이 곳을 쑥대밭으로 만들지 모르니까요."

크라이츠의 말에 목이 타옴을 느낀 가비르 재상은 그녀의 말대로 사설을 빼고서 이야기하기 시작했다.

"좋습니다. …새벽 무렵 갑자기 찾아온 지진에 의해 실크로스 교가 내려앉는 사고가 발생했습니다. 하지만 물질적인 손실뿐이라면 큰 상관이 없겠습니다만 무려 100명이 넘는 일꾼들이 그 잔해 밑에 깔려 버리게 되면서 엄청난 사상자가 발생하게 되었습니다. 일단 이런 공사에서 인명 피해가 일어나면 크든 작든 간에 일단 그 책임을 책임자에게 묻는 것이 보통인데, 지금과 같이 엄청난 사상자를 낸 사고에 대해서는 귀족들이 연행을 요청한다 해도 뭐라고 할 말이……."

그의 말을 듣던 크라이츠는 문득 말꼬리를 자르며 따지듯이 물었다.

"아무도 예측 못한 지진이 발생해서 생긴 책임을 왜 우리 뮤스가 물어야 하는 거죠?"

가비르 재상은 그녀의 물음에 소파 테이블 아래에 깔려 있는 실크로스 교 공사 현장의 지도를 짚으며 대답했다.

"이것을 한번 봐주시죠. 이곳이 교대 부근이고 이것이 교각입니다. 한데 일꾼들의 숙소는 교각으로부터 얼마 떨어지지 않은 이곳에 마련되어 있었습니다."

"그것이 어떻다는 것이죠?"

"후우~ 이번 귀족들이 모여 회의를 하는 과정에서 바로 숙소의 위치 문제가 제기되어 나온 것이었습니다. 이 숙소는 유난히 교대의 위치와 가깝게 붙어 있는데, 뮤스 군과 함께 일하던 토목가들에게 물어본 결과 우천 시 강물이 불어날 것을 예상해 뮤스 군이 직접 이곳에 숙소를 잡았다고 합니다. 그때 당시엔 상당히 적당하다고 생각될 거리를 유지하고 있었다고 하더군요. 하지만 교대가 숙소 쪽으로 이렇게 완전히 넘어갈 것이라고 누가 예상을 했겠습니까."

사고가 일어난 일의 전말을 들은 크라이츠는 냉정을 되찾고 있었다.

"흠… 그렇게 된 일이었군요. 그럼 인간의 법상으로는 뮤스에게 이 사고의 책임을 묻는 것이 합당한 이야기인가요?"

대답 대신 가비르 재상은 고개를 끄덕일 뿐이었다. 그녀의 모습을 잠시 살피던 가비르 재상이 조심스럽게 물었다.

"크라이츠님은 이제 뮤스 군의 일에 대해 어떻게 대처할 생각이십니까?"

잠시 생각을 해보던 크라이츠는 평소의 안색을 유지하며 말했다.

"드래곤이 인간의 역사에 직접적으로 간섭할 수 없음을 잘 아는 사람이 왜 묻죠? 뮤스가 인간인 이상 자신의 잘못에 대해서는 인간의 법대로 처벌을 받아야겠죠."

가비르는 중립적인 크라이츠의 태도에 내심 안도를 하고 있었지만 또 다른 한편으로는 크라이츠에 대해 섬뜩한 느낌을 받고 있었다. 방금 전만 하더라도 뮤스의 일에 대해 앞뒤 따지지 않고 행동하던 그녀가 인간과 드래곤이라는 경계 사이에서 이렇게 냉정하게 판단을 내리고 있기 때문이었다. 그리고 어찌 보면 자신도 그 인간과 드래곤이라는 경계 사이에서 상처를 입은 사람이라는 생각을 하며 가슴이 착잡해짐을 느꼈다.

매쉬라스 후작은 한 손에 와인 잔을 들고서 열린 창을 통해 세상을 내려다보고 있었다. 상쾌한 봄의 밤바람은 향기롭게 느껴지고 있었는데, 골치를 썩던 뮤스에 대한 일이 잘 진전되어져 가자 몇 년은 더 젊어진 기분을 느끼고 있었다. 그러다 문득 와인 잔을 떨어뜨린 그는 오장육부를 모두 토해 버릴 것만 같은 탁한 기침을 해댔다.

"콜록! 콜록! 크윽……."

입을 가리고 있던 매쉬라스 후작이 손을 펴보자 손아귀에는 붉은 포도주만큼이나 검붉은 피가 고여 있었다. 그것을 측은한 표정으로 바라보던 그는 고개를 저으며 혀를 찼다.

"쯔쯧, 벌써부터 몸이 말을 듣지 않기 시작하는 것인가? 아직 이루어야 할 것이 많은데… 하지만 난 물러서지 않아! 내 생명이 모두 타버리는 그날까지 난 내가 할 수 있는 한 모든 욕망을 충족할 것이다! 그것이 바로 인간의 궁극적인 삶의 목적이니까!"

피가 끓는 듯한 그의 목소리가 창을 타고 세상으로 퍼져 나가고 있었다.

똑똑!

수건으로 손에 묻은 각혈을 닦아내던 매쉬라스 후작은 목소리를 가다듬으며 외쳤다.

"흠흠… 들어오게!"

문이 열리면서 실크로스 교를 붕괴시켰던 사내 중 한 명이 들어오고 있었다. 그의 얼굴을 바라보지도 않은 매쉬라스 후작은 새로운 와인 잔에 와인을 부으며 물었다.

"망디슈는 잘 처리했나? 애를 좀 먹었을 텐데."

그의 물음에 사내는 자랑하듯 대답했다.

"저희가 누구입니까? 매쉬라스 후작님의 심복 아닙니까. 녀석이 까마귀로 변해 달아나려 해서 잡는 데 힘들기는 했지만 깨끗하게 처리했습니다. 물론 증거가 될 만한 것들 역시 모두 없었습니다, 매쉬라스 후작님.”

와인을 한 잔 마시면서 그의 이야기를 가만히 듣고 있던 매쉬라스 후작은 허전한 사내의 옆 자리를 바라보며 입을 열었다.

“흠, 저희라면 콜린도 포함된 말일 것인데… 콜린은 어디 가고 혼자만 왔나?”

사내는 말하기가 껄끄러운 듯 대답을 미루고 있었다.

“왜 말을 하지 않는 것인가?”

매쉬라스 후작이 재차 묻자 그제야 더듬거리며 입을 열었다.

“코, 콜린은 망디슈의 마법에 맞아 타 죽었습니다. 죄송합니다, 후작님!”

고개를 숙이며 사죄를 하는 사내의 모습을 보며 피식 웃은 후작은 손을 내저으며 말했다.

“자네가 미안할 것이 뭔가? 콜린은 능력이 없어 죽은 것이고 자네는 그만한 능력이 있기에 이 자리에 있는 것 아닌가? 그러니 콜린에게 지급하는 수당을 자네에게 얹어주도록 하지.”

그의 말대로라면 자신에게 오는 수당이 두 배가 된다는 것이었는데, 이러한 사실은 동료의 죽음에 대한 슬픔마저도 머리에서 지운 듯했다.

“감사합니다, 매쉬라스 후작 각하!”

“고맙긴. 아무튼 수고했네. 그럼 이만 나가서 푹 쉬게나.”

“그럼 편안히 주무십시오!”

허리를 급히 숙이며 깍듯한 인사를 한 사내는 술이라도 한잔해야겠다는 생각에 급히 매쉬라스 후작의 집무실에서 빠져나가고 있었다. 책상머리에 앉은 매쉬라스 후작은 와인 잔에 남은 와인을 모두 들이키며 말했다.

"능력이란 것이 바로 그런 것이야. 동료가 죽더라도 내가 살아남아 인정을 받는 것. 그것이 바로 능력이지."

말을 마치며 와인 잔을 책상 위에 내려놓은 매쉬라스 후작은 귀족 회의 안건에 대해 정리되어 있는 서류를 열었다. 가장 앞장에 뮤스 드 라켄이라는 이름이 적혀 있었다. 그는 그것을 보기만 해도 흐뭇한 듯 미소를 지었다.

"흠, 공학원의 원장이라… 이렇게 써놓고 보니 상당한 거물인걸? 크크큭! 젊은 데다 머리도 좋고, 재력도 굉장하고… 내 측근으로 만들면 좋겠지만 너무 고지식한 것이 탈이야."

즐거움에 가득 찬 미소를 지은 매쉬라스 후작은 서류를 덮으며 의자에 편안히 몸을 기대고 있었다.

크라이츠와 가비르 재상, 그리고 켈트는 장미꽃이 만발한 정원을 걸어가고 있었다. 그들은 산책을 위해 이곳으로 나온 것이 아니라 이 정원이 뮤스가 갇혀 있는 감옥까지 가기 위해 거쳐야 할 길목이었기 때문이다.

평소 밝은 성격을 자랑하던 크라이츠는 어색할 정도로 표정이 없었고 낙천적인 성격을 가지고 있는 켈트 역시 별반 다를 것이 없었다. 가비르 재상은 크라이츠와 켈트에게 뮤스가 처한 현 상황에 대해 설명해 주고 있었다.

"실크로스 교의 문제가 수습이 끝나는 대로 뮤스 군의 처벌에 대한 귀족 회의가 이루어질 예정입니다. 총 25명의 황궁 주요 귀족들이 모인 자리인데, 이 일과 관련된 여러 사람들을 호출하여 총책임을 맡은 뮤스 군에 대해 여러 가지를 묻고 결국 귀족들의 의견을 수렴하여 처벌이 내려질 것입니다.”

함께 걸으며 가비르 재상의 설명을 듣던 크라이츠는 냉랭한 말투로 말했다.

“그렇다면 뮤스에게 처벌이 내려질 것이라는 것은 확실한 이야기란 말인가요?”

“안타깝지만 그것이 사실입니다. 지금은 뮤스 군이 받을 형벌을 얼마나 줄일 수 있느냐가 관건일 뿐이죠.”

“흠… 뮤스의 형량을 줄이려면 어떻게 해야 하죠?”

“귀족 측의 분위기를 보아하니 평소 감정이 많던 뮤스 군에게 편을 들어줄 리는 만무한 듯합니다. 그러니 저와 황제 폐하가 최선을 다해 뮤스 군의 감형 쪽으로 의견을 몰아가야겠죠.”

잠시 생각을 해보던 크라이츠는 고개를 끄덕이며 수긍했다.

“재상과 황제의 권한 정도면 상당한 발언권을 가지고 있으니 적어도 최악의 상황은 막을 수 있겠군요.”

그때 켈트의 목소리가 들려왔다. 그는 손가락으로 넌발치에 보이는 허름한 건물을 가리키고 있었다.

“크라이츠님, 저곳입니다. 정말 끔찍한 곳인데, 그런 곳에 보름씩이나 뮤스가 갇혀 있다니…….”

켈트는 대관식 때의 소란으로 인해 하루 동안 갇혀 있었던 기억을 떠올리기만 해도 목이 메이는지 말끝을 흐리며 고개를 도리질 치고 있었다.

건물 안으로 들어서자마자 물이 고여서 썩고 있는 지독한 냄새가 풍겨 나왔다. 안쪽에는 무장을 하고 있는 경비병들이 매서운 눈초리를 하고 있었는데 두 명이 한 조를 이루어 사방에 버티고 서서 철문 앞을 지키고 있었다. 경비병들은 가비르 재상을 발견하자 예를 표했다.

"어서 오십시오, 가비르 재상 각하!"

그들의 인사를 받은 가비르 재상은 품에 들어 있는 면회 허가서를 꺼내어 건네주었다. 그것을 확인한 경비병들은 서로에게 확인의 눈길을 보냈다. 그리곤 즉시 고개를 끄덕이며 북쪽의 철문으로 다가가 쇠사슬을 풀었다. 경비병들이 문을 열어주자 그들에게 수고를 치하한 가비르 재상은 크라이츠와 켈트를 안내했다.

감옥 안으로 들어가는 내내 크라이츠의 찌푸려진 눈살은 펴질 줄을 모르고 있었다. 습도 높은 공기와 질펀한 땅, 마치 무엇인가가 묻어나기라도 할 듯 지저분한 벽까지 모든 것이 불쾌하기 그지없었기 때문이다.

"이런 곳에 뮤스가 갇혀 있다니… 바이센의 감옥보다 훨씬 열악한 환경이군요."

가비르 재상 역시 그녀의 말에 대해 수긍하고 있었다.

"아마도 그럴 것입니다. 중요한 곳일수록 바깥 세상과의 단절이 철저해야 하기 때문에 감옥의 환경은 더욱 열악해질 수밖에 없는 것이죠."

조금 더 아래로 내려가자 그들은 간수들이 대기하고 있는 감시실에 도착할 수 있었다. 그곳에는 얼굴에 기름이 흐르는 듯 느끼한 웃음을 짓는 두 명의 간수들이 있었는데, 가비르 재상의 모습을 보자 헤프게 웃으며 인사를 했다.

"아이고, 이게 누구십니까! 가비르 재상 각하께서 이렇게 누추한 곳까지……."

"우린 이곳에 수감 중인 뮤스 드라켄을 만나기 위해 왔네. 안내해 주게."

"아하! 그러셨군요. 그렇다면 저를 따라오십시오."

간수는 또 하나의 철문 자물쇠를 열며 그들을 안내하기 시작했다. 그의 뒤를 따라가던 켈트가 쇠창살 안의 모습을 보며 말했다.

"크옥! 우리가 갇혀 있던 곳은 여기에 비하면 천국이었군. 어찌 이런 곳에 가둘 수가 있지? 흉악범도 아니고!"

안을 둘러보던 크라이츠 역시 못마땅해하기는 켈트와 마찬가지였는데, 뮤스가 스스로 지은 죄에 대한 벌을 받고 있는 것이라고 생각하지 않았더라면 이미 이곳을 쓸어버리고도 남았을 것이었다.

"이런 곳에 뮤스가 있다니……."

복도의 끝이 보이자 간수는 실실 웃으며 가비르 재상을 향해 말했다.

"바로 저 끝 방입니다. 원칙상 저는 면회 시간 동안 이곳에 함께 있어야 합니다만……."

그의 말을 들으며 의도를 파악한 가비르 재상은 주머니에서 은화를 하나 꺼내주었다.

"이곳을 지킨다고 수고했을 테니 나중에 목이나 축이게."

"헤헤헷! 이러면 안 되지만 가비르 재상 각하께서 그렇게 말씀하신다면야… 그럼 편히 이야기들 나누십시오!"

입이 귀 끝까지 벌어진 간수는 손에 들린 은화를 이빨로 깨물어 보며 사라지고 있었다.

"크라이츠님, 켈트님, 저곳입니다."

　마음을 굳게 먹는 듯 고개를 입술을 살짝 깨문 크라이츠는 천천히 뮤스가 갇혀 있다는 감방으로 걸음을 옮겼고, 켈트 역시 고개를 내저으며 그녀의 뒤를 따랐다. 뮤스가 갇혀 있는 감옥 앞에서 발을 멈춘 크라이츠는 어둠에 가려 보이지 않고 있는 뮤스를 찾았다. 안타깝게도 횃불의 불빛은 감옥 안에 웅크리고 앉아 있는 이의 발끝밖에 비춰주지 못했기 때문에 그가 뮤스인지 확인할 수 없었다.

　"뮤스 맞니?"

　그녀의 부름에 감옥의 깊은 쪽에 앉아 있던 이는 조금씩 움직여 불빛이 있는 곳까지 나왔는데, 드러나기 시작한 그의 행색은 말로 표현할 수 없을 정도였다. 입술은 다 메말라 가뭄의 땅처럼 갈라져 있었으며 피부는 햇빛을 받은 지 오래기에 백지장보다 더 창백했다. 게다가 습기 찬 곳에 오래 방치되어 있었기에 옷 사이로 드러난 피부의 일부분은 진물까지 흐르는 상태였다. 그는 힘없는 목소리로 입을 열었다.

　"누, 누님? 크라이츠 누님이세요?"

　목소리를 듣고서야 겨우 그가 뮤스임을 확인한 크라이츠는 그의 몰골을 다시 한 번 살폈는데, 아무리 중립을 지키기로 마음먹은 그녀였지만 드래곤이 아닌 누나로서의 그녀는 뮤스의 이런 모습을 참고 볼 수는 없었는지 불같은 분노를 표출하기 시작했다.

　"이런 때려죽일 놈들! 아직 형벌이 정해지지도 않은 아이를 이렇게 방치해 두다니! 이게 말이나 되는 일인가요, 가비르!"

　애꿎은 가비르 재상은 그녀의 추궁에 비지땀을 흘렸는데, 사실 그도 뮤스가 이런 처참한 몰골을 하고 있으리라 생각지 못한 상태였기에 분노를 느끼고 있었다.

　"이건 정말이지… 생각보다 훨씬 심하군요. 아무래도 이곳을 관리하는 귀족들의 짓인 것 같습니다. 제가 다른 곳으로 옮기도록 압력을 가해보도록 하죠."

그때 가비르 재상을 말리는 뮤스의 목소리가 들렸다.

"가비르 재상님, 그렇게 하지 마세요. 저는 지금 죄를 지어서 벌을 받기 위해 이곳에 갇힌 죄인이에요. 저의 실수로 인해 죽어간 100여 명의 사람들에게 사죄를 해야 하니 오히려 이런 곳에 있는 것이 마음이 편해요."

크라이츠는 뮤스의 말을 들을 필요도 없다는 듯 가비르 재상에게 말했다.

"당장 뮤스를 다른 곳으로 옮겨주세요! 형벌이 정해지기 전에는 이런 죄인 취급을 받을 이유가 없지 않나요?"

"누님, 하지만……."

"너는 조용히 해! 잘 듣거라, 뮤스. 네가 아무리 죄책감을 받고 있다 하더라도 네 스스로를 포기하면 안 되는 거야! 네가 평생 죄책감에 빠져 신다고 해도 죽은 그들이 좋아할 것이라고 생각하니? 단지 너는 네 일에 최선을 다했지만 운이 나쁘게도 일이 뜻대로 되지 않은 것뿐이야. 그러니 충격이 있긴 했을 테지만 죄책감에 빠지는 것은 어리석은 짓이란다. 무슨 말인지 알겠니?"

자신을 걱정하는 크라이츠의 진심을 마음으로 느낀 뮤스는 고개를 끄덕였다. 그는 가비르 재상을 향해 물었다.

"저는 그럼 어떤 처벌을 받게 되는 것이죠?"

잠시 대답을 꺼리던 가비르 재상은 숨을 죽이며 말했다.

"후우… 아직 뮤스 군이 처벌을 받을지 아닐지 정해진 것은 아니지만 처벌을 받을 가능성이 상당히 높습니다. 다음 주쯤으로 계획된 회의에서 뮤스 군의 처벌에 대한 의논이 있을 것입니다."

최대한 뮤스를 안심시키기 위해 가능성이라는 말을 써봤지만 뮤스는 이미 자신이 처벌받을 것을 알고 있는 듯 어두운 표정이었다.

"그렇군요……. 누님."

가비르와의 대화를 듣던 크라이츠는 뮤스가 부르는 소리에 귀를 기울였다.

"무슨 할 말이라도 있니?"

"저… 누님은 제가 어떠한 처벌을 받더라도 나서지 말아주세요. 최소한 저는 제가 잘못한 것에 대해서는 당당하게 처벌을 받고 싶어요."

크라이츠는 자신의 행동에 책임을 지려는 뮤스의 말에 그가 대견스럽기만 했다.

"그것은 나도 원하지 않는단다. 네가 잘못을 저질렀다면 그에 합당한 벌을 받는 것이 당연한 것이니 내가 도와줘야 할 성격의 일이 아니구나. 너의 목숨이 걸려 있는 일이라면 모르겠지만, 가비르와 황제가 너를 옹호하고 나서는 이상 그 정도는 막아줄 수 있을 거라고 생각해서 이번 일에 관여를 하지 않으려고 마음먹었단다."

그녀의 말에 뮤스는 안도의 미소를 지었다.

"다행이에요, 누님."

그들이 대화를 마치자 잠시 아무 말 하지 않던 켈트가 크라이츠와 가비르에게 말했다.

"뮤스에게 해줄 말이 있는데 자리 좀 비켜주시겠습니까?"

해야 할 이야기는 이미 다한 크라이츠였기에 가비르를 이끌었다.

"가비르, 우리는 이만 나가죠. 뮤스, 너는 아까도 말했듯이 너무 몸을 혹사시키지는 말거라."

켈트의 부탁을 들은 크라이츠와 가비르 재상은 발걸음 소리만을 남기며 자리에서 떠났다. 이제 이곳에는 켈트와 뮤스만이 남았는데, 켈트는 뮤스의 눈 높이에 맞추며 쇠창살을 붙잡으며 물었다.

"이제는 충격에서 조금 벗어나긴 한 거냐? 나는 네가 정신이 나갔으면 어쩌나 걱정이 돼서 며칠째 잠도 설치고 있다."

"심려 끼쳐 드려서 죄송해요. 솔직히 요즘 매일같이 잠을 설쳐요. 밤이면 낯익은 일꾼들이 저를 원망하듯 눈가를 어른거리고 귓가에는 그때의 비명성들이 아직도……."

고개를 떨군 채 말끝을 흐리는 뮤스를 바라보던 켈트는 그의 머리를 쓰다듬었다. 그리곤 옛날을 회상하는 듯 허공을 바라보며 입을 열었다.

"네 마음을 충분히 이해할 수 있단다. 나 역시 그런 경험이 있거든. 내가 성인이 되어 처음 여행을 떠나 새로운 동료를 한 명 만난 적이 있었었는데, 그는 시인이었던 데다가 성격까지 좋아 나와는 아주 잘 맞는 친구였지. 하지만 어느 날 숲을 지나가다가 마물들의 습격을 받게 되었는데 그는 전혀 전투를 할 줄 모르는 친구였기 때문에 나는 그를 보호하면서 싸워야 했단다. 하지만 수적으로 훨씬 불리했던 상황이었기에 결국 그 친구는 마물의 손톱에 뜯겨 죽고 말았지. 나는 그를 지키지 못한 죄책감에 며칠이나 잠을 못 이뤘었단다. 여행 중에 만난 동료 한 명을 지키지 못한 심정이 그러했는데 네가 책임지고 있는 수많은 사람들이 눈앞에서 죽는 것을 목격했으니 오죽했겠어?"

잠시 말을 끊은 켈트는 쇠창살 사이로 그의 거친 손을 잡으며 이야기를 이었다.

"하지만 너는 지금 당장은 힘들더라도 본질을 알아야 한단다. 내가 그 친구를 지키지 못한 것에 죄책감을 느껴 한참을 앓고 있을 때 문득 이런 생각이 들더구나. 그 상황에서 더욱 노력을 했더라도 그 친구는 죽고 말았을 것이라고. 한마디로 나에게 그 친구를 지킬 수 있는 능력이 없는 것은 내 잘못이 아니라는 생각이 드는 거야. 솔직히 말이야 바른 말이지, 내가 할 수 있는 데도 하지 않는 것은 죄책감의 원인이 되지만 최선을 다했지만 실패를 한 경우와는 완전히 다른 것이야. 이해하겠니?"

이것이 사실일지, 아니면 그가 꾸며낸 거짓일지는 모르는 일이었다. 하지만 확실한 것은 뮤스에게 큰 영향을 주고 있는 이야기인 것은 틀림없는 사실이었다. 뮤스는 그가 말하는 바가 무엇인지 이해가 가는 듯 고개를 끄덕였고, 켈트는 자신의 이야기를 받아들이고 있는 뮤스를 향해 미소를 지으며 말을 이었다.

"지금 당장 모든 것을 털어버리기에는 무리겠지만 네 경우에 대한 본질을 한번 차근히 생각해 보거라. 너는 네가 할 수 있는 모든 일을 했단다. 하루의 일과가 끝날 때마다 피곤한 몸을 이끌고 몇 켈리나 떨어져 있는 지진계를 검사하여 지진에 대한 대비를 했고, 숙소가 잔해에 깔려 많은 인명 피해를 내긴 했지만 너도 나름대로 수재로부터 그들을 보호하고자 최선의 노력을 한 것이란다. 네 생각에 소홀했던 것이라도 있느냐?"

잠시 생각을 해보던 뮤스는 고개를 저었다.

"그러니 너는 죄책감이라는 것을 느끼지 않아도 된다는 것이란다. 그것은 너의 능력 밖의 문제였던 거야. 다시는 그런 일이 일어나지 않도록 노력하는 것이 진짜 네가 해야 할 일이란다.”
　“고마워요, 아저씨. 힘들 때마다 힘이 되어주셔서…….”
　“녀석, 내가 고마운 것을 이제 알았단 말이냐? 이제 괜찮아진 것을 보니 안심이군. 더 할 말 있냐?”
　“아뇨, 그저 고맙다는 말밖에는…….”
　아직까지 힘이 없는 목소리는 여전한 뮤스였지만 얼굴만큼은 한층 밝아진 표정이었다.

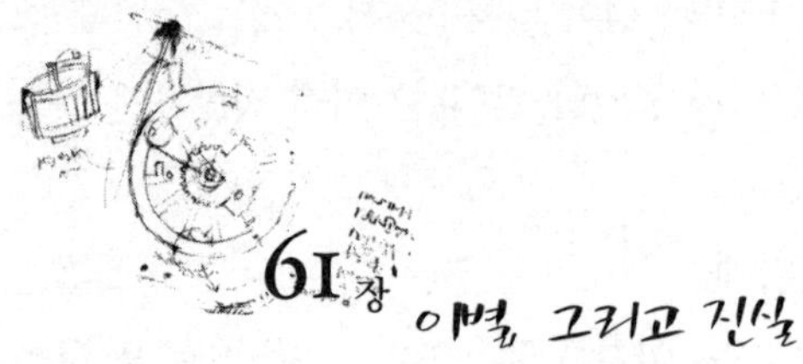

61장 이별, 그리고 진실

　어느새 일주일이라는 시간이 지나 예정되었던 뮤스의 처벌을 위한 귀족 회의가 열리는 날이었다. 그동안 대략적으로나마 무너져 내린 실크로스 교의 잔해를 처리하고 그곳에서 시신들을 수습했는데, 총 73구의 시신을 찾아냈으며 9명이 실종된 상태였다. 이번 일로써 실크로스 교의 공사는 완전히 백지화되었으며 쥬론 공국과의 무역은 다시금 선박에 의존하게 되었다.

　회의실로 귀족들이 속속 몰려들고 있었다. 아직 회의가 시작이 되려면 한 시간 정도가 남았지만 각자 뮤스의 처벌에 대한 의견을 제시하기 위해 정리해 온 자료를 다듬거나 적당한 형량을 의논하기 위해 미리 몰려드는 것이었다. 대화의 중심에는 매쉬라스 후작이 존재하고 있었는데 그들의 대화를 중간에서 조절하는 중이었다.

　"여러분들은 오늘 뮤스 드라켄의 처벌에 대해 어느 정도의 형량을 제안할 생각들인가?"

　그의 말을 듣고 있던 귀족들 중 매쉬라스 후작의 심복인 파스테넨 백작이 입을 열었다.

　"아무래도 황제 폐하께서 뮤스 드라켄을 감싸고 돌 듯하니 교수형까지는 무리인 듯하고 10년 정도의 투옥이 어떻겠습니까?"

　그의 말을 듣던 콜로라드 후작은 고개를 저으며 반대 의사를 표명했다.

　"그건 그리 좋지 않은 방법이라고 생각하오. 뮤스 드라켄이 황궁의 주변에 존재한다면 그곳이 감옥이라고 하더라도 황제 폐하의 입김이 닿게 되지 않겠소?"

　매쉬라스 후작은 콜로라드 후작에게 동의표를 던졌다.

　"내 생각도 마찬가지요. 그렇다면 어디론가 보내는 것이 가장 적절하다고 보는데……."

　다른 귀족들도 매쉬라스 후작의 말을 이어 고민에 빠지기 시작했다. 황제의 권력이 닿지 않는 동시에 누가 보더리도 공감할 만한 형벌을 정하기가 쉽지 않았기 때문이다.

　회의 시작 시간이 거의 다가왔다. 대화를 나누던 귀족들은 자신의 이름이 붙은 자리로 찾아가 앉아 준비된 물을 한 모금씩 마시며 입을 적셨다. 매쉬라스 후작이 시간을 확인하기 위해 마나 시계를 보니 시계는 거의 2시를 가리키고 있었다. 거의 동시에 회의실의 문이 열렸다.

　"황제 폐하 나오십니다."

　회의사관의 목소리에 귀족들은 자리에서 몸을 일으켜 문을 통해 들어오고 있는 황제를 향해 예를 표했다. 황제는 공식적인 회의 자리인 만큼 금빛이 나는 관을 쓰고 있었으며 한쪽 손에는 홀을 들었고, 흰색의 모피 망토를 걸치고 있었다. 그 뒤로 가비르 재상이 큼지막한 서류를 들고 들어왔는데 오늘따라 유난히 사무적인 모습이었다. 자신의 자리 앞에 서게 된 황제는 보좌관에게 망토를 풀어 맡기며 자리에 앉았다.

"경들도 앉으십시오."

착석을 허락하자 귀족들은 옷을 잘 정리하며 제자리에 앉았다. 황제는 그간 고심이 많았던 듯 피부가 거칠어진 것이 확연히 드러나고 있었는데, 뮤스의 처벌 문제에 대한 걱정 때문에 밤잠을 설친 듯했다. 황제의 옆 자리에 앉은 가비르 재상은 준비해 온 서류 중 하나를 꺼내어 황제에게 건네주었다. 그것을 받아 든 황제는 서류를 펼쳐 첫째 장을 바라보며 입을 열었다.

"오늘 경들이 이 자리에 모이신 이유를 아실 것입니다. 우선 이번 실크로스 교의 손해에 대한 정리를 해보고 이에 관계된 이들에 대한 처벌을 하게 될 것입니다."

시선을 가비르 재상에게 돌린 황제는 고개를 끄덕이며 말했다.

"가비르 재상, 보고를 부탁드립니다."

"알겠습니다, 폐하."

황제의 말에 간단한 대답을 한 가비르 재상은 두꺼운 서류를 펼치며 자리에서 일어났다. 그리곤 그 서류 뭉치를 귀족들에게 넘겼는데, 그들 역시 자신이 가질 분량을 제외한 나머지를 옆 사람에게 넘기고 있었다. 이렇게 해서 서류를 모두 나눠 가지자 가비르 재상은 보고를 하기 시작했다.

"여러분께 나눠 드린 서류는 이번 실크로스 교의 공사에 투입된 총 자재비와 인건비, 그리고 사상자들의 가족에 대한 배상 금액 등이 포함되어 있는 것입니다. 가장 첫 번째 장은 총자재비에 대한 사항입니다. 자재비는 32만 6천 겔피가 투입되었는데, 아래의 세부 사항을 보시면 지출된 내역을 보실 수 있으실 것입니다. 다음 페이지는 인건비로서 제국 각지의 토목가들을 끌어오면서…….”

가비르 재상의 보고는 어디까지나 형식적인 일이었다. 눈이야 서류 위를 바라보고 있다고 하더라도 그 내용을 세밀하게 읽어볼 사람도 없었고 황궁의 재정이야 어떻게 되든 그들의 관심 밖이었기 때문이다. 하지만 가비르 재상에게는 이것이 중요한 일 중 하나였기에 꼼꼼히 챙겨놓는 것을 소홀히 하지 않았다. 이러한 보고만 무려 두 시간여에 걸쳐 계속되었는데, 결과적으로 귀족들의 머리에는 그저 많은 돈을 그냥 버렸구나 하는 막연한 느낌만이 남았을 뿐이었다.

가비르 재상이 마지막으로 서류를 덮으며 주위를 둘러보았다.

“혹시 이상이 있는지 서류를 살펴보시고 질문해 주십시오.”

지금까지 그래 왔듯 대부분의 귀족들은 딱딱하고 지루한 시간에 졸음을 느끼는지 자신의 말에 귀를 기울이지 않은 모습이었다. 하지만 단 한 사람만은 꼼꼼히 그의 서류를 살펴보고 있었는데 바로 매쉬라스 후작이었다.

가비르 재상이 본 바로 그는 참으로 대단한 인물이었다. 윗사람 앞에서는 최대한 이미지 관리하여 돈독한 신임을 유지했고 수하들에게는 능력에 합당한 대우를 해주어 충성을 약속받았다. 즉, 자기 관리가 철저한 인물이었는데 그만큼 적으로 삼으면 힘들어지는 사람이라는 말과도 통했다. 한동안 서류를 살피는 데 신경을 쏟던 매쉬라스 후작은 고개를 끄덕이며 말했다.

“허헛, 역시 가비르 재상은 한 치 착오도 없이 꼼꼼하군요. 보통이라면 하나쯤의 실수는 하게 마련인데 이렇게 완벽한 보고서라니……."

자신의 노고를 알아주는 그의 칭찬에 기분이 좋긴 했지만 매쉬라스 후작은 왠지 모르게 마음에 들지 않는 인물이었다. 하지만 겉으로 표를 낼 수는 없었기에 가볍게 예를 갖추었다.

"별말씀을요. 철두철미하기로 유명한 매쉬라스 후작님께 칭찬을 받으니 영광입니다."

"나는 있는 사실을 그대로 말했을 뿐이오."

매쉬라스 후작 이후로는 아무도 서류에 대한 이야기를 하는 사람이 없었기에 황제를 향해 말했다.

"폐하, 이제 보고는 다 마쳤습니다. 이제 실크로스 교 공사의 책임을 맡은 뮤스 드라켄에 대한 처벌 심사만 남았습니다."

가비르 재상의 보고를 모두 들은 황제는 등받이에 기댔던 등을 일으키며 자리를 바로 했다. 그리곤 자신의 앞에 놓여 있던 서류를 한쪽으로 치우며 그 위로 손을 모았다.

"그럼 이제 책임자였던 뮤스 드라켄에 대한 처벌 심사에 들어가도록 하죠."

그의 말에 가비르 재상은 또 다른 서류 뭉치 하나를 열었다. 그리곤 딱딱한 말투로 손에 들린 서류의 내용을 읽어 내려갔다.

"실크로스 교 공사의 책임자인 뮤스 드라켄은 올 1월 23일부터 본 공사를 시작하여 사고 시일까지 공사를 지휘하였고, 천재지변에 의한 사고로 인해 공사 중인 실크로스 교가 붕괴. 73명이 사망, 21명이 부상, 9명이 실종되는 등의 사상자를 냈으며 조사 결과 인명 사상에 대한 그의 과실이 드러났기에 특수 직무 과실로 처벌 심의에 회부되었습니다."

겉으로는 딱딱한 목소리로 서류를 읽고 있는 가비르 재상이었지만 한 줄씩 읽을 때마다 그의 마음은 안타까움이 더해지고 있었다.

"이에 도이첸 제국의 황제, 재상을 비롯한 25인의 중요 귀족들의 의견을 수렴한 처벌 심사를 시작하겠습니다."

말을 마치고 서류를 덮은 가비르 재상은 자리에 앉았고 그 뒤를 이어 황제가 본 심사를 이끌기 위해 입을 열었다.

"자, 그동안 뮤스 드라켄에 대한 이야기는 많이 들었을 것이라고 믿습니다. 그리고 이 자리에 출석하기 전부터 여러 가지의 의견을 준비한 것도 알고 있습니다. 하지만 한 청년의 일생이 걸린 일인 이상 여러분들은 신중히 의견을 말하고 수렴해 주기 바랍니다. 첫 번째 의견을 듣도록 하죠."

황제의 말에 풍채 좋은 한 귀족이 손을 살짝 들었다. 그는 선선한 날씨에도 더움을 느끼는지 연신 땀을 흘리는 인물이었다.

"하인토 백작, 의견을 말씀해 보십시오."

의견을 말할 수 있는 자격을 준 황제에게 목례를 올린 그는 주변의 귀족들의 얼굴을 둘러보며 이야기를 꺼냈다.

"그는 자신의 능력을 과신하여 무리한 공사를 진행시켰으며 그로 인해 수많은 사상자를 냈다는 것만으로도 가벼운 처벌로 끝나서는 안 된다고 생각합니다. 해서 처벌의 기준을 정하기 위해 지난 처벌 심의에 있었던 일들을 여러 가지 종합해 본 결과, 30만 겔피에 이르는 손해를 낸 것에 대해 8년, 그리고 그의 책임 하에서 100여 명의 사상자가 났다는 것에 7년의 비중을 둘 수 있었습니다. 그러므로 도합 15년의 투옥을 제안합니다."

그의 말을 듣던 황제는 다른 이들을 둘러보며 말했다.

"하인토 백작의 의견에 이견이나 동의 있으십니까?"

물음에 하인토 백작의 맞은편에 앉아 있던 귀족이 손을 들며 말했다.

"제 의견을 말씀드리겠습니다. 저는 하인토 백작이 내건 투옥 기간이 너무나 많다고 생각합니다. 최소한 물질적인 손해에 대해서는 천재지변으로 인한 어쩔 수 없는 일이었기에 그에게 죄를 물을 수 없다고 생각합니다. 고로 사상자에 대한 책임으로 7년의 투옥을 제안합니다."

계속해서 또 다른 의견이 제안되었다.

"그럼 이것은 어떻습니까? 30만 겔피에 대한 손해 배상은 재산으로 받아내고 사상자들에 대한 책임으로 7년의 투옥을 하는 것입니다!"

귀족들의 손이 올라가고 입이 열릴 때마다 이런저런 의견들이 속속 나오고 있었는데, 하나의 줄기를 타지 못하고 저마다 난립하는 의견들이었다. 그나마 황제나 가비르 재상에게 위로가 되는 것은 귀족들 중에도 정도를 유지하고 있는 이들이 몇 명 보인다는 것이었다. 난립하는 의견들을 듣고 있던 가비르 재상이 손을 들며 황제에게 의사권을 받았다.

"이번에는 제가 한말씀 드리겠습니다. 여러분들이 제안하는 처벌은 조금 과하다는 생각이 드는 것이 사실입니다. 여러분들은 무조건 뮤스드라켄에 대한 나쁜 점만을 늘어놓고 있는데 그가 이루어놓은 것 역시 봐야 합니다. 그는 이번 공사 기간 동안 토목 기술에 획기적인 선을 그은 실크로스 양회라는 것을 만들어냈습니다. 이것은 도이첸 제국의 토목과 건축 기술을 100년 정도나 앞당긴 일이라고 토목가들이 말하고 있습니다. 게다가 살아남은 21명의 인명 중 9명이 그가 구해낸 생명으로 자신의 책임을 다하고자 끝까지 노력한 모습을 보이고 있습니다.

이것은 그것을 목격한 인물들의 증언이기도 합니다."

잠시 말을 끊은 가비르 재상은 가벼운 한숨을 내쉬며 말했다.

"후우… 거의 10년에 가까운 시간은 여러분의 생각보다 훨씬 긴 시간입니다. 게다가 뮤스 드라켄과 같이 젊은 사람에게는 엄청난 시간이란 말이죠. 비록 이런 참사가 일어나긴 했지만 우리는 그 젊은이의 나쁜 점만을 봐서는 안 된다고 생각합니다. 그렇기에 저는 뮤스 군에게 1년간의 투옥을 제안합니다. 그 정도면 스스로의 잘못을 뉘우칠 수도 있는 충분한 기간이 된다고 보기 때문입니다."

그의 긴 이야기가 끝나자 주변은 조용해졌고 몇몇 귀족들은 그의 의견에 마음이 흔들리는 듯했다. 하지만 그런 것을 보고 있을 매쉬라스 후작이 아니었다.

"폐하, 제가 한마디 하겠습니다."

"좋습니다, 매쉬라스 경."

황제에게 의사권을 받은 매쉬라스 후작은 가비르 재상과 황제를 바라보며 입을 열었다.

"저는 뮤스 드라켄에 대한 심사에 앞서 그에 대한 형 집행이 얼마나 확실히 이루어질지 의문입니다."

그의 말에 황제는 순간 안색이 바뀌는 듯했다.

"지금 그것이 무슨 말입니까, 매쉬라스 경?"

"이곳에 모인 모든 귀족들은 뮤스 드라켄이 황제 폐하의 적극적인 지지를 받고 있는 것을 알고 있습니다."

황제는 그가 어떤 말을 할지 감이 잡히지 않았기에 조금 껄끄러운 표정을 하고 있었는데, 이것은 가비르 재상도 마찬가지였다.

"그것이 어쨌다는 것이오?"

"폐하께서는 거의 절대적인 권력을 가지신 분입니다. 저희 귀족들은 가끔 마련되는 회의석에서나 조금의 힘을 발휘할 뿐입니다. 이러한 점을 간주해 볼 때 뮤스 드라켄에 대한 처벌이 결정되어지고 투옥이 된다 하더라도 황제 폐하의 권력이면 충분히 그를 빼낼 수 있다는 뜻입니다."

"그럼 내가 뮤스 군을 투옥 도중에 빼내어주기라도 할 것이란 말이오!"

흥분하며 되묻는 황제의 반응에도 불구하고 매쉬라스 후작은 느긋할 뿐이었다.

"저는 황제 폐하께서 그런 일을 하시리라 생각지는 않지만 사람의 마음은 모르는 일 아니겠습니까? 그러니 저는 처벌의 공정성을 위해서라도 이러한 의심을 버릴 수가 없습니다."

그는 지금 흘러가는 분위기대로 놔둔다면 분명 귀가 얇은 귀족들에 의해 길어봐야 3년 투옥 이상의 결정이 나오기 힘들다고 생각했기에 또 다른 제안을 하고 있는 것이었다.

"그렇다면 매쉬라스 경이 원하는 것은 무엇입니까?"

황제가 되묻자 매쉬라스는 그의 측근 귀족들의 얼굴을 향해 몰래 눈짓을 하며 대답했다.

"저는 뮤스 드라켄을 황제 폐하의 권한이 닿지 않는 곳으로의 일정 기간 추방을 제안하고자 합니다."

가비르 재상은 매쉬라스 후작의 의견에 크게 놀라며 자리에서 일어났다.

"추방이라니요! 그렇다면 뮤스 군을 미개척지로 내몰겠다는 말입니까?"

하지만 매쉬라스 후작은 오랜 정치 경력에서 우러나오는 여유로움을 보이며 가비르 재상에게 말했다.

"가비르 재상, 이곳은 회의실입니다. 황제 폐하께 의사권을 받아야 의견을 말할 수 있다는 것을 잊으셨나 보군요?"

순간 아차 한 가비르 재상은 미간을 좁히며 자리에 앉았고 매쉬라스 후작의 이야기는 계속되었다.

"여러분들께서는 이 점을 잘 아셔야 합니다. 추방은 투옥에 비해 몸이 자유롭습니다. 저는 뮤스 드라켄이 젊은 나이에 투옥되어 시간을 보내는 것보다 생활을 하면서 자신의 죄에 대해 뉘우치는 시간을 주었으면 하는 마음에서 추방을 제안한 것입니다."

말이 끝나자 미리 때를 기다리고 있던 매쉬라스 후작의 추종자들이 손을 들며 황제에게 동의 의사를 표하기 시작했다.

"매쉬라스 후작님의 의견이 괜찮을 듯하군요. 일단 추방은 몸이 자유로운 만큼 투옥에 비해 부담이 덜 가는 동시에 뮤스 군에 대한 처벌을 했다는 사실만으로도 대외적 명분이 바로 서게 됩니다."

"저 역시 후작님의 의견에 동의하는 바입니다. 추방이라는 비교적 가벼운 처벌을 내림으로써 황궁의 너그러운 아량을 평민들에게 보여줄 수도 있으니 말입니다."

매쉬라스 후작을 포함한 귀족들은 지금 추방이라는 말의 뜻을 의도적으로 축소해서 설명하고 있었지만, 사실 추방이라고 하는 것은 그들의 말과 같이 만만한 것이 아니었다. 도이첸 제국에서 추방을 당한다면 도이첸 제국의 영토 내에 발을 들일 수 없음은 물론이고 그 영향이 도이첸 제국과 동맹을 맺은 국가에까지 적용되는 것이었다. 다시 말하자면 오이랍 대륙의 모든 국가들이 안정을 위해 평화 협정을 맺은 이

상 대륙에 존재하는 모든 국가가 도이첸 제국과의 동맹 상태이기에 최
소한 대륙 안에서는 어느 나라든 발을 붙이고 살 곳이 없다는 것과 일
맥상통이었다.

가비르 재상이나 황제가 손을 써보기도 전에 매쉬라스 후작의 말에
동의한 귀족은 과반수가 넘고 있었으며 매쉬라스 후작의 뜻대로 뮤스
에 대한 처벌이 결정되어지고 있었는데, 마치 잘 짜여진 각본과 같이
흘러가고 있었다.

황제는 생각지도 못한 방향으로 일이 진행되어 버리자 당황한 모습
으로 가바르 재상을 바라보았는데, 가비르 재상은 귀족들의 치밀한 계
획 아래 놀아났음을 깨닫는 얼굴이었다. 매쉬라스 후작은 이제 과반수
가 넘었기에 황제라도 결코 결론을 번복할 수 없게 되었다는 것을 깨
달았다. 그는 주름이 잡힌 미소를 지으며 황제를 향해 말했다.

"폐하, 과반수를 넘었으니 뮤스 드라켄을 추방하기로 결정이 난 듯
하군요."

매쉬라스 후작의 말과 함께 희희낙락하고 있는 귀족들의 표정을 분
노한 얼굴로 바라보던 황제는 자리에서 몸을 일으키며 탁자를 강하게
내려쳤다.

꽝!

"뮤스 군과 나를 멀리 떨어뜨려 놓으려는 그대들의 속을 내가 모를
줄 아시오! 정녕 당신네들을 믿고 내가 제국을 꾸려 나갈 수 있을지가
궁금하오! 자신들의 사리사욕을 위해 뮤스 군 같은 인재를 제국에서
추방하려 하다니! 이 일로 인해 다른 국가들은 가치를 따질 수 없는 이
득을 얻게 되는 것이고 제국으로서는 엄청난 손실이 될 것이오! 어디
두고 보시오! 그대들의 욕심이 얼마나 되는지 내 직접 캐내어 확인하

도록 할 테니! 그날이 바로 당신들의 작위가 종잇조각이 되는 날일 것이오!"

귀족들을 싸늘하게 바라보며 가슴 섬뜩한 말을 뱉은 황제는 몸을 돌리며 회의장을 나가고 있었고, 귀족들의 눈에는 어느새 자신들을 향해 경칭을 쓰지 않고 폭언을 퍼붓는 황제의 존재가 오늘따라 유난히 크게 보였다.

한편 가비르는 지금껏 여리게만 보이던 황제가 이렇게 강력한 발언을 하고 나가는 모습을 보며 희미한 미소를 띠며 자리에서 일어났다. 그리곤 귀족들을 향해 나직한 목소리로 말했다.

"후훗… 그럼 또 보지요. 아마 아랫사람들 입 단속을 잘해야 할 겁니다."

비웃음을 한껏 머금은 그의 말에 매쉬라스 후작은 뭔가가 잘못되어 돌아가고 있다는 느낌이 강력하게 들고 있었는데, 이것이 도이첸 제국을 새로운 모습으로 탈바꿈시키는 계기가 되리라고는 꿈에도 생각지 못하고 있었다.

밝은 마나등이 켜져 실내를 밝히고 있는 이 방은 보통의 방과 모습은 같았지만 몇 가지의 다른 점이 있다면 창문마다 창살이 쳐져 있다는 것과 방문이 두터운 통나무로 되어 있다는 것 등이었다. 이 방은 추방을 당하기 전까지라도 편하게 지내도록 황제가 배려한 것이었는데, 끝내 추방을 당해야만 하는 뮤스에게 미안한 마음이 담겨 있기도 했다. 방에는 뮤스를 면회하기 위해 온 크라이츠, 켈트, 그리고 가비르 재상이 있었다. 지금 크라이츠와 켈트는 오히려 처벌 심사 결과에 만족하는 모습이었다. 켈트가 오랜만에 기분을 내는 듯 맥주를 한 모금 마시며 말했다.

"껄껄, 추방이라니 정말 잘됐군. 어차피 함께 여행을 하면 되는 것이니 전혀 상관할 바가 없잖아?"

크라이츠도 켈트의 생각과 같은지 그동안 굳어 있던 표정을 한껏 풀며 미소를 지었다.

"하긴, 더러운 인간 냄새가 지독하게 나는 이런 곳에는 있을 필요가 없지. 어서 다른 나라로 가자꾸나."

둘의 대화가 계속될수록 가비르 재상의 얼굴은 어두워지고 있었는데, 그렇지 않아도 뮤스라는 걸출한 인재를 추방할 수밖에 없는 상황인데다가 제국에 대해 험담까지 하니 즐거울 수가 없었던 것이다. 가비르 재상은 켈트와 크라이츠를 향해 고개를 저으며 말했다.

"크라이츠님이나 켈트님이 생각하는 만큼 추방이란 것은 간단한 것이 아닙니다. 추방 명령이 내려지게 되면 도이첸 제국뿐만 아니라 동맹국들에까지 그 영향이 미치는데, 최소한 오이랍 대륙 내에서는 모두 평화 협정을 체결한 상태이니 마물들이 날뛰는 미개척 지역에서만 머무를 수 있다는 말과 같습니다."

풋!

켈트는 그의 말이 너무나 의외였는지 마시던 맥주를 뿜어냈다. 코를 통해 맥주 한 방울이 흘러나오는 것을 어렵사리 닦아낸 그는 믿겨지지 않는지 다시금 되물었다.

"아니, 추방이 그런 뜻이란 말인가? 그럼 듀들란 제국도 못 들어가고 그 외의 군소 국가들에도 거주를 못한다는 말인가?"

고개를 끄덕인 가비르는 거기에 덧붙여 말했다.

"최소한 앞으로 3년간은 말이죠. 추방을 당하는 즉시 그 명단은 대류 전역으로 전달되는데, 혹시라도 추방자가 나라 안에서 발견되면 바로 사형입니다.”

“이런, 제길! 뭐 그런 것이 다 있나!”

켈트가 어이없는 표정을 짓고 있을 때 침대에 걸터앉아 있던 뮤스가 조용히 입을 열었다.

“아저씨, 그리고 크라이츠 누님은 공학원으로 돌아가세요.”

가비르 재상의 얼굴에서 고개를 돌린 켈트는 놀란 듯 되물었다.

“뭐라고? 그렇다면 혼자 가겠다는 말이냐? 국가의 힘이 미치지 않는 곳은 수많은 마물들이 널려 있는데 그곳을 혼자 다니겠다고?”

뮤스는 그의 말에 긍정을 하듯 고개를 끄덕였다.

“저는 비록 이곳에서 오래 지내지는 않았지만 공학원이 있는 라이델베르크가 고향같이 느껴져요. 친구들도 모두 그곳에 있고, 벌쿤도 있고, 카타리나 역시… 만약 이대로 함께 떠난다면 저는 고향을 잃어버린 기분이 될 거예요.”

잠시 창가를 바라본 뮤스는 가벼운 웃음을 떠올리며 말을 이었다.

“저는 지금 여행을 떠나는 것이 아니라 죗값을 치르기 위해 잠시 떠나는 거예요. 그리고 이번 일에 대해 당분간 혼자 생각도 좀 하고 싶고요. 그러니 아저씨와 누님은 공학원에 남으셔서 제가 돌아올 곳을 지켜주셨으면 해요. 그때는 정말 가뿐한 마음으로 돌아올게요.”

켈트가 무슨 말을 하려 했지만 크라이츠는 그를 막아서며 뮤스의 생각을 받아들이는 듯 말했다.

“뮤스의 생각도 괜찮긴 해요. 3년 정도 혼자 떠돌다 오는 것도 괜찮겠지. 마음이 복잡할 때는 그것이 최고란다.”

“이해해 줘서 고마워요, 누님. 아, 그리고 제 편지 좀 카타리나에게 전해주세요."

뮤스는 품속에 넣어두었던 편지를 꺼냈는데 가비르 재상에게 부탁해서 구한 듯했다. 그것을 받아 들고 이리저리 돌려보던 크라이츠는 그것을 손가방 안에 넣었다. 켈트는 아직도 뮤스의 상태가 의심스러웠기에 은근한 말투로 물었다.

"설마 유서 같은 건 아니겠지? 어디 아무도 없는 곳에 가서 혼자 죽는 거 아니냐?"

피식 웃은 뮤스는 미소를 지으며 대답했다.

"훗, 얼마 전만 해도 바보같이 그런 생각을 했지만 아저씨 덕분에 이제는 아니니 걱정하지 마세요. 꼭 이 얼굴을 다시 보여드릴 테니."

그렇게 잠시 동안의 이별을 약속하는 밤이 깊어가고 있었다.

다음날 황궁의 북문은 수십 명의 사람들이 모여 시끌거리고 있었다. 이 사람들은 뮤스가 추방되어 북쪽 국경까지 후송되는 모습을 보기 위해 나온 황궁의 귀족들로서 이른 아침임에도 불구하고 이곳에 몰려 있었다. 뮤스는 철창이 달린 마차 안에 앉아 있었는데 문은 쇠사슬로 굳게 잠겨 있었고 그 주변으로 근위병들이 지키고 있었다.

그때 사람들을 헤치며 세 명의 사람이 뮤스가 갇힌 마차 쪽으로 걸어오고 있었다. 그 모습을 본 뮤스는 조용한 목소리로 그들을 한 번씩 불러보았다.

"누님, 켈트 아저씨, 가비르 재상님."

마차에 갇혀 있는 뮤스를 발견한 켈트는 능청스럽게 손을 흔들고 있었고 이제 마차의 앞까지 다가온 켈트는 뮤스가 탄 마차 안을 살펴보며 평소 그의 말투와 다름없이 말했다.

"이런! 꽤 좋은 마차에 타고 있는걸? 전뇌거보다 승차감이 좋으냐?"

그의 어이없는 인사에 추방당하는 처지인 뮤스는 참지 못하고 실소를 터뜨렸다.

"풋! 그게 지금 추방되기 위해 떠나는 사람에게 할 말인가요?"

"이봐. 네 꼬락서니를 봐라, 어디 추방을 당하는 사람인가. 주변에는 널 지키기 위해 파견된 근위병들이 지키고 있고 도적들이 너의 목숨을 못 노리도록 이런 쇠사슬까지 묶어주지 않았냐? 세상에 이렇게 안전한 여행이 어디 있겠어?"

자신의 모습을 한번 내려다본 뮤스는 인상을 찌푸렸다.

"글쎄요, 여행이 이런 거라면 누가 가려 하겠어요?"

자신의 농담을 여유있게 받아내고 있는 뮤스를 바라보던 켈트는 이런 상황에서도 전혀 기죽지 않고 있는 뮤스를 보며 흐뭇한 웃음을 지었다.

"녀석… 지금까지 남의 속을 다 끓여놓고 이제는 꽤나 마음이 편안한가 보군."

켈트의 말에 뮤스는 씁쓸한 미소를 지으며 고개를 끄덕였다. 잠시 말을 끊은 켈트는 문을 걸어 잠그고 있는 쇠사슬을 한번 만져 보며 조용히 입을 열었다.

"너… 꼭 무사히 돌아와야 한다. 그렇지 않으면 카타리나를 다른 사람한테 시집보내 버릴 거야. 하긴 드베인 숲에서도 살아 돌아왔는데 고작 미개척지에서 위험을 당하진 않겠지."

"걱정하지 말고 기다리세요."

"그래, 그렇게 자신있게 말을 해줘야 나도 카타리나에게 해줄 말이 있지 않겠냐."

뮤스의 능력을 알지만 위험한 곳으로 떠나는 것이고 3년 동안 못 볼 생각을 하니 분위기가 조금씩 가라앉고 있었다. 그때 옆에서 그러한 분위기를 전환이라도 시키려는 듯 크라이츠의 목소리가 들렸다.

"켈트 씨, 지금 뭐 하는 거예요. 3년 동안 죽도록 고생할 녀석에게 이런 분위기를 보여줘서야 되겠어요?"

그녀의 따끔한 목소리에 자신의 실책을 깨달은 켈트는 다시 밝은 표정을 했다.

"허헛, 힘든 곳으로 가는 마당에 늙어서 주책을 다 떨었군. 아차! 이 것이나 받아라."

스스로 질책하며 들어 올린 켈트의 손에는 가죽으로 된 마법 가방이 들려 있었다. 지금까지 뭔가 허전한 느낌을 지울 수 없던 뮤스는 유난 히 반가워하는 모습이었다.

"이건 연행될 때 압수된 것인데 어떻게 찾으셨어요?"

손에 들린 가방을 한번 흔들어 보인 켈트는 그것을 철창이 박힌 마 차의 창문 사이로 밀어 넣었다.

"네가 이것 없이 여행을 가는 것은 전쟁터에 스워드 빼놓고 가는 것 과 뭐가 다르겠냐? 그래서 빼돌렸지. 안에 입을 만한 옷가지와 망토 등 을 넣었으니 잘 쓰거라."

그것을 받아 든 뮤스는 가방을 열어 내용물을 확인하곤 만족한 웃음 을 띠며 말했다.

"고마워요, 켈트 아저씨."

대충 둘의 대화가 정리되자 켈트는 뒤로 빠지며 가비르 재상이 마차 의 문에 붙어 섰다. 그는 지난 며칠 사이에 더욱 늙은 듯 보이지 않던 주름이 눈가에 잡혀 있었다.

"가비르 재상님, 그동안 저 때문에 고생하셨습니다."

"마무리가 좀 안 좋긴 했지만 그동안 정도 많이 들었는데 아쉽군요. 그 빌어먹을 귀족들만 아니었어도……. 그리고 폐하께서는 지금 당장은 뮤스 군을 볼 자신이 없다고 하시더군요. 훗날 황궁을 완전히 정리하는 날 꼭 다시 오셔서 당당한 황제로서의 모습을 봐달라고 하셨습니다."

"꼭 그렇게 하겠다고 전해 주세요. 그럼 다음에 볼 때까지 안녕히……."

인사말을 하며 가볍게 고개를 끄덕인 뮤스는 가비르 재상을 보냈고 이제 마지막 남은 크라이츠를 바라보았다.

"누님……."

복잡한 감정이 깃든 뮤스의 목소리였지만 크라이츠에게는 아무런 감흥이 없는 듯했다.

"그렇게 부르니까 너무 징그럽구나. 겨우 3년 어디 간다고 이렇게 감상적으로 울상을 짓고 있다니, 아직 멀었어."

사실 어찌 보면 그녀의 태도는 너무나 당연한 것이었는데, 한 번의 수면으로 수십 넌을 보내는 드래곤의 기준으로 생각해 보면 3년이란 기간은 정말 짧은 기간이었기 때문이다.

"별다른 할 말은 없고… 돌아올 때는 꼭 지금보다 성장해 있거라. 알겠니? 그때가 되면 조금은 허망한 소식을 하나 전해주도록 하마."

"네? 그것이 무슨 소리죠?"

"지금은 알 것 없단다. 그냥 그런 줄 알고 있으면 되는 거야."

그녀가 말해 줄 기미를 보이지 않자 뮤스는 금세 궁금함을 접었다.

"알겠어요. 잘 다녀올 테니 누님도 그동안 잘 지내요."

가벼운 웃음으로 대답한 크라이츠는 마차 창문의 창살 사이로 손을 넣어 그의 볼을 매만지며 다독였다. 이제 떠날 시간이 되었는지 마차 위에 올라탄 근위병 한 명이 외쳤다.

"자, 출발 시간이다! 근위병들, 제자리에!"

출발 준비 소리에 마차로부터 몇 걸음 떨어진 크라이츠는 믿음이 가득 담긴 눈빛을 그에게 주었고 켈트는 크게 손을 흔들었다.

"이랴!"

마부의 채찍질 소리와 함께 마차는 천천히 움직이고 있었다. 덜컹거리는 마차 안에 갇혀서 이동하던 뮤스는 자신의 모습이 처량하긴 했지만 쓴웃음 한번으로 개의치 않을 수 있었다. 귓가로 켈트의 목소리가 들려왔다.

"뮤스, 몸조심해라! 라이델베르크에서 기다리마!"

켈트의 염원을 담은 목소리에 뮤스의 머리는 자신도 모르게 끄덕여지고 있었다.

뮤스를 태운 마차가 멀어져 가자 마차의 뒷모습이 사라질 때까지 바라보고 있던 크라이츠가 켈트를 향해 말했다.

"이제 우리도 라이델베르크로 돌아가도록 하죠, 더 이상 이곳에 있을 필요가 없으니."

켈트에게 던진 말을 옆에서 들은 가비르 재상은 그녀가 이대로 떠나려 하자 서운함을 감추지 못했다.

"크라이츠님, 오늘 바로 떠나실 예정입니까? 조금만 더 계시다가……."

가비르 재상의 말에 크라이츠는 몸을 돌리며 싸늘한 목소리로 말했다.

"솔직히 말하자면 추악한 인간들의 냄새가 나는 이런 곳에는 더 이상 있고 싶지가 않군요."

뮤스가 떠나자 갑자기 달라진 그녀의 태도에 가비르 재상은 어쩔 줄 몰라 하는 모습이었다.

"가, 갑자기 왜 그런 말씀을……."

"알고 싶다면 지금 당장 당신의 집무실로 가봐요. 그곳에 손님이 한 명 앉아 있을 테니. 물론 좀 추한 모습이겠지만. 켈트 씨, 우리는 어서 짐이나 챙기러 가죠."

크라이츠의 말을 듣고 있던 켈트 역시 그녀가 하는 말이 무엇을 뜻하는지 모르는 듯했는데, 나중에라도 물어봐야겠다는 생각을 하며 서둘러 그녀를 따르기 시작했다. 가비르 재상은 아무런 영문도 모른 채 켈트와 함께 걸어가는 크라이츠의 뒷모습을 보고만 있을 뿐이었다.

크라이츠의 말에 따라 집무실로 돌아온 가비르 재상은 크게 놀라고 있었다. 바로 집무실의 책상 위로 한 건장한 남성이 반나체인 채로 꽁꽁 묶여 있었는데, 입에는 재갈이 물려져 신음성만을 토해내고 있는 것이었다. 그리고 그의 배 위에 편지가 한 장 놓여 있었는데, 그것을 발견한 가비르 재상은 내용을 읽어 내려갈수록 크게 분노하고 있었다.

"이… 이럴 수가… 매쉬라스 후작이!"

급히 편지를 움켜쥔 가비르 재상은 급히 어디론가로 급히 뛰어나가고 있었다.

켈트는 크라이츠의 짐을 챙기기 위해 그녀의 방에 있었다. 그녀는 무슨 짐을 그리도 많이 가지고 왔는지 장롱과 서랍 등에서 하나씩 들추어내고 보니 짐이 산더미같이 쌓이고 말았다. 켈트는 그녀의 몸종이라도 된 양 짐을 하나씩 정리하며 가방에 넣고 있었다. 손재주가 상당히 좋은 켈트는 쉽사리 가방 정리를 하고 있었는데, 그녀의 구두를 닦으며 가방에 넣던 켈트가 마침 생각이 난 듯 물었다.

"아참, 아까 가비르 재상에게 그렇게 심한 말을 한 이유는 뭐고 집무실의 손님이란 건 뭐죠?"

그의 물음에 탈의실에서 옷을 갈아입고 있던 크라이츠는 아무렇지도 않은 듯이 대답했다.

"뭐, 매쉬라스 후작이 실크로스 교를 무너뜨린 걸 가르쳐 줬을 뿐이에요."

"아… 매쉬라스 후작이 실크로스 교를 무너뜨렸군요. 에?! 뭐… 뭐라구요?!"

순간적으로 놀라 일거리를 손에서 놓친 켈트는 확인이라도 하듯이 되물었다.

"매쉬라스 후작이 실크로스 교를 무너뜨렸다는 것이 무슨 말입니까?"

마침 옷을 다 갈아입고 나온 크라이츠는 등 쪽의 단추를 잠그며 말했다.

"말 그대로예요. 그 작자가 뮤스를 황궁에서 매장시키기 위해서 지진을 일으켰다고요."

그녀가 아무것도 아닌 것처럼 말을 할수록 더욱 가슴이 타 들어가는 켈트는 가슴을 치며 외쳤다.

"자세하게 좀 이야기해 주십시오! 답답해 죽겠습니다!"

그제야 크라이츠는 자세하게 이야기해 줄 마음이 생긴 듯 기억을 떠올리고 있었다.

“흠, 닷새 전쯤인가? 밤에 잠이 안 와서 창밖을 보고 있었는데 갑자기 어디선가 마나의 기운이 느껴지더군요. 황궁에서 마나의 기운이 느껴지는 것이 너무나 이상해서 그 기운을 따라갔죠.”

말을 잠시 멈춘 크라이츠는 켈트가 싸놓은 짐을 보며 인상을 찌푸렸다.

“이건 이 가방에 들어가는 게 아니라니까요! 나참.”

혼자 짜증을 낸 크라이츠는 구두를 다른 가방에 옮겨 넣으면서 말을 이었다.

“그런데 그곳에 도착해 보니 한 음침한 마법사와 두 사내가 싸우고 있더군요. 그래서 심심하던 차에 잘됐다 싶어서 구경을 하게 됐죠. 십 분 정도 지났을까? 두 사내 중에 한 명은 파이어 볼을 얼굴에 맞고 그대로 즉사를 했는데, 또 한 사내가 그 틈을 타서 마법사의 가슴에 검을 찔러 넣더군요. 오랜만에 싸움 구경했다고 좋아하고 있었는데, 다 죽은 마법사의 시체 앞에서 멋이라도 부리려는지 뭐 비밀 때문에 죽인다나 어쩐다나… 라고 떠들고 있더라고요. 호기심 많은 제가 참을 수 있었겠나요? 결국 그 사내의 뒤를 밟다가 매쉬라스 후작과 무슨 일이 있다는 것을 알게 됐고 나중에는 개인적인 면담(?)을 통해 모든 것을 캐내게 되었죠 뭐. 그게 다예요.”

그렇다면 그녀는 이미 뮤스가 함정에 빠졌다는 것을 애초부터 알고 있었다는 것인데, 여기까지 생각을 해보던 켈트는 버럭 소리를 질렀다.

“그럼 뮤스가 감옥에 갇혔을 때부터 알고 있으셨을 텐데 왜 아무런 말도 하지 않으신 겁니까?!”

켈트의 시끄러운 소리에 괴로운 듯 귀를 막은 크라이츠는 어깨를 으쓱거리며 말했다.

“원래 여행이란 사람을 강하게 만들죠. 그동안 뮤스를 지켜보니 너무나 정신 상태가 약해진 듯해서 좀 변화시키고 싶었거든요. 그래서 모른 척했을 뿐이죠.”

“그렇다면 인간의 벌로 어쩌고라고 꽤나 멋진 말을 하신 것은 그럼……?”

“물론 연기였죠.”

이런 이야기를 아무렇지도 않은 듯 말하고 있는 크라이츠가 새삼스럽게 대단해 보이는 켈트였다. 결국 아무것도 모르는 뮤스는 크라이츠의 철저한 계략 하에 외롭고도 긴 여정을 떠난 것이었다.

62장 케티에론 황녀

초여름의 기운이 도이첸 제국을 넘어 듀들란 제국의 수도인 쟈트란까지 닿아 있었다. 대륙에서 가장 화려하고 아름다운 궁전이라 찬사를 받고 있는 듀들란 제국의 황궁은 초여름의 싱그러움을 그대로 발산하고 있었다. 궁의 정원에 우거진 푸른 수목들은 화려했던 봄꽃의 자리를 대신 메우고 있었고 시원하게 흐르는 인공 시내가 보는 이의 가슴을 식혀주고 있었다.

인공 시내의 옆으로 두 명의 여인들이 다정하게 앉아 대화를 나누고 있었다. 그중 한 명은 온화한 얼굴에 밝은 금빛의 머리를 틀어 올린 중년의 부인이었고 다른 한 명은 붉은 머리와 약간은 날카로운 듯한 눈매를 가진 20대 후반의 여성이었다. 둘 다 상당한 지위를 가진 듯했는데 몸짓이나 말투에서부터 고아함이 흐르고 있었다.

젊은 여성의 손에는 흰색의 장미가 하나 들려 있었다. 이미 거의 시들어 제 모습을 잃고 있었지만 그것이 뭔가 특별한 추억이라도 있는 듯 소중하게 매만지고 있었다. 그녀와 대화를 하던 중년 부인은 고개를 끄덕이며 말했다.

"정말 놀랄 일이군요, 케티에론 황녀님."

중년 부인의 동그랗게 뜬 눈을 보며 황녀라 불린 여성은 얼굴을 붉히고 있었는데 평소 그녀의 도도하고 오만한 성격을 아는 이라면 모두 자신의 눈을 믿지 못할 것이었다.

"혹시라도 누구에게 발설을 하시면 안 돼요. 저는 숙모님을 믿으니까 이런 이야기를 해드리는 거예요. 물론 루스티커 할아버지께서도 아시긴 하지만……."

그녀가 숙모라고 부르는 사람은 제국에 단 한 사람뿐이었는데, 바로 숙부인 투르코스 재상의 부인이었다. 고개를 끄덕인 재상 부인은 따뜻한 미소를 지었다.

"호홋, 드디어 황녀님도 배필을 찾으셨나 보네요. 제가 평소에도 조금 알고 지내는 사이니 그에게 말을 해보도록 하죠."

케티에론 황녀는 기대에 부푼 얼굴로 재상 부인을 바라보았고 이내 신비한 미소를 지으며 누군가를 떠올리는 듯했다.

쟈트란 시내, 따뜻한 기운이 돌자 추운 겨울에 비해 많은 사람들이 집 밖으로 나왔는데 도시 사이사이로 잘 꾸며진 산책로 위에는 어린아이들부터 노년층까지 다양한 사람들이 산책을 즐기고 있었다.

산책로의 한 켠에는 나무로 만들어진 벤치가 하나 놓여 있었다. 아이들이 발로 밟고 지나다녀서인지 조그마한 발자국들이 찍혀 있었지만 그것을 전혀 의식하지 않고 앉아버리는 남자가 있었다. 그는 손에 작

은 책을 들고 있었다. 표지에는 '마법 기초 이론' 이라는 제목이 쓰여
져 있었다. 하지만 이 책은 제목과 같이 마법을 쓸 수 있게 해주는 책
이 아니라 마법에 대한 이해를 돕기 위해 쓰여진 일종의 교양서였다.
마법사들이 줄고 마법이란 것이 거의 학문에 가깝게 변하면서 이러한
종류의 책들이 많이 나온 것이었다.

멀리서부터 한 소녀가 뛰어오고 있었다. 소녀는 이 남자를 향해 뛰
어오며 매우 반가운 듯 밝게 웃고 있었다.

"쟝 아저씨, 오늘도 나왔네요."

소녀의 목소리에 읽던 책을 덮은 그 남자가 고개를 돌리자 얼굴을
확인할 수 있었는데, 바로 듀들란에서 제국 개발 사업을 진행 중인 장
영실이었다. 그는 이곳의 생활이 만족할 만한지 예전에 비해 많이 여
유가 있어 보이는 모습이었다. 달려오는 소녀를 한 번에 안아 든 장영
실은 털털한 웃음을 지으며 말했다.

"허헛! 이런, 밍. 꼬마 아가씨였구나. 오늘은 혼자 나온 건가?"

그의 물음에 밍이라 불린 여자 아이는 고개를 저으며 자신이 달려온
산책로를 가리켰다.

"아뇨, 어머니와 함께 나왔어요."

그곳을 보자 한 중년의 부인이 걸어오고 있었는데, 그녀가 바로 투
르코스 재상 부인이었다.

그녀의 모습을 본 장영실은 언제나 그랬듯 예의 바른 모습으로 고개
를 숙였다.

"안녕하십니까, 재상 부인."

재상 부인은 자신의 딸을 안고 있는 장영실을 보며 포근한 웃음을
지었다.

“네, 안녕하세요. 날씨가 참 좋죠, 장영실 경?”

“네, 그렇군요. 그렇지만 초여름이라 그런지 조금은 덥군요. 따님과 함께 산책을 나오셨나 보군요?”

“호홋, 미뉴엔느가 어찌나 장영실 경을 보고 싶다고 하던지…….”

그녀의 말에 안고 있는 여자 아이를 바라본 장영실은 의아한 듯 물었다.

“아니, 아가씨가 나를 보고 싶어했다고?”

“응. 나는 쟝 아저씨가 세상에서 제일 좋아!”

“후훗, 그러면 투르코스 재상님은 어쩌란 말이냐? 그럼 이 아저씨가 밍을 입양이라도 할까?”

깜찍한 표정으로 잠시 생각을 해보던 소녀는 고개를 도리질치면서 대답했다.

“아니요. 아버지도 쟝 아저씨만큼이나 좋아요. 좀 안 웃어서 탈이긴 하지만.”

장영실이 부르는 밍과 미뉴엔느가 부르는 쟝은 서로 간의 애칭임을 알 수 있었는데 서로 무척 친한 듯한 모습이었다.

“하핫, 나도 밍이 아주 좋단다. 그렇지만 어머니에게 매일같이 아저씨를 보러 오자고 조르면 안 된단다.”

그의 말에 미뉴엔느는 입을 삐죽 내밀며 말했다.

“피! 그래도 보고 싶을 때는 언제든 올 거야!”

“후훗, 저런 고집불통 아가씨.”

아주 사랑스러운 눈빛으로 미뉴엔느를 바라보는 장영실이었다.

사실 이곳에 온 후 작위와 함께 저택을 하사받긴 했지만 제국 개발 사업의 일 때문에 조금 멀리 떨어진 집에 거의 들어갈 일이 없이 바쁘게 되었다. 그러자 그것을 안쓰럽게 여긴 투르코스 재상은 그를 자택으로 몇 번 초대하게 되었고, 그때부터 조금씩 그의 가족들과 친해지기 시작해 이제 미뉴엔느에게는 거의 삼촌과 같은 존재가 된 것이었다. 장영실과 미뉴엔느가 대화를 하고 있는 모습을 보던 재상 부인이 은근한 목소리로 입을 열었다.

"장영실 경은 이렇게 아이들을 좋아하시면서 결혼을 왜 아직 안 하셨죠?"

미뉴엔느에게서 잠시 시선을 뗀 장영실은 재상 부인을 보며 고개를 저었다.

"아직 제게는 할 일이 많아서 결혼을 할 수가 없는 것이죠."

"혹시 괜찮으시다면 제가 상당히 괜찮은 아가씨를 알고 있는데 소개시켜 드릴까요?"

장영실은 난처한 얼굴을 하며 어깨를 으쓱거렸다.

"이런… 제발 재상 부인만이라도 그런 말을 하지 않아주셨으면 좋겠습니다. 그렇지 않아도 그 따분한 사교 모임에 가면 여러 부인들이 중매에 대한 이야기를 하는 바람에 골치가 아픕니다."

그의 표정이 재미있는 듯 재상 부인은 입을 가리며 웃고 있었지만 눈빛은 조금 아쉬운 듯했다.

"호호호! 그런 것도 모르고 죄송하군요. 저도 다른 부인들처럼 중매나 한번 서볼까 했더니 안 되겠군요?"

"제발 다른 분께서 중매를 서겠다고 하시더라도 부인께서 말려주십시오."

장영실과 대화를 나누던 재상 부인은 뭔가 해야 할 이야기가 있는 듯했지만 그가 이렇듯 질색을 하며 나오자 그녀는 더 이상 이야기를 꺼낼 수 없었다.

"네, 그렇게 하도록 하죠. 그나저나 오늘도 이곳에서 루스티커님을 만나시나요?"

"네, 그렇습니다. 루스티커님과 함께 공학원으로 가기 위해 기다리고 있었습니다."

그의 대답에 잠시 미뉴엔느를 바라본 재상 부인은 고개를 저으며 말했다.

"이런 우리 미뉴엔느, 쟝 아저씨가 바쁘시니 얼마 놀지도 못하고 집에 가야겠는걸?"

"싫어! 나도 쟝 아저씨랑 같이 갈 거야!"

미뉴엔느가 장영실의 목에 더욱 달라붙자 장영실은 어쩔 줄 몰라 했다. 이때 멀리서 굵직한 노인의 목소리가 들려오고 있었다.

"허헛, 장영실 경이 먼저 와 있었군. 그리고 재상 부인도 계셨군요."

루스티커를 바라본 장영실은 고개를 살짝 굽히며 읍을 했고, 재상 부인도 미소를 지으며 인사를 건넸다.

"루스티커님, 오랜만이시네요. 그렇지 않아도 저녁 식사 초대를 한 번 해야 할 텐데……."

그녀의 말을 듣던 루스티커는 손을 내저었다.

"말도 말게. 어디 투르코스 재상 얼굴 보면 식사가 제대로 되겠나? 이 나이에 잘못 체하면 약도 없지."

장영실은 루스티커가 투르코스 재상의 웃음없는 얼굴을 빗대어 말한다는 것을 알고 있었기에 실소를 터뜨렸다.

"하핫! 그건 맞는 말씀이신 것 같군요."

"그건 그렇고 이제 공학원으로 가봐야 하지 않겠나? 나 때문에 시간도 많이 지체되었는데."

장영실은 잠시 미뉴엔느의 얼굴을 살피며 물었다.

"밍도 아저씨와 함께 갈 테냐? 나중에 일이 끝나면 데려다 주마."

하지만 미뉴엔느는 루스티커의 얼굴에 시선을 고정시킨 채 고개를 흔들었다.

"싫어요! 루스티커 할아버지 무서워!"

이렇게 외친 미뉴엔느는 급히 장영실의 팔에서 내려와 재상 부인에게 달려갔고 그다지 반갑지 않은 소리를 들은 루스티커는 인상을 찌푸리고 있었다.

"저 녀석은 옛날부터 날 좋아하지 않았지. 옛날에 인형을 하나 홀랑 태워먹은 적이 있거든. 허헛, 이만 가세나."

몸을 돌리며 먼저 발걸음을 옮기는 루스티커를 보며 피식 웃은 장영실은 미뉴엔느와 재상 부인에게 웃으며 작별 인사를 건넸다.

"잘 있거라, 밍. 노 보자꾸나. 그럼 부인, 이만 가보겠습니다. 조심해서 들어가시죠."

그의 인사를 받은 미뉴엔느 역시 손을 흔들었고 재상 부인도 온화한 미소를 지으며 고개를 끄덕였다.

따각! 따각! 따각! 따각!

마차가 박자를 맞추며 거리를 달리고 있었는데, 안에는 장영실과 루스티커가 타고 있었다. 제국 개발 사업을 해온 지난 반년 동안 그들은 매일같이 붙어다니며 일에 대한 의논을 나누었다. 그랬기에 서로의 장점을 누구보다 잘 아는 관계가 형성되어 있는 상태였고 개인적인 면에서도 상당한 친분이 쌓여 있었다.

장영실은 창밖으로 지나다니는 사람들을 바라봤다. 모두들 예술의 도시인 쟈트란 시의 시민들답게 하나같이 화려한 옷을 입고 있었으며 멋을 위해서는 초여름의 더위나 부끄러움이라도 사양하지 않는 모습도 간간이 보이고 있었다. 문득 장영실의 옆에서 '제국 개발 사업 개요서'를 읽어보던 루스티커가 물었다.

"흠… 이제 쟈트란 식의 전뇌거가 완성되었는데, 언제까지 이런 마차를 타고 다녀야 하는 건가?"

창가에서 시선을 거둔 장영실은 고개를 저으며 대답했다.

"아직 원료의 수급이 원활하지 못하기 때문에 조금 더 기다려야 할 것 같습니다. 소식통을 통해 듣자 하니 도이첸 제국은 소규모의 수력 발전소를 사용해서 얻은 전뇌력으로 마나구를 충전한다고 하더군요."

그에 대해서는 루스티커도 알고 있었기에 턱의 수염을 쓰다듬으며 물었다.

"그렇다면 도이첸 제국의 마나구는 대체 어떤 마법사가 제작했기에 그런 대규모의 전뇌력 저장량을 가지고 있는가?"

어깨를 으쓱한 장영실은 오히려 루스티커를 바라보며 되물었다.

"그것을 왜 저한테 물으시는지요? 후훗, 분명 방금 루스티커님께서 그건 마법사가 했다고 하지 않으셨습니까? 그러니 마법사들에 대해 잘 아는 루스티커님께서 더 잘 아시겠죠. 다른 건 모르겠지만 아마도 루스티커님보다 더 훌륭한 마법사이지 않을까요?"

장영실의 말이 그의 자존심을 건드리기라도 했는지 얼굴을 붉히며 쏘아붙였다.

"누가 감히 나보다 훌륭한 마법사란 말인가! 아주 옛날 같으면 모를
까 마법사들의 씨가 마른 지금에 와서는 내가 최고란 말일세!"

장영실은 새삼스럽게 그의 높은 자존심에 놀라고 있었다. 시끄러워
진 그의 입을 막기도 할 겸 장영실은 계속해서 말을 했다.

"하지만 우리만이 가진 장점이 있죠. 우리는 화학 물질로 만든 축전
지를 쓰기 때문에 마나구를 원료를 쓰는 것보다 경제적이라는 것입니
다. 게다가 제가 특별히 제작한 '전뇌순환동력기'를 장착했으니 더욱
전뇌력의 손실이 적어집니다. 아마 포스팀 후작님께서 이번에 대규모
수력 발전소만 완성시키게 된다면 곧바로 도시의 곳곳에 충전소가 들
어서고 무료에 가까운 원료를 얻을 수 있게 될 것입니다."

자존심 때문에 소리를 지르던 루스티커는 어느새 그의 이야기에 귀
를 기울이고 있었다.

"흠… 하긴 값비싼 마나구가 장착되지 않기 때문에 우리의 전뇌거
가격이 도이첸 제국의 전뇌거보다 싸긴 하지."

"후훗, 그 외에도 우리는 분할된 부품을 따로 팔기 때문에 사고로 인
해 파손이 된다고 해도 금세 부품을 사서 끼워 넣으면 됩니다. 이것도
하나의 대단한 경쟁력이죠."

대화를 나누던 도중 루스티커는 고개를 끄덕이며 창밖을 내다보고
있었는데, 창으로는 도저히 전체를 볼 수 없을 만큼 어마어마한 건물
앞에 도착해 있었다.

루스티커는 마차 문을 열며 말했다.

"벌써 다 왔군. 차라리 걸어올 것을 그랬나?"

"후훗, 연세도 적지 않은데 무리하시면 좋지 않습니다."

루스티커는 나이 때문인지 힘겨운 발놀림으로 마차에서 내렸고 장

영실은 상대적으로 가벼운 몸놀림이었다.

공학원 앞에 서서 잠시 가장 아래부터 지붕까지 올려다보던 장영실은 고개를 저으며 가볍게 웃었다. 그의 이런 모습을 전에도 여러 번 보아왔던 루스티커는 의아한 얼굴로 물었다.

"자네는 가끔 이 앞에서 그런 흐뭇한 웃음을 짓는데, 대체 이유가 뭔가?"

진심으로 궁금한 듯한 얼굴로 물어오는 루스티커를 한번 바라본 장영실은 쓴웃음을 지으며 대답했다.

"후훗… 제가 온 곳은 공학원이 이렇게 땅 위에 올라와 있으면 큰일 나는 곳이었답니다."

"아니, 그런 일이… 국가에서 법으로 공학을 금하기라도 했나?"

고개를 저은 장영실은 가볍게 숨을 내쉬었다.

"후우! 말씀드리자면 이야기가 길어집니다. 나중에 시간이 나는 대로 설명을 해드리지요. 지금은 해야 할 일이 있으니."

"뭐, 그렇게 하세."

루스티커의 대답을 흘려들으며 공학원의 한쪽에 붙어 있는 문 앞에 다가선 장영실은 뭔가 꺼리는 듯 주변을 둘러보면서 나직한 목소리로 말했다.

"끼리리오로록… 구르르링……."

이 우스운 말을 중얼거리자 조그마한 마찰 소리가 나며 문이 열렸다. 이것은 장영실이 만든 것이 아니라 루스티커가 이상한 취향으로 마법을 걸어놓은 자물쇠였다. 문이 열리긴 했지만 얼굴을 붉힌 장영실은 루스티커에게 불만인 표정으로 말했다.

"이건 할 때마다 적응이 안 되는군요. 이것 좀 제발 바꾸면 안 되겠습니까?"

하지만 루스티커는 좋기만 한지 웃으며 답했다.

"허헛! 얼마나 귀여운가? 외우기도 쉽지 않으니 다른 이들에게 암호가 유출될 가능성도 적고. 어서 들어가세."

어깨를 으쓱거리고 있던 장영실은 루스티커에게 떠밀려 안으로 들어가고 있었다. 내부로 들어가자 하나의 복도를 중심으로 크고 작은 방들이 줄을 지어 있었다. 장영실과 루스티커가 들어오는 것을 발견한 이는 일을 하다가 말고 인사를 건네고 있었다.

"좋은 오후입니다, 장영실 경, 루스티커님."

"좋은 오후네, 기스터 학자. 열심히 하게나."

"헐헐, 자넨 언제나 열심히군. 수고하게."

인사를 주고받은 그들은 계속해서 공학원의 내부로 걸어 들어가고 있었다. 이곳에서 풍기는 분위기는 라이델베르크의 공학원과는 판이한 것이었는데, 가장 큰 이유는 이곳의 공학원이 라이델베르크의 공학원과는 다른 생산 체계를 가지고 있다는 것이었다. 쉽게 말해서 라이델베르크의 공학원의 경우를 공학원 건물 내부에서 연구와 생산 두 가지의 일을 동시에 하는 일괄 방식이라고 하면 이곳의 경우에는 공학원 내부에서는 연구와 정밀 부속만을 만들고 대량 생산은 다른 곳에서 이루어지는 분리 방식이라 할 수 있었다.

그렇기에 이곳 공학원의 내부가 라이델베르크의 공학원과는 다르게 여러 개의 소규모 작업실을 가진 공학원이 될 수 있었던 것이다.

장영실과 루스티커는 '기체 제작실'이라는 곳으로 들어가고 있었다. 루스티커는 마치 이 순간을 오랫동안 기다려 온 듯 설레는 모습이었다.

"드디어 기관열차의 순환동력기를 볼 수 있겠군."

"이렇게 좋아하실 줄 알았으면 진작에 보여드릴 것을 그랬군요."

"그러니까 내가 말하기 전에 좀 자네가 챙겨서 보여주게."

대화를 하며 안으로 들어가자 내부의 모습이 눈으로 들어오고 있었다. 천장의 높이는 약 20멜리, 그리고 폭이 50멜리가량 되는 공간이었는데 이곳이 이 공학원에서 가장 대규모의 장소였다. 이곳에서는 50여 명의 사람들이 흰색 옷을 걸치고 작업 중이었다.

그중 대부분의 사람들이 몰려 있는 곳에는 거대한 금속덩어리가 놓여 있었다. 아직 완전한 형태를 지닌 것은 아니었기에 잘 알 수는 없었지만 마치 거대한 전뇌거와 비슷한 모양이었다. 그런데 아래쪽으로는 바퀴가 장착되는 듯 한쪽에 네 개의 바퀴 홈이 있었지만 아직 바퀴는 장착되지 않은 상태였다.

루스티커는 웃음을 지으며 말했다.

"저것이 바로 쟈트란 1호 기관열차가 되겠군. 웅장해! 하지만 나중에 도장은 조금 화려하게 해주게. 그래야 듀들란 제국의 국민들이 좋아할 거야."

하지만 장영실은 그다지 자신이 없는 모습이었다. 작업이 이루어지고 있는 기관열차의 본체 앞에서 서류 하나를 들고 무엇을 열심히 적던 젊은이가 장영실와 루스티커를 발견하며 달려왔다.

"장영실 경, 나오셨군요! 루스티커님도 그동안 안녕하셨습니까? 아직은 루스티커님께서 작업하실 때가 아닌데 어떻게……."

"오늘도 열심히군, 라이에트 경. 루스티커님은 오늘 기관열차의 진척 상황에 대해 구경 오신 것뿐이시네."

"아, 그러셨군요. 그렇다면 제가 안내해 드려도 될까요?"

그의 말에 루스티커는 쌍수를 들고 환영했다.

"나야 자네 같은 젊은이가 안내를 해준다면 고맙지. 솔직히 적정 혼기를 놓친 사람과 같이 다니는 것은 그리 좋게 보이지 않거든."

루스티커가 장난을 걸어오자 장영실은 실소를 터뜨렸다.

"푸하! 그건 제가 드려야 할 말 같은데요? 루스티커님도 그 연세에 아직도 총각이시지 않습니까?"

"에잉~ 내가 졌네. 아무튼 황녀님이나 울리지 말게, 이 눈치없는 양반아!"

손을 내저으며 말한 루스티커는 할 말이 없는지 라이에트를 이끌며 기체 제작실의 구경을 시작하고 있었는데, 루스티커의 입에서 황녀라는 말이 나오자 고개를 내저으며 쓴웃음을 지으며 회상하기 시작했다.

5월 봄. 자연의 섭리가 그렇듯 궁정에는 봄의 기운을 타고서 양분을 얻은 꽃들이 화사하게 피어 있었고, 황궁에 머물고 있는 귀족들은 하녀들과 함께 봄의 기운을 즐기며 궁정을 거닐고 있었다. 그들은 모두 꽃에 비할 정도로 밝은 모습이었고 입고 있는 의상마저도 꽃의 화려함에 버금가고 있었다.

한데 화사하기로 둘째가라면 서러울 이 황궁의 정원 한쪽. 이제 완연한 봄이었음에도 불구하고 아직도 우중충한 색깔의 겨울옷을 입고서 무엇인가에 열중하고 있는 한 사내가 있었다.

그는 대리석이 깔린 길바닥에 앉아 하얀 종이 위에 무엇인가를 계속해서 그리고 있는 중이었는데, 타인의 시선이야 어떻든 간에 자신의 일에만 열중할 뿐이었다.

유난히 화려함을 좋아하는 쟈트란의 사람들은 분위기에 어울리지 않는 그를 보며 눈살을 찌푸렸고 심지어는 '회색의 괴인'이라는 별명까지 붙여줬을 정도였다.

쉬는 틈을 타서 이곳으로 산책을 나온 두 명의 하녀가 있었다. 하녀복은 검은색과 흰색이 섞인 것이 보통이었지만, 이곳 쟈트란에서는 그것도 예외였는지 전체적으로는 밝은 핑크 색에 소매와 옷자락의 끝으로는 약간의 레이스까지 달린 옷을 입고 있었다. 물론 효율성 면에서는 그리 좋은 점수를 받지 못할 듯했으나 이곳이 쟈트란인 이상에야 효율보다는 아름다움이 먼저였다.

두 하녀 중 한 명이 일에 열중하고 있는 장영실을 가리키며 눈살을 찌푸리고 있었다.

"어머! 오늘도 저 사람은 이곳에 있네? 하필이면 이런 곳에서 분위기를 다 망칠 게 뭐람."

하지만 동료 하녀는 큰일 날 소리라도 한다는 듯 그녀의 입을 막았다.

"애, 조용히 좀 말해. 저분이 저렇게 보여도 남작이야."

"뭐? 저런 몰골을 하고 있는 사람이 남작이라고?"

고개를 끄덕인 하녀는 그에 대해서 상당히 잘 알고 있는 듯 동료에게 설명을 해주기 시작했다.

"요즘 귀족들 중 가장 잘 나간다는 사람이 바로 저 사람이야. 사실 황제 폐하께서 백작의 작위를 내리려고 했는데 스스로 포기했다고 하더라고."

"아니, 왜?"

"뭐, 저분은 5년 동안만 이곳에서 일하고 떠나신다나? 그렇다 보니 그렇게 높은 작위는 필요없다고 했나 봐."

"흠… 배포가 상당한데?"

"자세히 봐. 자꾸 볼수록 괜찮은 생김새 아니니? 뭐랄까, 딱 꼬집어서 잘생긴 건 아닌데 보면 볼수록 포근하게 보인다고 할까?"

말을 하고 있는 그녀를 한심하다는 듯 바라보던 하녀는 딱하다는 듯 고개를 저었다.

"쯔쯧, 네가 남자 구경을 한동안 못하더니 완전히 이상해진 거야. 세상에 어디 남자가 없어서 저런 남자를……."

두 하녀가 장영실에 대한 이야기를 나눌 때였다. 정원의 한쪽으로부터 웅성거림이 들려오고 있었는데 궁금함에 고개를 돌리던 하녀는 정원의 입구에 서 있는 한 명의 여인을 보고선 깜짝 놀라 황급히 고개를 숙이며 말했다.

"케티에론 황녀님이시다! 빨리 인사하러 가자!"

"늦었다간 불똥이 떨어질 거야."

정원의 입구에 서 있는 한 여인. 타오르듯이 붉은 드레스와 도도하게 다물어진 입술, 매서운 듯한 눈매, 그리고 붉으면서 곱슬한 머리가 그녀의 성격이 어떤지를 대충 짐작케 하고 있었다. 이 여인 케티에론 황녀는 현 듀들란 제국의 어린 황제인 크로시드 3세의 친누나라는 엄청난 신분에 걸맞게 상당히 괴팍한 성격의 소유자였다.

그녀의 나이는 27살로 듀들란 제국의 적정 혼기가 23살인 것으로 보면 결혼이 늦은 축이었다. 하지만 이유없는 결론이 나올 수는 없는 법이었는데, 높은 콧대와 남자를 우습게 보는 그녀의 성격 때문에 그 어떤 남자도 그녀에게 다가오려 하지 않는 것이었다.

지금 케티에론 황녀는 귀족의 여인들과 하녀들에게 인사를 받고 있는 중이었는데 턱을 치켜세운 모습이 마치 하계를 내려다보지 않으려는 거만한 여신과 같이 보였다. 그녀의 앞에 고개를 숙인 여인들은 저마다 준비라도 해온 듯 그녀의 기분을 맞추는 인사를 건네기 시작했다.

"문안 인사 드립니다, 케티에론 황녀님. 이곳에 왕림해 주시니 정원이 더욱 화사해지는군요."

"오늘은 더욱 아름다워 보이십니다, 황녀님. 저희가 황녀님의 아름다움을 반이라도 쫓아갈 수 있었으면……."

"피부가 좋아 보이는군요. 마치 개미라도 한 마리 살결에 올라간다면 비단으로 착각하고 잠을 청할 정도입니다."

케티에론 황녀는 마치 그녀들의 인사가 당연한 사실을 이야기하는 것 정도로 치부하는 듯 처음과 똑같은 모습이었다. 하지만 이렇게 인사를 하지 않을 경우에 황녀로부터 불호령이 떨어진다는 것을 알았기에 만날 때마다 마치 극의 대사와 같은 인사를 건네는 것이었다.

이어 케티에론 황녀는 귀족의 여인들을 이끌고 정원을 한 바퀴 돌기 시작했는데, 유난히 장미를 좋아하는지 장미가 만발해 있는 곳에서 좀처럼 움직일 줄을 몰랐다. 한참을 보던 그녀는 장미 한 송이를 치켜세우며 약간의 높은 톤이 섞인 목소리로 입을 열었다.

"이 아이(?)들이 나의 미모에 눌려 고개를 숙이고 있다니… 햇빛을 조금이라도 잘 받아야 조금이나마 아름다워질 텐데……."

그녀의 뒤를 따르던 귀족 여인들과 하녀들은 그녀의 밑도 끝도 없는 말에 숙인 고개를 방패 삼아 인상을 찡그리고 있었다.

그 후 그녀는 다시금 걸음을 옮기기 시작했는데 각 종류의 꽃 앞에만 멈춰 설 때면 그것과 자신의 미모를 비교하며 자아도취에 빠져들곤 했다.

이윽고 그녀의 발걸음은 장영실의 앞에 닿아 있었다. 그때까지도 장영실은 흰 종이를 여기저기에 늘어놓은 채로 작업을 하고 있는 중이었는데, 케티에론 황녀는 그의 태도에 화가 나기 이전에 자신을 보고도 이렇듯 다른 일을 하고 있는 자가 누구인지 궁금한 듯 특유의 목소리로 물었다.

"그대는 누구이기에 본 황녀를 보고도 인사를 하지 않는가?"

하지만 역시 집중하고 있던 장영실은 그녀의 목소리도 듣지 못하고 있었다. 이에 황녀는 화가 났지만 자신의 신분과 품위에 흠집이 날까 두려웠기에 애써 참으며 조금은 거칠어진 말투로 재차 물었다.

"그대는 누구이기에 본 황녀를 보고도 인사를 하지 않는가?"

그녀의 물음이 끝나자 장영실은 천천히 고개를 들었는데, 며칠 동안 잠을 제대로 자지 못했기에 초췌하기 이를 데 없는 데다가 어두운 색의 외투는 더욱 그를 음침하게 만들고 있었다. 그리고 그의 입에서 나온 대답은 더욱 가관이었다.

"죄송합니디만… 낭자에서 해를 가려 어둡습니다. 잠시만 비켜주시겠습니까?"

"뭐, 뭐라고!"

장영실의 한마디에 말을 잇지 못하던 케티에론 황녀는 품위에 걸맞지 않게 뒷덜미를 부여잡고 쓰러졌으며 황실은 한바탕 큰 소란에 휩싸이게 되었다. 그리고 한 시간 정도나 지나서야 실신 상태에서 깨어난 케티에론 황녀는 그를 처벌하라며 동생인 크로시드 3세를 붙들고 소란을 피웠지만, 인사를 하지 않았다는 이유로 국가 중대 사업을 맡고 있는 장영실을 처벌하기도 우스운 일이었기에 아무 일 없었던 것처럼 조용히 넘어가게 되었다.

　이것은 케티에론 황녀의 천적이 나타났음을 알리는 전주곡이었
다.

　장영실이 회상에 빠져 있을 때 루스티커는 라이에트의 설명과 함께
기체 제작실을 둘러보고 있었다. 특히 그는 지금 제작 중인 기관열차
의 대형 설계도 앞에서 발걸음을 멈췄는데, 그가 관심을 보이자 라이에
트는 설계도에 대한 설명을 시작했다.
　"이것은 장영실 경께서 직접 제작하신 것입니다. 참으로 대단하신
분이죠."
　"후훗, 장영실 경이 대단한 것은 애초 알고 있었으니 설명이나 계속
해 주게."
　루스티카의 말에 가볍게 웃은 라이에트는 기관열차의 동력기 부분
을 짚으며 설명을 계속했다.
　"이 부분이 얼마 전에 완성된 순환동력기의 모습입니다. 이것 역시
전뇌거와 같은 순환동력기의 일종임으로 작동을 하는 동시에 전뇌력의
일부를 스스로 만들어내기 때문에 필요한 전뇌력을 반으로 줄일 수 있
습니다. 한마디로 말하자면 한 번의 전뇌력 충전에 의해 동력기를 두
배의 힘으로 더욱 긴 시간을 작동시킬 수 있다는 것입니다."
　루스티카는 그의 설명이 무엇인지 충분히 알 수 있었는데, 애초 열
악한 연료 환경에서 최소한의 전뇌력 효율로 최대한의 효과를 높이는
것이 대해 함께 머리를 맞대었고 결국 나온 것이 바로 이 전뇌순환동
력기였던 것이었다.
　그의 말에 갑자기 나타난 장영실이 얼굴을 들이밀며 농담 섞인 말투
로 말했다.

“그리고 루스티커님께서 마법으로 기관열차의 무게만 살짝 줄여주신다면 더할 나위 없이 좋겠죠.”

그의 말에 깜짝 놀란 루스티커는 눈을 부릅뜨며 외쳤다.

“말도 안 되네! 이 거대한 기관열차에 마법을 걸어달라니… 검 한 자루에 마법을 거는 것도 힘든 판국에!”

“하핫. 장난이었습니다, 루스티커님. 루스티커님께서 해주실 것은 따로 있습니다.”

“흠. 천만다행이군. 그 말이 진짜였으면 아마 황궁 마법사 자리를 포기하고 떠났을 걸세.”

루스티커가 나이답지 않게 익살스러운 표정을 짓자 장영실은 한숨을 내쉬는 척했다.

“저야말로 천만다행이군요. 루스티커님께서 떠나시면 저보고 이것들을 언제 다 하라고요? 이젠 루스티커님께서 보고 싶어하시던 기관열차용 순환동력기를 보러 가셔야겠죠?”

삼시 잊고 있었던 루스티커는 이마를 치며 외쳤다.

“이런, 내 정신 좀 보게! 늙으면 항상 이렇다니까. 잘못했으면 여기까지 와서 완성된 순환동력기도 못 보고 갈 뻔했군. 어서 안내하게나.”

루스티커의 비명 같지 않은 비명은 장영실과 라이에트의 얼굴을 미소 짓게 만들고 있었다.

장영실과 루스티커, 그리고 라이에트가 서 있는 곳은 기체 제작실의 바로 옆 연구실에 마련된 ‘순환동력기 실험실’ 이었다.

이곳은 기관열차의 순환동력기 이외에도 전뇌거 등의 순환동력기를 제작, 실험하는 곳이었는데 지금은 주로 기관열차의 순환동력기에 대한 일을 하고 있었다. 실험실의 중심부에는 튼튼한 금속의 받침 위

로 보기만 해도 복잡한 기계가 보이고 있었고, 굵은 전뇌선들이 그곳
으로부터 뻗어 나와 방 안을 어지럽혔다. 이곳에서 일하던 두 명의 사
내들이 있었는데, 라이에트가 눈치를 주자 장영실에게 인사를 건네며
자리를 피해주었다. 라이에트는 그들이 나간 문을 닫으며 입을 열었
다.

"이것이 바로 순환동력기죠. 대부분 장영실 경께서 직접 제작하셨지
만 저도 조금 도왔답니다."

아직 젊은 나이인지라 자신의 공로를 스스로 밝히는 모습이었는데
루스티커는 그의 마음을 충분히 이해하고 있었다.

"정말 수고했군. 장영실 경에게 공학을 배우면서 일을 하기가 쉽지
않을 텐데……."

루스티커가 칭찬을 해주자 라이에트는 머리를 긁적이며 쑥스러워했
다.

"솔직히 힘이 들긴 하지만 대학에 다니면서 연금술을 배우는 것보다
이쪽이 훨씬 도움이 돼요. 공부를 하면서 막히는 것은 장영실 경께서
도와주시기도 하니까요. 정말이지 모르는 것이 없다니까요."

"후훗, 장영실 경은 여자에 대해서는 전혀 모른다네. 그 점에서는 라
이에트 경이 훨씬 나아."

한참 전부터 계속해서 이상한 이야기를 꺼내는 루스티커를 보며 장
영실은 이해가 안 되는 듯했다.

"대체 아까부터 왜 그러십니까? 재상 부인께서는 맞선을 보라고 하
시지 않나 루스티커님은 이렇게 이상한 말씀만 하시다니……."

"흠흠, 내가 잘못 말한 것도 아니지 않나? 라이에트 경, 순환동력기
가 움직이는 것을 보여주지 않겠나?"

더 이상 말을 해서는 안 되겠다고 생각한 루스티커는 은근히 말을 돌렸다. 그의 부탁에 고개를 끄덕인 라이에트는 복잡한 배선이 있는 선반으로 다가갔다.

"그럼 임시 전뇌력을 넣겠습니다."

그가 선반 위에 있는 여러 개의 손잡이 중 몇 개를 아래로 내리자 순환동력기를 받치고 있던 금속 받침이 조금씩 진동하기 시작했다.

우우우웅!

그 진동을 타고 이제는 바닥까지 떨려오기 시작했는데, 발바닥으로 진동을 느끼자 루스티커는 손을 저으며 라이에트에게 신호를 했다.

"이제 그만 멈추어도 좋네! 생각보다 훨씬 대단한걸? 전뇌거용 순환동력기를 봤을 때도 놀랐는데 그것을 이런 대형으로 만들다니……."

라이에트는 자기 혼자서 만든 것은 아니었지만 그것을 제작하는 데 일부분을 담당했었기에 기분이 우쭐해지고 있었다. 하지만 장영실은 별다른 표정의 변화 없이 입을 열었다.

"인정해 주시니 감사합니다. 하지만 대형의 순환동력기인 이상 엄청난 열이 발생합니다."

그의 설명을 듣고 보니 방 안이 벌써 후끈해졌다는 것을 느끼는 루스티커였다.

"그렇군. 하지만 예전에 자네가 정밀 기계는 열에 치명적인 약점을 가지고 있다고 하지 않았나?"

"잘 기억하고 계시는군요. 그래서 루스티커님이 그 문제를 처리해 주셨으면 합니다."

잠시 수염을 쓰다듬은 루스티커는 고개를 끄덕였다.

"흠… 그럼 나보고 마법을 사용해 달라는 것이군."

“그렇습니다. 냉각기를 달 생각도 해봤지만 이 열을 식히려면 냉각기를 돌리는 데도 상당한 전뇌력이 들기 때문에 부탁드리는 것입니다.”

“뭐, 그렇게 하도록 하지. 하나 지금은 안 되겠고 연구실에서 온도를 고정시킬 마법을 한번 찾아보도록 하겠네.”

“하핫, 도와주실 줄 알았습니다!”

어떻게 생각해 보니 자신이 장영실의 술수에 의해 이곳으로 온 것이 아닐까라는 생각을 하며 쓴웃음을 짓고 있는 루스티커였다.

63장 백의 화원

공학원에서 돌아온 장영실은 한쪽 벽에 걸려 있는 거대한 지도를 보고 있었다. 과연 이곳의 지도 제작 기술상 그것이 얼마나 정확할지는 놀랐지만 거대한 줄기만을 잡으면 되는 기관열차의 철도 사업이었기에 별다른 어려움 없이 쓰고 있었다.

지도 위에는 듀들란 제국의 가장 남단에 위치한 쟈트란 시로부터 거대 도시까지 붉은 선이 그어져 있었고 간혹 파란 선이 그어져 있기도 했다. 이것은 현재의 철도 공사의 현황을 보여주는 것이었는데, 아직까지는 미완성을 뜻하는 붉은색의 선이 대부분이었다. 그것을 한참 동안 보며 각 붉은 선마다 옆쪽에 파란 선을 1셀리 정도씩 더 그은 장영실은 전체적인 지도의 모습을 한 번 더 보며 입을 열었다.

"1개월에 3켈리라… 생각보다는 진척이 빠르군. 앞으로 3년 이내에 철도는 완성이 되는 것인가?"

그가 혼잣말을 중얼거리고 있을 때 문을 두들기는 소리가 들려왔다.

"누구시오?"

"저 코르핀입니다."

장영실은 그의 이름을 들으며 반가운 표정을 지었다. 원래 코르핀은 장영실의 잡일을 돕기 위한 보좌관이었는데 자신의 손을 꼼꼼히 거쳐야만 만족을 하는 이상 모든 잡일을 직접 했다. 그랬기에 코르핀에게 명신의 소재를 파악해 달라는 부탁을 했는데, 거의 한 달 만에 그가 장영실을 찾아온 것이었다.

"오! 어서 들어오시오!"

그의 말과 함께 문이 열리며 한 사내가 들어오고 있었다. 아주 작은 키에 얼마 없는 머리숱까지 잘난 외모를 가진 것은 아니었지만 눈매만은 예리하게 살아 있었다.

"오랜만입니다, 장영실 남작님."

"그동안 어디를 다녀온 것이오?"

코르핀의 안부를 물은 장영실은 그를 소파로 안내해 자리를 청했다. 그가 청한 자리에 앉은 코르핀은 품에서 두루마리 종이를 장영실에게 건네주며 말했다.

"이것을 한번 보십시오."

두루마리를 받은 장영실은 능숙한 모습으로 펼쳤다. 그것을 읽어 내려가는 장영실을 향해 코르핀이 설명을 덧붙였다.

"그것은 도이첸 제국에서 각 동맹국으로 돌린 추방자 명단입니다. 한데 황궁에 소재하고 있는 것으로 파악되던 라이델베르크 공학원의 원장이 그 명단에 포함되어 있더군요."

장영실은 답답한 마음에 두루마리를 손으로 구기며 말했다.

"이런! 추방이라면 대체 어떻게 되는 것이오?"

잠시 말을 꺼리며 장영실의 표정을 살피던 코르핀은 추방에 대한 설명을 해주기 시작했고 그것을 들을 때마다 장영실의 얼굴은 일그러지고 있었다. 추방에 대한 설명이 끝나자 장영실은 다시금 물었다.

"3년 이내에는 어느 국가에서도 기거할 수 없다는 말인데, 그렇다면 정말 찾아내기 힘들겠구려."

코르핀의 생각도 그러한 듯 고개를 끄덕였다.

"아마 그럴 것입니다. 저도 뮤스 원장에 대한 추적이 현재로써는 불가능한 상태입니다."

"이런, 겨우 그 아이의 소재를 알아냈더니 이제는 추방이라니… 그것도 그 끔찍한 미개척지로……."

장영실은 자신이 이곳에 온 후 고생하던 기억을 떠올렸다. 지금 그의 눈앞에는 추악한 마물들의 손에 목숨을 잃은 동료들의 얼굴이 떠오르고 있었는데, 겨우 혼자만 살아 돌아온 그 끔찍한 상황은 도저히 잊을 수 없을 것만 같았다. 한데 그런 곳에서 무려 3년이란 기간 동안을 혼자 지내게 된 뮤스를 생각하니 걱정스럽기 짝이 없었던 것이다. 코르핀은 그를 위로라도 하듯이 말했다.

"너무 걱정은 하지 마십시오. 제가 알아본 바에 의하면 뮤스 원장은 3대 마역에 속하는 드베인 숲에서도 무사히 빠져나왔다고 했습니다. 그러니 미개척지 정도에서는 무사할 수 있을 것입니다."

그의 위로가 도움이 되기라도 하는 듯 장영실은 인상을 조금 폈다.

"제발 그러기를 빌어야겠지. 아무튼 수고해 줘서 고맙소."

"후훗, 제가 뭐 한 일이 있어야죠. 봉급도 받고 여행도 공짜로 하니 오히려 이곳에서 잡일을 하는 것보다는 좋군요."

"다행이구려. 앞으로도 신경을 많이 써주시오."

"그럼 이만 나가보겠습니다."

인사를 마치며 자리에서 일어나는 코르핀을 바라보던 장영실은 그가 방에서 나갈 때까지 그곳을 바라보고 있었다.

"이번에도 또 어디론가 가버렸구나. 하지만 그동안 돌아갈 준비를 모두 해놓을 테니 부디 만나게 되는 그날까지 몸조심하길."

나직한 혼잣말을 중얼거린 장영실은 입가를 매만지고 있었다.

낮이 긴 여름이어서인지 저녁 식사 때가 되었지만 아직도 어둠이 내리지 않고 있었다. 저녁 식사를 가볍게 마친 장영실은 필요한 자료를 찾아보기 위해 궁정 도서관으로 발걸음을 옮겼다. 그의 손에는 언제나 그랬듯 책이 한 권 들려 있었는데 어제 그 책은 벌써 다 봤는지 이번에는 제법 두꺼운 책이 들려 있었다. 걸음을 걸으며 책을 읽던 장영실은 문득 누군가가 자신의 앞을 가로막는 것을 느꼈다. 평소와 같았더라면 책에 빠져 누가 있는 것도 모르고 그대로 부딪쳤겠지만 아직 책에 몰입한 단계가 아니어서인지 정확한 거리를 두고 발걸음을 멈추었다.

고개를 들어보니 눈에 익숙한 한 여인이 그 앞에 서 있었다. 주변에 있는 여인들이나 사교 모임에서 만난 여인들에게는 무관심했지만 붉은색 곱슬머리가 특이했기 때문에 이 여인에 대한 기억은 제법 뚜렷한 편이었다. 오직 붉은색의 곱슬머리라는 특이한 머리 때문에. 잠시 발걸음을 멈춘 장영실은 가볍게 읍을 했다.

"오랜만입니다, 황녀님."

그의 앞을 가로막고 있는 여인은 케티에론 황녀, 현 황제의 누나였다. 남작이란 지위와 비교한다면 감히 올려다볼 수도 없는 위치였지만 장영실은 그저 옆집에 살고 있는 여인의 앞이라도 되는 양 편안한 모습이었다. 하지만 장영실의 이러한 태도는 이미 익숙해졌는지 그에 대해서는 아무런 말도 하지 않는 그녀였다. 케티에론 황녀가 입을 열었다.

"그렇군요, 장영실 경. 오늘은 어디를 가시죠?"

그녀가 얼마나 오만한 여인인지 알고 있는 다른 이가 들었다면 틀림없이 자신의 귀를 의심할 정도로 상냥한 목소리였다.

"궁정 도서관에 가는 길입니다. 혹시 다른 하명하실 일이라도 있으십니까? 이곳은 정원이 아니니 제가 이런 차림으로 돌아다녀도 될 듯한데……."

"아, 아뇨, 저는 그냥 오랜만에 보는 것 같아서 인사를……."

장영실의 물음에 그녀는 당황하고 있었다. 그녀는 살짝 고개를 숙여 인사를 하곤 장영실을 지나쳐 갔다. 그리곤 복도의 끝으로 사라졌다. 복도에는 아직도 그녀의 향이 남아 있는 듯했다. 그 향기를 느낀 장영실은 자신의 손을 펴보며 예전에 경험했었던 일을 떠올렸다.

장영실은 버릇처럼 황궁의 정원에 나와 있었다. 그가 이곳을 자주 찾는 이유는 채광이 잘되기 때문이었고 이곳에서 일을 하면 눈이 그만큼 덜 피로하다는 이유 때문이었다. 오랫동안 한곳을 바라보고 있는 것은 눈뿐만 아니라 모든 신경에 피로를 주는 일이기에 나름대로 신경을 쓰고 있는 것이었다.

봄이 시작된 이후 사람들의 발길이 끊이지 않던 곳이 바로 정원이었다. 봄이 왔음을 피부로 느끼고자 하는 여인들이 수시로 다녀갔던 것인데 요즘은 봄의 설레임이 한풀 꺾였는지 사람들의 발길이 점차 뜸해지고 있었다.

덕분에 장영실에게는 간간이 신경을 거슬리게 하는 여인들의 웃음소리가 줄었기에 신경 쓸 일이 그만큼 없어지는 것이어서 예전보다 훨씬 쾌적한 작업 환경이 만들어져 있었다.

장영실은 자신의 오른편에 어깨 높이만큼이나 되는 높이의 책을 쌓아놓고 그것들을 뒤적이고 있었다. 그 책이 그가 조선으로부터 가지고 온 것은 아니었지만 궁정 도서관에서 가지고 나온 책들로서 이곳의 주요 광물 채광 장소 등의 유익한 정보들이 담겨 있었다. 그래서 자주 도서관을 들락거리며 책을 읽는 데에도 꽤나 많은 시간을 투자했다.

한데 책을 읽고 있는 그때 문득 그림자가 드리워졌다. 처음에는 책에 신경이 쏠려 있었기에 그저 태양이 지나가는 구름에 가렸구나라고 생각했는데 그때 어디선가 들어본 듯한 말투의 목소리가 들려오고 있었다.

"흥! 당신은 반성할 기미가 보이지 않는군요!"

톡 쏘는 듯한 그녀의 목소리가 귀를 괴롭히자 잠시 책을 덮은 장영실은 고개를 들어 자신을 향해 눈에 불을 켜고 있는 여인을 바라보았다.

케티에론 황녀였다.

한데 장영실은 잠시 고개를 갸웃거리곤 이렇게 말했다.

"이 나라는 자리 좀 비켜달라고 하면 큰 죄가 되는군요. 제가 이곳은 처음인지라 잘 몰랐습니다."

말을 놓고 봐서는 별것 아닌 것에 화를 내고 있는 그녀의 태도를 비아냥거리는 것이라고 들을 수도 있었지만 장영실의 표정이나 말투로 보아 정말 그녀가 의도하고자 하는 바가 무엇인지 모르는 듯했다. 답답해진 황녀는 더 이상 품위 따위는 접곤 외쳤다.

"당신은 어디 다른 세상에서라도 왔어요? 왜 이렇게 사람 말을 못 알아들어요!"

장영실은 혼자 말을 하고 혼자 열을 내는 그녀를 도저히 이해할 수가 없었다. 그렇지만 그녀와 말도 안 되는 실랑이를 벌이기에는 너무나 일거리가 많았기에 최대한 예의 바르게 말했다.

"흠… 자리를 비켜달라고 하는 것이 죄가 된다면 제가 조금 옆으로 옮겨가지요. 그리고 혹시 더 하고 싶은 말씀이 있으시더라도 빛을 가리지 않는 곳에서 해주시면 고맙겠습니다."

그는 나름대로 최대한의 예의를 갖춰 정중하게 부탁을 했지만 케티에론 황녀에게는 이보다 더 속을 긁는 소리가 없었다. 혼자 씩씩거리던 황녀는 손을 허리에 얹으며 말했다.

"당장 이곳에서 나가요! 꼴도 보기 싫으니까! 이것은 이 나라의 황녀로서 하는 명령이에요!"

부지간에 축객령이 떨어지자 어안이 벙벙해진 장영실은 그녀를 빤히 바라보았다. 그의 눈은 굳은 의지를 담고 있으며 그 끝을 알 수 없이 깊기만 했다. 순간 케티에론 황녀는 급히 고개를 돌리며 냉랭한 목소리로 말했다.

"지금 당장 이곳에서 나가지 않으면 근위병들을 부르겠어요."

"제가 왜 이곳에서 나가야 하는지 말씀해 주시죠. 만약 제가 수긍할 만한 이유가 있으면 제 발로 걸어나가겠습니다."

"그것은……."

그녀는 잠시 말을 얼버무렸다. 그리곤 눈을 이리저리 움직이며 생각을 하다 곧 뭔가 좋은 핑곗거리가 떠오른 듯했다.

“이곳이 어디라고 생각하시죠?”

“이곳이야 정원이 아닙니까?”

“그래요. 이곳은 정원이에요. 정원은 언제나 이곳을 찾는 사람들을 위해 화사해야 하고, 특히 봄에는 사람들의 기분을 전환시키기 위해 자주 찾으니 더욱 그렇죠!”

“그런데요?”

도무지 이해가 안 되는 양 되묻자 케티에론 황녀는 짜증을 내며 뒷말을 계속 이었다.

“뭐가 그래서예요! 당신이 그런 어둠침침한 옷을 입고 이곳의 분위기를 다 망치니까 다른 사람들을 위해서라도 나가라는 것이죠! 게다가 이곳은 당신이 일을 해야 하는 곳이 아니잖아요?”

잠시 곰곰이 생각해 보던 장영실은 천진난만하게 웃으며 말했다.

“그럼 흰옷을 입으면 되겠군요. 그럼 함께 밝아 보이지 않겠습니까?”

“그, 그건…….”

순간 말이 막히자 케티에론 황녀는 자신이 무슨 소리를 하는지도 인식 못한 채 고함을 빽 질렀다.

“아무튼 당신이라는 사람이 이곳에 있으니까 꽃들이 다 어둠침침해졌잖아요! 그러니 썩 나가요!”

동시에 그녀는 화를 못 이기고 품위에 맞지 않는 걸음으로 터벅터벅 빠져나가고 있었다. 그녀의 뒷모습을 보던 장영실은 절로 어이없는 웃음이 흘러나오고 있었는데, 도무지 이해가 안 되는 상황에 적응을 못하고 있었다.

“나원 참, 원래 꽃이 이맘때면 지는 것이 자연의 섭리인 것을… 나 때문에 시들고 있다는 말인가?"

고개를 설레설레 저은 장영실은 그다지 신경을 쓰지 않고 보던 책을
계속해서 읽어 내려가고 있었다.

아침부터 케티에론 황녀는 가슴속에서 뭉게뭉게 피어나는 짜증에
어쩔 줄을 몰라 하고 있었다. 밤에는 잠까지 설쳐 피부는 퍼석해 보였
고 머리는 유난히 정리가 안 되었다. 게다가 오늘따라 화장도 잘 안 되
는 것 같아 더욱 심란한 상태였다. 그랬기에 옷이라도 마음에 드는 것
을 골라 입고자 옷장을 열어젖혔다. 수많은 옷들이 걸려 있고 쟈트란
의 그 누가 보더라도 감탄성을 뱉을 만큼 멋진 옷들이 수북했지만 하
나같이 마음에 들지 않았다.

이것이 모두 그 장영실 남작인가 하는 인물 때문이었다. 지금까지
자신의 주변에 있던 남성들 중 누가 장영실만큼 자신을 모독하고 우습
게 봤는가. 게다가 그의 옷차림은 거지보다 조금 나은 수준이었고 얼
굴도 이상하게 생겼다. 이런 생각을 하며 케티에론 황녀는 그를 점점
무례하기 짝이 없는 야만인으로 만들어가고 있었다.

"아유! 분해 죽겠어! 오크같이 생긴 녀석!"

그녀는 평소 하녀들에게 욕이라도 한마디 배워두지 않은 것을 후회
하고 있었다. 기껏 해봐야 마물의 이름을 한번 외쳐 봤지만 그것만으
로는 자신의 분한 마음을 표출할 수가 없었던 것이었다.

"그 녀석은 아마 날 비웃고 있을 거야! 감히 황녀인 나를… 어제 그
런 어수룩한 말을 하는 것이 아니었는데!"

뼈에 사무친 듯 어제 일에 대해서 후회를 하고 있을 때 문밖에서 소
리가 들렸다.

“케티에론 황녀님, 드릴 말씀이 있습니다.”

목소리를 들은 케티에론 황녀는 그것이 자신의 시녀의 것임을 알고서 신경질적으로 외쳤다.

“귀찮다! 나 좀 혼자 있게 내버려 다오!”

다른 사람의 목소리였다면 최대한 화를 억제하고 대답을 했겠지만 이미 자신의 성격을 알 대로 다 알고 있는 시녀였기에 애써 화를 감출 필요가 없었던 것이다. 하지만 시녀는 급한 일인 듯 다급한 목소리로 말했다.

“그것이… 장영실 남작님에 대한 소식입니다.”

장영실이라는 이름을 듣고 자리에서 벌떡 일어난 케티에론 황녀는 직접 문으로 달려가 열어젖히며 말했다.

“그 작자가 뭘 어떻게 했다는 거야!”

“그것이… 말로는 뭐라고 표현을…….”

말을 하는 시녀의 모습은 다급해 보이기도 했고 한편으로는 황홀해 보이기도 했는데, 도무지 이해가 되지 않았던 케티에론 황녀는 그녀를 밀치며 직접 매일 그가 작업을 하는 정원으로 달려가고 있었다.

정원의 입구 쪽에 도착하자 사람들은 정원으로 들어가지 못한 채로 안을 구경하며 웅성거리고 있었다. 케티에론 황녀가 아무리 생각해 봐도 장영실이라는 작자가 무슨 일을 벌여놓은 듯했다. 그녀가 나타난 것을 사람들이 확인하자 모두들 평소와 같은 인사를 건네기 시작했다.

“황녀님, 오늘따라 유난히 아름다우십니다.”

“황녀님의 아름다움에 저 밝은 태양마저도 고개를 숙이는 듯하옵니다.”

지금 이곳에 장영실 때문이 아니라 다른 일로 왔다면 그들의 인사를

음미해 보며 속으로 즐겼을 테지만 지금 그녀의 눈에는 아무것도 들어
오지 않고 있었다. 그리고 그녀는 결국 사람들을 손으로 헤쳐 정원 안
으로 발을 들여놓았다.

"이, 이게 대체……."

그녀가 정원으로 발을 들여놓은 순간 그녀의 눈은 평소보다 더욱 커
졌고 입은 저절로 벌어졌다. 이제야 사람들이 놀라고 있는 상황이 이
해가 가기 시작했는데, 지금 그녀의 눈에 비치는 정원은 순백색의 꽃으
로만 가득 차 있는 것이었다. 어제까지만 해도 붉던 장미가 오늘은 흰
색으로 변해 있었고, 파란색의 네모필라 또한 흰색으로 변해 있었다.
아니, 말 그대로 모든 정원의 꽃들은 모두 흰색이었다. 한동안 입을 다
물 줄 모르던 그녀는 서둘러 장영실을 찾았다.

말 그대로 백의 화원이 되어버린 그곳에서 장영실이 일을 하고 있었
다. 평소에 앉아서 일을 하던 그곳에서 조금도 변하지 않은 자리였다.
그런데 그는 평소와 다르게 전신에 흰색의 옷을 입고 있었다. 너무나
놀라 희를 내는 것나서 깜빡한 케티에론 황녀는 장영실에게 다가갔다.
그리곤 물었다.

"이, 이게 대체 어떻게 된 일이죠?"

더 이상 그녀의 목소리에는 분노의 기색은 없었고 순수한 호기심만
이 가득 찬 목소리였다. 그녀의 목소리에 잠시 보던 책을 접고 펜을 거
둔 장영실은 그녀를 올려다보며 대답했다.

"황녀님께서 분명히 말씀하시지 않았습니까? 이곳의 분위기가 어두
워지기에 저를 내보내야겠다고. 그래서 번거롭긴 했지만 가장 밝은 색
으로 꾸며보았습니다. 옷도 바꿔 입고요. 사실 오랫동안 이곳에서 일
을 했더니 이곳이 아니면 일손이 잡히지가 않더군요. 사람의 성향이라

는 것이 뭔지……."

자신이 한번 스치며 말한 것에 정원 전체의 색을 바꾼 눈앞의 장영실을 보던 케티에론은 어쩌면 이 사람이 보기보다는 괜찮은 사람일 것 같다는 생각을 했다.

그녀를 살펴보던 장영실은 그녀가 평소와는 다르게 소리를 지르지 않자 그럭저럭 일이 잘된 것으로 간주하며 어깨를 으쓱거렸다.

"이제 다른 이유가 없으면 이곳에서 일을 계속해도 될까요?"

"네… 그렇게 하세요."

"흠, 잘되었군요."

말을 마친 장영실은 읽던 책을 다시 펼치며 펜을 들었다. 그리곤 수많은 도형이 그려진 책 위로 무엇인가를 덧붙여 나가고 있었다. 잠시 그를 바라보고 있던 황녀는 뭔가에 홀린 듯 넋이 나간 모양으로 정원을 빠져나가고 있었다. 오늘은 왠지 가슴 두근거리는 설레임에 잠을 이루지 못할 것만 같은 그녀였다.

다음날 아침 사람들이 채 일어나지도 않았을 이른 시간부터 정원에서는 난데없이 한 여인의 비명 소리가 들려오고 있었다.

"까아악! 이게 다 뭐야!"

정원에 서 있던 케티에론 황녀는 주변을 둘러보며 정신을 못 차리는 중이었다. 그녀는 자신의 가슴을 오랜만에 설레게 만들었던 백의 정원을 보고 싶은 마음에 이른 아침부터 상쾌한 기분으로 이곳을 다시 찾아온 것이었는데, 이게 무슨 날벼락인지 어제만 해도 눈부시게 피어 있던 하얀 꽃의 꽃잎들이 하나도 남김없이 떨어져 바닥을 뒹굴고 있었기 때문이다. 케티에론 황녀가 너무나 분노하자 따라 나온 시녀는 어쩔 줄 몰라 하며 그녀를 붙잡았다.

"황녀님, 고정하십시오!"

하지만 황녀는 시녀의 손을 뿌리치며 이빨을 갈았다.

"설마 장영실 이 작자가……!"

순간 장영실의 이름을 내뱉던 그녀의 목소리가 뚝 끊어졌다. 이를 의아하게 생각한 시녀는 천천히 케티에론 황녀를 살피기 시작했는데, 눈앞으로 손을 휘저어봐도 아무런 반응이 없었다. 그제야 케티에론 황녀가 분노를 못 이겨 서서 실신한 것을 깨달은 시녀는 경악을 하며 소리쳤다.

"도와주세요! 황녀님이 실신하셨습니다!"

그녀의 외침을 듣고 달려온 사람들에 의해 급히 의료실로 옮겨지게 되었는데, 이것으로 케티에론 황녀는 장영실에 의한 두 번째 실신을 하게 되었다.

같은 시간, 징영실과 루스티커는 도서관에서 작업에 필요한 자료를 구하기 위해 책을 찾는 중이었다. 그러던 중 루스티커는 마침 황궁에 소문이 자자하게 난 정원에 대해 떠올리며 물었다.

"아참, 장영실 경. 낮에 소문을 듣자 하니 자네가 정원을 하얀색으로 탈바꿈시켰다고 하던데 그것이 사실인가?"

잠시 그의 물음에 대해 생각해 보던 장영실은 고개를 끄덕이며 긍정했다.

"네, 그런 일이 있었죠."

루스티커는 짐짓 놀라는 표정을 짓고 있었다.

"호오… 자네가 마법을 쓴 것도 아닐 텐데 그런 일을 할 수 있다니 정말 신기하군. 그것도 공학의 일부분인가?"

"공학이라고 하기는 좀 그렇지만 화공학의 원리를 이용한 장난이었습니다."

"하지만 그 장난 덕에 황궁에 새로운 명소가 한곳 생겼으니 얼마나 좋은가."

책장을 넘기고 있던 장영실은 그의 말에 손을 멈추며 의아한 표정으로 말했다.

"명소라니요? 무슨 말씀이신지 모르겠는걸요?"

"생각을 해보게. 어디 세상에 여러 종류의 꽃이 모조리 흰색으로 만발한 정원이 이 대륙에 있는지."

그제야 루스티커의 말이 무슨 소리인지 깨달은 장영실은 실소를 터뜨렸다.

"하하핫! 죄송하지만 지금쯤이면 다 떨어졌을 것입니다."

장영실의 말이 무슨 말인지 이해할 수 없었던 루스티커는 의아한 표정으로 물었다.

"다 떨어지다니? 그게 무슨 소린가?"

"사실은 어제 제가 정원에서 작업을 하고 있었는데……."

그때부터 장영실은 황녀의 일부터 자신이 정원에 장난을 친 일에 대해 성명을 해주기 시작했다. 케티에론 황녀가 계속해서 자신을 쫓아내려 말도 안 되는 억지를 피우자 더 이상 할 말이 없도록 만들기 위해 정원의 꽃을 모두 탈색시켰다는 것이었다. 물론 이 탈색 과정에서 이산화황을 이용했다는 것과 그 냄새 때문에 고생을 했다는 말도 빼놓지 않았다. 한마디로 정원의 꽃들은 이산화황에 의해 탈색되는 과정에서 본래의 색과 함께 생명까지 날아가 버린 것이라는 설명이었다.

"뭐, 그렇게 된 것이죠. 그러니 황녀님은 다 죽은 꽃을 보고서 깜빡 속았다고나 할까요? 어차피 이제 날이 더워 실내에서 작업을 하려던 차에 마지막으로 콧대 높으신 황녀님께 장난을 좀 쳐봤죠."

그의 말을 듣던 루스티커는 고개를 가로젓고 말았다. 왠지 이번에는 케티에론 황녀가 적을 잘못 만난 것 같다는 생각을 한 것이다. 어쨌건 이렇게 해서 케티에론 황녀와 장영실의 2차전이 끝나게 되었다.

생각만 해도 미소가 절로 생기는 회상에서 빠져나온 장영실이 창밖을 바라보자 그새 해가 저물어 어두워져 있었다. 잠시 후 복도의 천장에는 실내를 밝히는 등이 불을 밝히기 시작했는데, 그것은 마나등이 아니라 장영실이 만든 전뇌등으로서 제국의 도시로 보급하기 전에 황궁에서 직접 사용해 보고 있는 중이었다. 물론 현 단계에서는 모든 계층에 전뇌등을 보급하기란 현실적으로 불가능했지만 고가의 마나등에 비하면 비교가 되지 않을 정도로 저렴했기에 알맞은 보급 방법을 찾고 있는 중이었다.

문득 자신이 도서관으로 가던 중이었음을 깨달은 장영실은 손에 들린 책을 다시 읽으며 가던 발걸음을 옮겨 잠시 후에 도서관에 도착할 수 있었다.

도서관 안으로 들어가자 그곳에는 먼저 와 있던 루스티커가 책상머리에 앉아 있었다. 그는 두께가 거의 한 뼘은 될 듯한 책을 읽고 있었는데, 저것을 정말 다 읽을 건지 의문이었다.

"루스티커님, 언제 오셨습니까?"

루스티커는 오랫동안 책을 읽어서인지 눈이 침침한 듯 눈을 한번 부비며 장영실을 바라보았다.

"음? 자네, 이제 왔군. 저녁을 먹고서 혼자 심심하던 차에 먼저 와서 기다렸다네. 그러고 보니 아까 코르핀이 황궁에 와 있던데 자네가 찾고 있는 그 아이에 대해서 어떤 소식이라도 있었나?"

그의 물음에 장영실은 안색을 어둡게 하며 고개를 끄덕였다.

"소식이 있긴 있었지만 조금 좋지 않은 소식을 가지고 왔더군요. 그간 무슨 일이 있었는지 모르겠지만 도이첸 제국에서 그 아이를 추방시켰다는 소식이었습니다."

황궁에서 기거한 지 상당한 시간이 흘렀기에 추방이란 것이 무슨 뜻인지 알고 있던 루스티커는 눈을 크게 뜨며 되물었다.

"아니, 추방이라니! 그 아이가 라이델베르크 공학원의 원장이라고 하지 않았나? 그런 인재를 추방하다니, 대체 무슨 죄를 지었기에!"

"저도 잘 모르겠습니다. 제가 알기로는 큰 죄를 지을 만한 녀석이 아닌데……."

"허허, 살다 보니 별일이 다 있군. 도이첸 제국의 황제가 바뀌었다고 하더니 인재를 알아보지도 못하고… 이제 망할 때가 다 되어가는가? 자네를 능가하는 지식을 가진 아이라면 그야말로 대단할 터인데……."

입맛을 다시며 안타까워하는 루스티커의 옆모습을 보며 물었다.

"후훗, 명신이도 듀들란 제국으로 끌어들이고 싶으신 모양이군요?"

그의 정곡을 찌르는 말에 루스티커는 머리를 긁적이기 시작했다.

"허헛, 어찌 이 늙은이의 마음을 그리 잘 아는가? 솔직히 나도 꼭 만나보고 싶네. 자네에게 주어지는 모든 것을 버리고 찾아야만 하는 그 아이를……."

말끝을 흐린 루스티커는 장영실의 떨리는 눈을 바라보며 입을 열었다.

"자네, 정말 5년의 서약이 끝나면 제국에서 보장하는 모든 것을 버리고 그 아이를 찾아 떠날 것인가?"

그의 물음에 잠시 대답을 하지 못하던 장영실은 한동안의 생각 끝에 조용한 목소리로 대답했다.

"솔직히… 이곳에서 저에게 지원해 주시는 모든 것을 버리고 떠나는 것은 개인적으로 몹시 안타깝습니다. 필요한 지원을 모두 해주시니 정녕 공학도로서 포기하기 힘든 조건이죠. 하지만 그 이상의 신념이 있기 때문에 저는 꼭 떠나야 합니다. 그 무엇과도 바꿀 수가 없는 신념이 있기에."

루스티커는 자신의 때 아닌 질문에 분위기가 딱딱해지자 환기라도 시키려는 듯 너털웃음을 지으며 굳은 얼굴을 하고 있는 장영실을 바라보았다.

"허허헛, 자네가 훌쩍 가버리고 나면 나는 그럼 누구와 대화를 나눠야 하나? 가기 전에 친구라도 한 명 소개시켜 주고 가게나."

"히힛! 아직도 4년 이상이나 남아 있는걸요. 그동안 지겹게 저와 함께 생활하셔야 할 것입니다."

"나야 자네 같은 사람과는 평생 함께해도 좋을 것만 같네. 솔직히 내 평생 살면서 자네처럼 말이 잘 통하는 사람은 못 만나봤으니……."

"그러니 그 괴팍한 성격 좀 고치시는 것이 좋지 않겠습니까? 제가 가면 또다시 혼자가 되실 텐데 지루하셔서 견딜 수 있을까요?"

서로 농담을 주고받으며 분위기가 부드러워지자 이야기를 멈추며 서로의 얼굴을 바라보곤 미소를 지었다. 그들은 많은 나이 차이임에도 불구하고 십 년을 붙어 지낸 지기와 같은 모습을 보이고 있었다.

쟈트란 시의 도심으로부터 5켈리가량 떨어져 있는 한적한 숲 속으로 3층으로 이루어진 저택이 한 채 보였다. 붉은색의 지붕을 가진 이 저택은 지어진 지 그리 오랜 시간이 흐르지 않은 듯 기분 좋은 나무 냄새가 풍기고 있었다. 집 앞의 정원에는 잘 손질된 정원이 조성되어 있었는데, 매일같이 청소를 하는 듯 떨어져 있는 나뭇잎 하나 없이 깨끗해서 이곳을 관리하는 사람의 성격을 알 수 있었다.

마침 한 인물이 저택으로 통하는 오솔길을 따라 걸어오고 있었다. 조금 큰 키에 듬직한 어깨를 가진 사내 장영실이었다.

이곳이 바로 그가 하사받은 저택이었는데, 아주 간혹 들르기에 그가 걷고 있는 오솔길은 마치 처음인 양 낯설었다. 그가 집의 문 앞까지 도착하자 흰색의 도료가 칠해져 있는 문을 두들겼다. 그러자 안으로부터 노부인의 목소리가 들려왔는데, 마치 지금 문을 두들기는 사람이 장영실임을 알고 있는 듯한 목소리였다.

"남작님이십니까?"

탈칵!

문이 열리면서 반가움에 찬 얼굴을 하고 있는 한 노년의 부인이 있었다.

"어서 오세요, 남작님. 이번에도 거의 일주일 만에 돌아오시는군요."

그녀의 말에 멋쩍은 미소를 지은 장영실은 가볍게 고개를 숙이며 인사를 건넸다. 지위상 남작인 장영실이 하인에 속하는 그녀에게 고개를 숙이는 것이 이상하긴 했지만 그녀를 볼 때마다 조선에 계신 부모님이 떠올랐기에 차마 함부로 대할 수가 없었다.

"그동안 잘 계셨습니까, 아주머니? 아저씨는 어디 나가셨나 보군요?"

"마침 집에 마땅한 낫이 없는 바람에 마을로 낫을 좀 사러 나갔습니다. 아참, 내 정신 좀 보게나… 시장하시죠? 금방 식사 준비를 하도록 하죠."

장영실도 마침 출출하던 참이었기에 웃으며 고개를 끄덕였고 메닐드 부인은 콧노래를 부르며 식당으로 자리를 옮겼다.

지금 이 집에는 장영실을 포함해 세 명의 사람이 살고 있었는데, 그 중 한 사람이 방금 전 식당으로 들어간 노년의 부인이었고 또 다른 한 사람은 그녀의 남편인 메닐드였다. 처음에는 이들 부부 외에도 여럿의 하인들이 있었지만 사람이 집에 많은 것은 불편했기에 그중 이곳이 아니면 갈 곳이 없던 메닐드 부부만을 남긴 것이었다.

소파에서 잠시 동안 휴식을 취하자 어느새 식사 준비가 다 되었는지 메닐드 부인이 부르는 소리가 들려왔다.

"남작님, 식사하세요! 오늘은 남작님께서 좋아하시는 훈제 바비큐랍니다!"

그녀의 소리와 함께 식당으로부터 맛있는 냄새가 흘러나오고 있었다.

맛있는 냄새에 더욱 허기를 느낀 장영실은 금세 몸을 일으켜 식당으로 향했다. 식당 안으로 들어가자 메닐드 부인은 그녀와 잘 어울리는 갈색의 앞치마를 입고서 커다란 접시 하나를 식탁으로 나르고 있었는데 접시 위로 노릇하게 잘 구워진 바비큐 조각이 올려져 있었다.

"많이 기다리셨죠? 어서 앉으세요."

그녀의 말대로 자리에 앉은 장영실은 이곳에서 배운 식사 예절대로 식탁 위의 냅킨을 다리 위에 올리며 말했다.

"오랜만에 아주머니가 만들어주신 매콤한 음식을 먹는군요."

애초 그가 이곳에 와서 가장 적응하기가 힘들었던 것이 음식이었다.

처음에야 굶주려 있던 탓에 주는 대로 먹었지만 시간이 지나자 점차 느끼함에 음식을 입에 대기도 싫을 지경이었던 것이다. 하지만 그 문제는 메닐드 부인에 의해 해결이 되었는데 장영실이 먹는 모든 음식에 매콤한 향료를 사용해 주었기에 그의 입맛에 맞았던 것이다. 어찌 보면 인생의 반은 먹는 것이니 장영실에게 그녀는 일종의 구세주와 같은 존재였다.

자신의 앞에 놓여진 접시를 본 장영실이 나이프를 들어 바비큐를 자르자 구수하면서도 매콤한 향이 났는데, 그 향이 너무나 마음에 들었던 장영실은 어린아이처럼 천진난만한 웃음을 지었다.

"제가 집에 들어오지 못했을 때 가장 그리운 것이 이 냄새더군요."

"저도 매번 맛있게 먹어주시는 남작님을 보니 절로 요리를 하고 싶은 생각이 드는걸요. 게다가 다른 곳에서는 남작님의 입맛에 맞는 음식을 드시기 힘들 테니 집에 계시는 동안만이라도 많이 만들어 드려야죠."

그녀의 말에 고마움을 느낀 장영실은 그녀의 말에 보답이라도 하듯 크게 자른 고기 조각을 한입에 넣었고, 그가 지을 수 있는 최고의 맛있다는 표정을 표현하기 시작했다. 장영실이 맛있게 식사를 하자 메닐드 부인은 마치 자신의 친자식이 식사하는 것을 보는 양 흐뭇한 표정을 짓고 있었다. 장영실도 이런 느낌이 좋았기에 집에서의 식사 시간만큼은 모든 것을 잊고 쉴 수 있는 시간이었다.

식사를 마친 장영실은 간단히 씻은 후 1층의 서재로 갔다. 그곳에는 보통의 서재와 같이 책장에 여러 분야에 대한 책이 가득 꽂혀 있었는데, 이것은 그가 가져다 놓은 것이 아니라 이 집을 지은 건축가가 구색을 맞추기 위해 꽂아놓은 책이었기에 먼지만 수북이 쌓여 있었다.

책상 위에는 궁정 도서관에서 빌려온 책들이 이곳저곳에 널려 있었고 수많은 도면들 역시 두꺼운 책만큼이나 많이 쌓여 있었다. 그것들을 한 번씩 뒤적여 보자 저번 주에 작업을 하던 내용임을 알고서 한쪽으로 치워두었다.

이런저런 잡일을 하던 그는 서재의 벽 앞에 서게 되었다. 그 벽에는 두꺼운 커튼이 걸려 있었으며 무엇인가를 가리고 있었는데, 거실과 서재를 나누는 벽이라는 것을 봐서는 가리고 있는 것이 창문은 아님이 확실했다. 이내 장영실은 그 커튼을 양쪽으로 활짝 펼쳤는데 그 안으로 벽을 가득 채우는 크기의 도면이 한 장 걸려 있었다.

그 도면 위에는 마치 화장대 거울과 같은 모양을 하고 있는 복잡한 기계가 그려져 있었고, 그것을 설명하기 위해 쓰여져 있는 모든 수치는 이곳 듀들란의 글이 아닌 한자로 되어 있는 것이었다. 그것을 바라보던 장영실은 나직하게 말했다.

"차원 이동문… 설계도는 겨우 완성했지만 아직 제작에 착수도 하지 못한 상태이고 조선의 차원 수치도 모르는 상태이니 정말 막막하군."

장영실은 답답함의 탄성을 내뱉으며 고개를 젓고 있었다.

그의 말대로 이 도면은 그가 일을 하며 틈틈이 그린 차원 이동문의 설계도였다. 하지만 설계도가 완성되었음에도 불구하고 눈코 뜰 새 없이 바쁜 상황이었기에 차원 이동문을 제작을 하기란 현실적으로 불가능했는데, 결국 훗날로 제작을 미뤄놓은 상태였다.

장영실이 차원 이동문의 설계도를 꼼꼼히 살펴보며 잘못된 점을 찾

아내고 있을 때 문 두들기는 소리와 함께 한 노인의 목소리가 들려왔
다.

"남작님, 안에 계십니까?"

목소리를 들은 장영실은 그것이 메닐드의 목소리임을 알 수 있었기
에 문 쪽을 바라보며 대답했다.

"네, 들어오세요, 메닐드 아저씨."

문이 열리면서 얼굴 주변에 주름이 약간 있는 노년의 남성이 들어오
고 있었는데, 이 사람의 이름이 메닐드였다. 그는 집 안의 잡일을 도맡
아 하는 사람답게 나이에 맞지 않게 건장했는데, 평소 낙천적으로 살아
서인지 더욱 젊어 보였다. 그는 술을 한잔 마신 듯 상당히 기분이 좋은
얼굴이었다.

"남작님, 오랜만에 오셨군요. 허허, 하시는 일은 잘되고 있으신가
요?"

그의 물음에 장영실은 씁쓸한 웃음을 지으며 대답했다.

"그냥 늘 바쁘지요. 한데 무슨 좋은 일이라도 있으셨나 보군요? 평
소 안 드시던 술까지 드시고."

"뭐, 특별히 좋은 것은 아니지만 우연히 만난 친구가 좋은 술을 한
병 주더군요. 그래서 조금 마셨습니다. 혹시 남작님께서도 한잔하시겠
습니까?"

메닐드의 제안에 잠시 생각해 보던 장영실은 지난 며칠 동안 명신을
비롯한 여러 가지 일로 조금 복잡해진 심정을 털어버릴 필요도 있었기
에 흔쾌히 그의 제안을 받아들였다.

"이거 귀한 술을 제가 축내도 될지 모르겠군요."

메닐드는 더 이상 그런 말은 하지 말라는 듯 손을 내저었다.

"껄껄! 이거 서운합니다. 축을 낸다니요. 원래 좋은 술은 여러 사람
이 나눌수록 더욱 좋은 것입니다. 그러니 어서 나오시죠."

　어서 나오라는 손짓을 하며 뒤돌아 서재에서 나가는 메닐드의 뒷모
습을 바라보던 장영실은 어찌 생각해 보면 별것도 아닐 수 있는 술 한
병에 행복을 느끼는 메닐드가 진심으로 부럽다고 느끼며 그의 뒤를 따
라나섰다.

〈제5권 끝〉

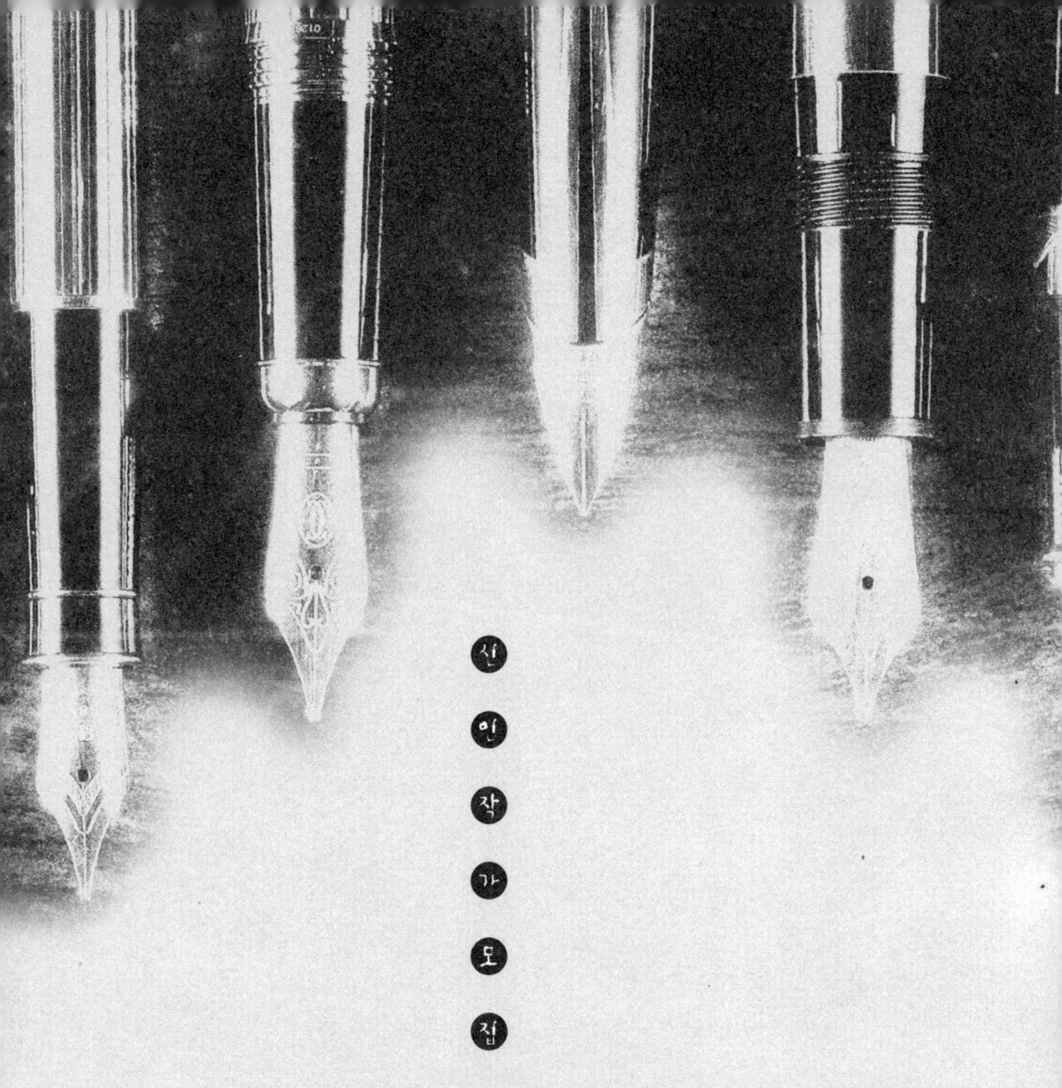
신
인
작
가
모
집

시작이 반이라고 했습니다.
작가의 길에 대한 보이지 않는 벽을 과감히 깨뜨리십시오!
청어람은 작가 지망생 여러분들의
멋진 방향타가 되어드리겠습니다.

저희 도서출판 청어람에서는
소설 신인 작가분들을 모집합니다.
판타지와 무협을 사랑하시는 분들의 많은 참여를 바랍니다.
소정의 원고(A4용지 150매)를 메일이나 우편으로 보내주시면
검토 후 출판 여부를 알려드리겠습니다.

주소:경기도 부천시 원미구 심곡1동 350-1 남성B/D 3F 우편번호420-011
TEL:032-656-4452 · FAX:032-656-4453
http://www.chungeoram.com
e-mail:chungeoram@chungeoram.com